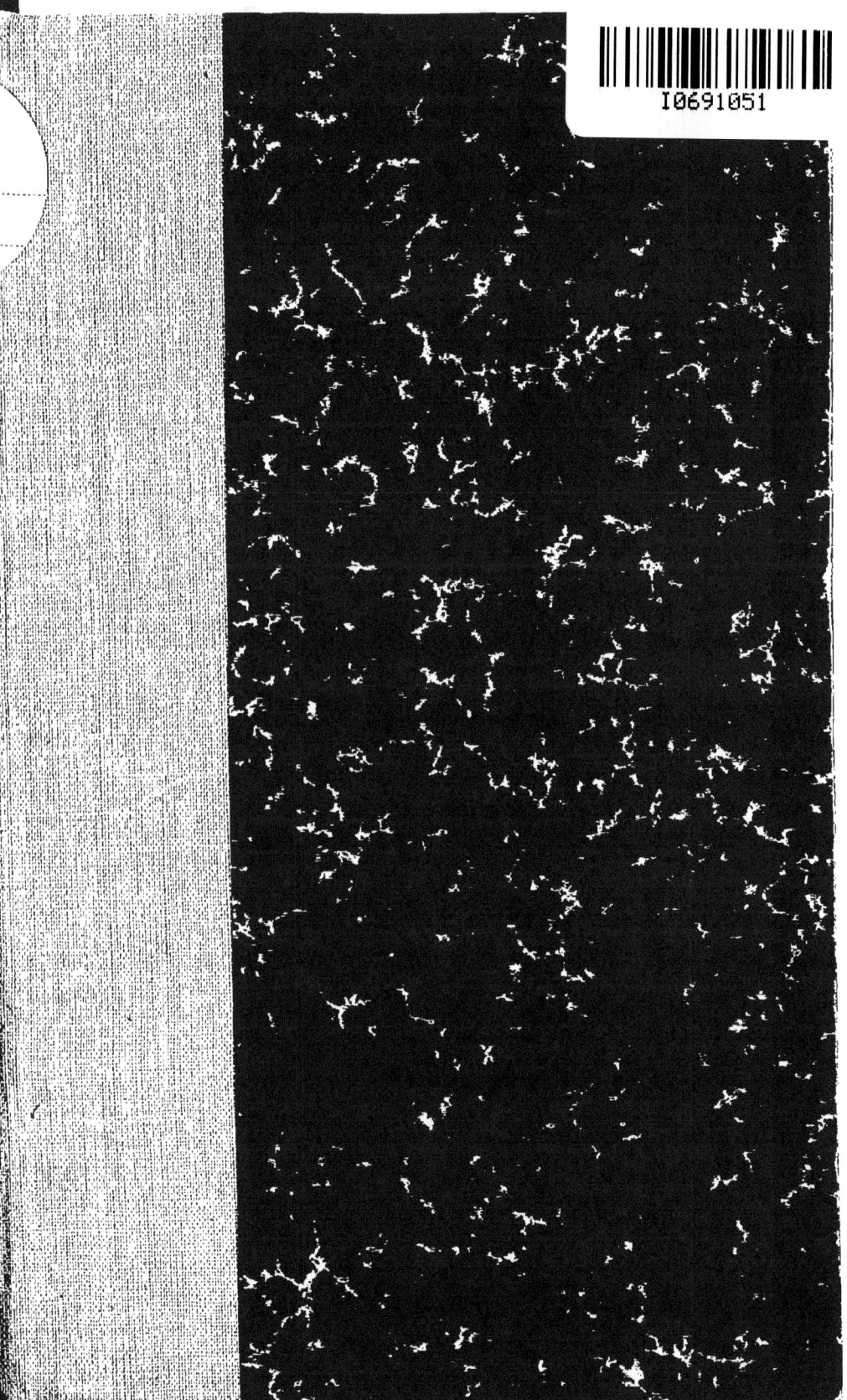

LES
AUTEURS GRECS

EXPLIQUÉS D'APRÈS UNE MÉTHODE NOUVELLE

PAR DEUX TRADUCTIONS FRANÇAISES

L'UNE LITTÉRALE ET JUXTALINÉAIRE PRÉSENTANT LE MOT A MOT FRANÇAIS
EN REGARD DES MOTS GRECS CORRESPONDANTS
L'AUTRE CORRECTE ET PRÉCÉDÉE DU TEXTE GREC

avec des arguments et des notes

PAR UNE SOCIÉTÉ DE PROFESSEURS

ET D'HELLÉNISTES

PLATON

—

APOLOGIE DE SOCRATE

EXPLIQUÉE LITTÉRALEMENT ET ANNOTÉE
PAR A. MATERNE
ET TRADUITE EN FRANÇAIS
PAR F. THUROT

PRIX : 3.00

PARIS

LIBRAIRIE HACHETTE ET Cᵗᵉ

79, BOULEVARD SAINT-GERMAIN, 79

LES

AUTEURS GRECS

EXPLIQUÉS D'APRÈS UNE MÉTHODE NOUVELLE

PAR DEUX TRADUCTIONS FRANÇAISES

Ce discours a été expliqué littéralement et annoté par M. Materne, censeur du lycée Saint-Louis.

La traduction en français est celle de F. Thurot.

27787. — Imprimerie Lahure, rue de Fleurus, 9, à Paris.

LES

AUTEURS GRECS

EXPLIQUÉS D'APRÈS UNE MÉTHODE NOUVELLE

PAR DEUX TRADUCTIONS FRANÇAISES

L'UNE LITTÉRALE ET JUXTALINÉAIRE PRÉSENTANT LE MOT A MOT FRANÇAIS
EN REGARD DES MOTS GRECS CORRESPONDANTS
L'AUTRE CORRECTE ET PRÉCÉDÉE DU TEXTE GREC

avec des arguments et des notes

PAR UNE SOCIÉTÉ DE PROFESSEURS

ET D'HELLÉNISTES

———

PLATON

APOLOGIE DE SOCRATE

———◇———

PARIS

LIBRAIRIE HACHETTE ET Cie

79, BOULEVARD SAINT-GERMAIN, 79

—

1894

AVIS

On a réuni par des traits, dans la traduction juxtalinéaire, les mots français qui traduisent un seul mot grec.

On a imprimé en *italique* les mots qu'il était nécessaire d'ajouter pour rendre intelligible la traduction littérale, et qui n'ont pas leur équivalent dans le grec.

Enfin, les mots placés entre parenthèses, dans le français, doivent être considérés comme une seconde explication, plus intelligible que la version littérale.

ARGUMENT ANALYTIQUE.

L'Apologie de Socrate forme trois parties bien distinctes. Dans la première, Socrate n'est encore qu'accusé, et il se défend; dans la deuxième, il est reconnu coupable par les juges : il discute le châtiment qu'on lui infligera; dans la troisième, enfin, il est condamné à mort, et il développe quelques-unes de ses grandes idées sur le passage de l'âme à une vie meilleure.

PREMIÈRE PARTIE.

I. Socrate va se défendre; mais qu'on ne se mette pas en garde contre sa parole : elle sera toujours simple et sans autre ornement que la vérité.

II. Peut-être réduirait-il au silence ses accusateurs, s'ils n'étaient autres qu'Anytus et Lycon; mais il en est qui se cachent dans l'ombre : comment répondre à une accusation qui ne se formule pas? Pourtant la loi veut qu'il plaide, il plaidera.

III. On lui a reproché de faire d'indiscrètes recherches dans les mystères de la nature. Qui ose dire avoir entendu Socrate traiter de pareils sujets?

IV. Mais il se fait payer chèrement les enseignements qu'il donne à la jeunesse. Il avoue que les sophistes en agissent ainsi, et qu'ils demandent un fort haut prix de leurs leçons.

V. Si Socrate ne faisait que ce que font les autres, parlerait-on de lui? le calomnierait-on? La cause de la haine qu'on lui porte est sa réputation de sagesse confirmée par l'oracle de Delphes.

VI. Il a vu les hommes les plus distingués d'Athènes, et il a trouvé qu'il en savait plus qu'eux, par cela seul qu'il connaissait son ignorance. En leur prouvant qu'ils étaient loin de la sagesse, il les a rendus ses ennemis.

VII. D'abord il a vu les poëtes; l'enthousiasme a dicté leurs poëmes; mais ils ne peuvent raisonner ce qu'ils ont écrit.

VIII. Puis il a vu les artisans; les artisans croient tout savoir parce qu'ils possèdent leur art; l'oracle avait encore raison.

IX. La science humaine est peu de chose : le sage est celui qui est le mieux convaincu de son ignorance. Voilà le sens de l'oracle;

X. Voilà les idées qu'il a inculquées à ses jeunes disciples; voilà comment il a corrompu la jeunesse.

XI. Mélitus l'accuse, en outre, d'introduire de nouvelles divinités : Mélitus, sous un prétexte de zèle, traîne un innocent au pied du tribunal.

XII. Ici Socrate réfute Mélitus, qui prétend que tous les Athéniens, à l'exception de Socrate, sont capables d'instruire les jeunes gens.

XIII. Il prouve, jusqu'à l'évidence, qu'il n'est pas coupable sur ce chef; Mélitus n'entend donc rien au sujet qu'il traite; Mélitus a donc menti.

XIV. Mais Socrate nie l'existence des dieux : « Vous disiez tout à l'heure, Mélitus, que Socrate admettait des dieux; soyez donc conséquent. »

XV. Les dieux que Socrate admet sont des esprits ou des démons : puisque ces esprits sont dieux ou fils de dieux, il ne rejette donc pas l'existence de la divinité.

XVI. Pourquoi faut-il que l'envie mette ainsi l'innocent en péril? Néanmoins il faut savoir périr au poste d'honneur qui nous est confié.

XVII. Socrate a su affronter la mort à Potidée, à Amphipolis et ailleurs sous les généraux athéniens; pourquoi reculerait-il quand il obéit aux dieux? Jamais, dût-il mourir, il ne changera de conduite.

XVIII. Celui qui se consacre à la défense de la justice met ses jours en péril; dès qu'il parle, la clameur publique s'élève contre lui.

XIX. Pourquoi Socrate ne s'est-il pas mêlé des affaires publiques? C'est que son génie familier lui conseillait, pour sa sûreté, de n'en rien faire.

XX. Deux fois, il a pris ouvertement le parti de la justice; deux fois. il a couru le risque de la vie.

XXI. Il s'est donc tenu à l'écart; mais le devoir lui commandait de ne pas refuser les conseils de la sagesse aux jeunes gens qui venaient les lui demander.

XXII. S'il a corrompu la jeunesse, pourquoi les Athéniens sont-ils si avides de sa parole? Pourquoi, parmi ses disciples, nulle voix ne s'élève-t-elle pour le charger?

XXIII. Il n'implorera pas ses juges, comme le font les accusés vulgaires; à son âge, avec sa réputation de sagesse, il n'est pas convenable de voir Socrate à genoux; du reste, la justice de sa cause implore pour lui.

XXIV. La sentence des lois et de leurs interprètes ne doit pas être influencée par des lamentations. La vérité est connue : que le tribunal prononce.

DEUXIÈME PARTIE.

XXV. Trois votes de plus en faveur de Socrate l'eussent absous. Mélitus est vaincu ; Socrate lui a presque échappé.

XXVI. L'accusé a le droit de désigner sa peine : Socrate estime que sa conduite à Athènes lui a mérité les honneurs du Prytanée pour le reste de sa vie.

XXVII. Qu'on ne l'accuse pas d'arrogance ; est-il raisonnable qu'ayant consacré à faire le bien son temps et tous ses soins, il se condamne lui-même aux maux qu'il a épargnés aux autres ?

XXVIII. Si l'on prononce son bannissement, saura-t-il se taire du moins ? — Non, ce serait désobéir à la divinité. — Et s'il n'est condamné qu'à une amende ? — Il la payera ; mais qu'elle ne dépasse pas la valeur d'une mine.

TROISIÈME PARTIE.

XXIX. Socrate est condamné : les Athéniens expieront cet arrêt par le mépris des peuples ; les juges ont condamné Socrate, la vérité condamne les juges.

XXX. Quand l'accusé ne sera plus, malheur à eux ! La honte les atteindra, et à sa suite le repentir.

XXXI. Il remercie ceux qui l'ont absous, et les rassure sur sa mort ; son génie familier ne lui a fait entrevoir dans l'avenir aucune calamité.

XXXII. Qu'ils n'aient pas souci de lui-même ; si la mort est la privation de tout sentiment, qu'importe ? si elle est un passage à de meilleures destinées, n'est-ce pas une faveur ?

XXXIII. Socrate ne nourrit pas de fiel contre ceux qui l'ont condamné ; ils l'ont servi en le voulant perdre. Il termine par un salutaire avis sur l'éducation des enfants.

ΠΛΑΤΩΝΟΣ
ΑΠΟΛΟΓΙΑ ΣΩΚΡΑΤΟΥΣ.

I. Ὅ τι μὲν ὑμεῖς, ὦ ἄνδρες Ἀθηναῖοι, πεπόνθατε[1] ὑπὸ τῶν ἐμῶν κατηγόρων, οὐκ οἶδα· ἐγὼ δ' οὖν καὶ αὐτὸς ὑπ' αὐτῶν ὀλίγου ἐμαυτοῦ ἐπελαθόμην· οὕτω πιθανῶς ἔλεγον. Καί τοι ἀληθές γε, ὡς ἔπος εἰπεῖν, οὐδὲν εἰρήκασι. Μάλιστα δὲ αὐτῶν ἓν ἐθαύμασα τῶν πολλῶν ὧν ἐψεύσαντο, τοῦτο ἐν ᾧ ἔλεγον ὡς χρῆν ὑμᾶς εὐλαβεῖσθαι μὴ ὑπ' ἐμοῦ ἐξαπατηθῆτε, ὡς δεινοῦ ὄντος λέγειν. Τὸ γὰρ μὴ αἰσχυνθῆναι ὅτι αὐτίκα ὑπ' ἐμοῦ ἐξελεγχθή- σονται ἔργῳ, ἐπειδὰν μηδ' ὁπωστιοῦν φαίνωμαι δεινὸς λέγειν, τοῦτό μοι ἔδοξεν αὐτῶν ἀναισχυντότατον εἶναι, εἰ μὴ ἄρα[2] δεινὸν καλοῦσιν οὗτοι λέγειν τὸν τἀληθῆ λέγοντα· εἰ μὲν γὰρ τοῦτο

I. Je ne sais, Athéniens, quelle impression mes accusateurs ont faite sur vos esprits : pour moi, leurs discours m'ont paru si persua- sifs, qu'il m'a presque semblé que je n'étais plus le même homme ; et cependant, ils n'ont, pour ainsi dire, rien avancé qui fût véritable. Mais ce qui m'a le plus étonné dans ce grand nombre de mensonges qu'ils ont débités, c'est lorsqu'ils ont dit que vous deviez vous garder surtout de vous laisser séduire par mon éloquence. En effet, porter l'audace au point de ne pas craindre de se voir démentis à l'instant par le fait même, puisque ma réponse va prouver combien le talent dont ils parlent m'est étranger, voilà ce qui m'a paru en eux le com- ble de l'impudence, à moins toutefois qu'ils n'appellent un homme éloquent celui qui dit la vérité ; car si c'est en ce sens qu'ils l'enten-

PLATON.

APOLOGIE DE SOCRATE.

I. Ὦ ἄνδρες Ἀθηναῖοι,   I. O hommes Athéniens,
οὐκ οἶδα   je ne sais pas
ὅ τι ὑμεῖς μὲν πεπόνθατε   ce que vous à-la-vérité avez éprouvé
ὑπὸ τῶν ἐμῶν κατηγόρων·   par (de la part de) mes accusateurs :
ἐγὼ δὲ οὖν καὶ αὐτὸς   mais moi certes aussi *moi*-même
ἐπελαθόμην ἐμαυτοῦ   je me-suis-oublié moi-même
ὀλίγου   peu *s'en faut*
ὑπὸ αὐτῶν·   par eux (par l'effet de leurs discours):
οὕτω πιθανῶς ἔλεγον.   si persuasivement ils parlaient.
Καί τοί γε   Et pourtant certes
εἰρήκασιν οὐδὲν ἀληθὲς,   ils n'ont dit rien *de* vrai,
ὡς εἰπεῖν ἔπος.   pour dire le mot (ainsi parler).
Ἐθαύμασα δὲ αὐτῶν   Mais j'ai admiré d'eux
ἓν μάλιστα τῶν πολλῶν   une *chose* surtout des nombreuses
ὧν ἐψεύσαντο,   qu'ils ont dites-mensongèrement,
τοῦτο ἐν ᾧ ἔλεγον   ce en quoi ils disaient
ὡς χρῆν ὑμᾶς εὐλαβεῖσθαι   qu'il fallait vous prendre-garde
μὴ ἐξαπατηθῆτε ὑπὸ ἐμοῦ,   que vous ne fussiez trompés par moi,
ὡς ὄντος δεινοῦ λέγειν.   comme *moi* étant habile à parler.
Τὸ γὰρ μὴ αἰσχυνθῆναι   Car le ne pas avoir eu-honte
ὅτι αὐτίκα   de-ce-que sur-le-champ
ἐξελεγχθήσονται ὑπὸ ἐμοῦ   ils seront convaincus par moi
ἔργῳ,   par le fait,
ἐπειδὰν φαίνωμαι   lorsque je vais-me-montrer
μηδὲ ὁπωστιοῦν   pas le-moins-du-monde
δεινὸς λέγειν,   habile à parler,
τοῦτο ἔδοξέ μοι εἶναι   cela a paru à moi être
ἀναισχυντότατον αὐτῶν,   très-impudent *de la part* d'eux,
εἰ μὴ ἄρα οὗτοι   à moins que peut-être ceux-ci
καλοῦσι δεινὸν λέγειν   n'appellent habile à parler
τὸν λέγοντα τὰ ἀληθῆ·   celui qui-dit les *choses* vraies:

λέγουσιν, ὁμολογοίην ἂν ἔγωγε οὐ κατὰ τούτους εἶναι ῥήτωρ. Οὗτοι μὲν οὖν, ὥσπερ ἐγὼ λέγω, ἤ τι ἢ οὐδὲν ἀληθὲς εἰρήκασιν· ὑμεῖς
δ' ἐμοῦ ἀκούσεσθε πᾶσαν τὴν ἀλήθειαν. Οὐ μέντοι μὰ Δί', ὦ
ἄνδρες Ἀθηναῖοι, κεκαλλιεπημένους γε λόγους, ὥσπερ οἱ τούτων, ῥήμασί τε καὶ ὀνόμασιν, οὐδὲ κεκοσμημένους, ἀλλ'
ἀκούσεσθε εἰκῇ λεγόμενα τοῖς ἐπιτυχοῦσιν ὀνόμασι· πιστεύω
γὰρ δίκαια εἶναι ἃ λέγω, καὶ μηδεὶς ὑμῶν προσδοκησάτω
ἄλλως. Οὐδὲ γὰρ ἂν δήπου πρέποι, ὦ ἄνδρες, τῇδε τῇ ἡλικίᾳ,
ὥσπερ μειρακίῳ πλάττοντι λόγους εἰς ὑμᾶς εἰσιέναι. Καὶ μέντοι καὶ πάνυ, ὦ ἄνδρες Ἀθηναῖοι, τοῦτο ὑμῶν δέομαι καὶ παρίεμαι[1]· ἐὰν διὰ τῶν αὐτῶν λόγων ἀκούητέ μου ἀπολογουμένου δι'
ὧν περ εἴωθα λέγειν καὶ ἐν ἀγορᾷ ἐπὶ τῶν τραπεζῶν[2], ἵνα ὑμῶν

dent, j'avouerai alors que je me crois un orateur habile, mais non
pas à leur manière. Il n'y a donc, comme je l'ai dit, à peu près rien de
vrai dans tout ce qu'ils ont avancé; mais vous allez entendre de ma
bouche les faits comme ils sont; non pas sans doute présentés dans un
langage étudié et paré de toutes les richesses de l'éloquence comme le
leur; au contraire, j'exprimerai mes pensées comme elles s'offriront à
moi, et dans les termes qui se présenteront les premiers à mon esprit :
car j'ai la confiance que je ne dirai rien qui ne soit juste. Que personne
donc parmi vous ne s'attende à autre chose de ma part; en effet, Athéniens, il ne me conviendrait pas, à l'âge où je suis parvenu, de me pré-
senter devant vous avec des discours laborieusement travaillés, comme
les ferait un jeune homme. Cependant je vous supplie et vous conjure de
ne point vous étonner, de ne point éclater en murmures, si vous m'en-
tendez employer pour ma défense le même langage que j'ai coutume
de tenir dans la place publique, aux comptoirs des banquiers, et dans
les autres lieux où beaucoup d'entre vous m'ont entendu; car telle est

εἰ μὲν γὰρ λέγουσι τοῦτο,	car si d'un-côté ils disent celà,
ἔγωγε ὁμολογοίην ἂν	moi-du-moins je conviendrai
εἶναι ῥήτωρ	être orateur
οὐ κατὰ τούτους.	non selon eux (à leur manière).
Οὗτοι μὲν οὖν,	Or donc ceux-ci,
ὥσπερ ἐγὼ λέγω,	comme moi je *le* dis,
εἰρήκασιν ἤ τι	ont dit ou quelque (peu de) *chose*
ἢ οὐδὲν ἀληθές·	ou rien *de* vrai :
ὑμεῖς δὲ ἀκούσεσθε ἐμοῦ	mais vous, vous entendrez de moi
πᾶσαν τὴν ἀλήθειαν.	toute la vérité.
Μέντοι μὰ Δία,	Cependant non par Jupiter,
ὦ ἄνδρες Ἀθηναῖοι,	ô hommes Athéniens,
οὐκ ἀκούσεσθέ γε	vous n'entendrez pas du-moins
λόγους κεκαλλιεπημένους	des discours élégamment-dits
ῥήμασί τε καὶ ὀνόμασιν,	de choses-dites (de pensées) et de mots
οὐδὲ κεκοσμημένους,	ni ornés,
ὥσπερ οἱ τούτων,	comme sont ceux de ceux-ci,
ἀλλὰ λεγόμενα εἰκῆ	mais des *choses* dites au-hasard
τοῖς ὀνόμασιν	avec les noms (les termes)
ἐπιτυχοῦσι·	les premiers-venus :
πιστεύω γὰρ	car j'ai-confiance
ἃ λέγω εἶναι δίκαια,	les *choses* que je dis être justes,
καὶ μηδεὶς ὑμῶν	et que nul de vous
προσδοκησάτω ἄλλως.	ne s'attende *qu'il en soit* autrement.
Οὐδὲ γὰρ δήπου πρέποι ἂν,	Car certes il ne conviendrait pas,
ὦ ἄνδρες,	ô hommes *Athéniens*,
τῇδε τῇ ἡλικίᾳ,	à cet (mon) âge,
εἰσιέναι εἰς ὑμᾶς	de me-présenter devant vous
ὥσπερ μειρακίῳ	comme un adolescent
πλάττοντι λόγους.	qui-façonne des discours.
Καὶ μέντοι καὶ,	Et pourtant aussi,
ὦ ἄνδρες Ἀθηναῖοι,	ô hommes Athéniens,
δέομαι τοῦτο ὑμῶν πάνυ	je demande cela à vous tout-à-fait
καὶ παρίεμαι·	et je désire-*l*'obtenir :
ἐὰν ἀκούητέ μου ἀπολογουμένου	si vous entendez moi me-défendant
διὰ τῶν αὐτῶν λόγων	par les mêmes discours
διὰ ὧνπερ εἴωθα λέγειν	par lesquels j'ai-coutume de parler
καὶ ἐν ἀγορᾷ	et sur la place-publique
ἐπὶ τῶν τραπεζῶν,	aux comptoirs-des-banquiers,
ἵνα οἱ πολλοὶ ὑμῶν ἀκηκόασι,	où la plupart de vous *m*'ont entendu,

οἱ πολλοὶ ἀκηκόασι, καὶ ἄλλοθι[1], μήτε θαυμάζειν, μήτε θορυϐεῖν
τούτου ἕνεκα. Ἔχει γὰρ οὑτωσί. Νῦν ἐγὼ πρῶτον ἐπὶ δικαστήριον ἀναϐέϐηκα, ἔτη γεγονὼς πλείω ἑϐδομήκοντα· ἀτεχνῶς[2]
οὖν ξένως ἔχω τῆς ἐνθάδε λέξεως. Ὥσπερ οὖν ἂν, εἰ τῷ ὄντι
ξένος ἐτύγχανον ὢν, ξυνεγιγνώσκετε δήπου ἄν μοι, εἰ ἐν ἐκείνῃ
τῇ φωνῇ τε καὶ τῷ τρόπῳ ἔλεγον ἐν οἷσπερ ἐτεθράμμην, καὶ δὴ
καὶ νῦν τοῦτο ὑμῶν δέομαι δίκαιον, ὥς γ᾽ ἐμοὶ δοκῶ, τὸν μὲν
τρόπον τῆς λέξεως ἐᾶν (ἴσως μὲν γάρ τι χείρων, ἴσως δὲ βελτίων
ἂν εἴη), αὐτὸ δὲ τοῦτο σκοπεῖν καὶ τούτῳ τὸν νοῦν προσέχειν,
εἰ δίκαια λέγω ἢ μή· δικαστοῦ μὲν γὰρ αὕτη ἀρετή, ῥήτορος δὲ
τἀληθῆ λέγειν.

II. Πρῶτον μὲν οὖν δίκαιός εἰμι ἀπολογήσασθαι[3], ὦ ἄνδρες
Ἀθηναῖοι, πρὸς τὰ πρῶτά μου ψευδῆ κατηγορημένα καὶ τοὺς

ιa situation où je me trouve : voici la première fois que je parais devant
un tribunal, à l'âge de plus de soixante-dix ans, et par conséquent
je suis bien réellement étranger au langage qu'on parle ici. Ayez donc
pour moi la même indulgence que vous auriez, si j'étais en effet un
étranger, et que j'employasse les raisonnements et les expressions
auxquels je serais accoutumé dès mon enfance; car enfin il me semble que je ne vous fais qu'une demande légitime, lorsque je vous prie
de me laisser maître de la forme de mon discours, bonne ou mauvaise, et de considérer seulement avec attention si ce que je dirai est
ʿuste ou non ; car c'est en cela que consiste proprement le devoir d'un
juge : celui d'un orateur est de dire la vérité.

II. D'abord, Athéniens, il est juste que je réfute les premières
accusations fausses dont j'ai été l'objet, et que je réponde à mes premiers accusateurs; ensuite aux accusations récentes et aux accusa-

καὶ ἄλλοθι,	et ailleurs,
μήτε θαυμάζειν,	ni de vous-étonner,
μήτε θορυβεῖν ἕνεκα τούτου.	ni d'éclater-en-murmures pour cela.
Ἔχει γὰρ οὑτωσί.	Car il en est ainsi.
Ἐγὼ ἀναβέβηκα	Moi j'ai monté (je me suis avancé)
νῦν πρῶτον	maintenant pour-la-première-fois
ἐπὶ δικαστήριον.	vers un tribunal,
γεγονὼς	étant né (âgé)
πλείω ἑβδομήκοντα ἔτη·	de plus de soixante-dix ans :
ἀτεχνῶς οὖν ἔχω	véritablement donc je me-trouve
ξένως τῆς λέξεως ἐνθάδε.	comme-étranger au style d'-ici.
Ὥσπερ οὖν ἂν δήπου,	Comme donc sans-doute,
εἰ τῷ ὄντι	si dans la réalité
ἐτύγχανον ὢν ξένος,	je me-trouvais étant étranger,
ξυνεγιγνώσκετε ἄν μοι,	vous pardonneriez à moi,
εἰ ἔλεγον	si je parlais
ἐν ἐκείνῃ τε τῇ φωνῇ	et de ce ton
καὶ τῷ τρόπῳ	et de cette manière
ἐν οἷσπερ ἐτεθράμμην,	dans lesquels j'aurais été élevé,
καὶ δὴ καὶ νῦν	aussi certes de-même maintenant
δέομαι ὑμῶν τοῦτο δίκαιον,	je demande à vous ceci qui est juste,
ὥς γε δοκῶ ἐμοί,	comme du-moins je le crois pour moi,
ἐᾶν μὲν	de laisser (d'autoriser) d'une-part
τὸν τρόπον τῆς λέξεως,	ma manière de langage,
— ἴσως μὲν γὰρ εἴη ἂν	— car peut-être elle serait
χείρων τι,	moins bonne en quelque chose,
ἴσως δὲ βελτίων, —	peut-être aussi meilleure), —
σκοπεῖν δὲ τοῦτο αὐτὸ	d'autre-part de considérer ceci même
καὶ προσέχειν τὸν νοῦν τούτῳ,	et d'appliquer votre esprit à ceci,
εἰ λέγω δίκαια, ἢ μή·	si je dis des choses justes, ou non :
ἀρετὴ μὲν γὰρ δικαστοῦ αὕτη,	car et la vertu du juge est celle-là,
ῥήτορος δὲ	et celle d'un orateur
λέγειν τὰ ἀληθῆ.	est de dire les choses vraies.
II. Μὲν οὖν,	II. D'une-part donc,
ὦ ἄνδρες Ἀθηναῖοι,	ô hommes Athéniens,
εἰμὶ δίκαιος	je suis juste (il est juste à moi)
ἀπολογήσασθαι πρῶτον	de me-défendre d'abord
πρὸς τὰ πρῶτα ψευδῆ	contre les premières choses fausses
κατηγορημένα μου	dites-contre moi
καὶ τοὺς πρώτους κατηγόρους,	et contre mes premiers accusateurs,

πρώτους κατηγόρους, ἔπειτα δὲ πρὸς τὰ ὕστερα καὶ τοὺς ὑστέρους. Ἐμοῦ γὰρ πολλοὶ κατήγοροι γεγόνασι πρὸς ὑμᾶς, καὶ πάλαι πολλὰ ἤδη ἔτη[1] καὶ οὐδὲν ἀληθὲς λέγοντες· οὓς ἐγὼ μᾶλλον φοβοῦμαι, ἢ τοὺς ἀμφὶ Ἄνυτον[2], καίπερ ὄντας καὶ τούτους δεινούς. Ἀλλ' ἐκεῖνοι δεινότεροι, ὦ ἄνδρες, οἳ ὑμῶν τοὺς πολλοὺς ἐκ παίδων παραλαμβάνοντες ἔπειθόν τε καὶ κατηγόρουν ἐμοῦ οὐδὲν ἀληθὲς, ὡς ἔστι τις Σωκράτης, σοφὸς ἀνὴρ, τά τε μετέωρα φροντιστὴς[3], καὶ τὰ ὑπὸ γῆς ἅπαντα ἀνεζητηκὼς, καὶ τὸν ἥττω λόγον κρείττω ποιῶν[4]. Οὗτοι, ὦ ἄνδρες Ἀθηναῖοι, ταύτην τὴν φήμην κατασκεδάσαντες, οἱ δεινοί εἰσί μου κατήγοροι· οἱ γὰρ ἀκούοντες ἡγοῦνται τοὺς ταῦτα ζητοῦντας οὐδὲ θεοὺς νομίζειν. Ἔπειτά εἰσιν οὗτοι οἱ κατήγοροι πολλοὶ καὶ πολὺν ἤδη χρόνον κατηγορηκότες, ἔτι δὲ καὶ ἐν ταύτῃ τῇ ἡλικίᾳ

teurs qui viennent de s'élever contre moi. Car il y a déjà bien des années que j'ai été accusé auprès de vous et par de nombreux adversaires, qui ne disaient rien de véritable contre moi, et que pourtant je crains beaucoup plus qu'Anytus et ceux qui se joignent à lui, bien que ceux-ci soient encore très-redoutables. Mais les autres sont bien plus à craindre pour moi : ce sont eux, Athéniens, qui, s'emparant des esprits de la plupart d'entre vous dès votre enfance, vous ont persuadé des mensonges : il y a, disaient-ils, un certain Socrate, homme savant, curieux de rechercher les causes des météores, les secrets cachés au sein de la terre, et s'appliquant à faire triompher la mauvaise cause de la bonne. Ce sont eux, qui, en répandant ces bruits calomnieux, sont devenus mes plus redoutables adversaires; car ceux qui les entendent, se persuadent que les hommes occupés de ces recherches indiscrètes ne croient pas qu'il y ait des dieux. D'ailleurs, il s'est trouvé une foule nombreuse de ces accusateurs, qui m'ont calomnié depuis longtemps auprès de vous, et qui, s'adres-

Ἔπειτα δὲ	d'autre-part ensuite.
πρὸς τὰ ὕστερα	contre les dernières *accusations*
καὶ τοὺς ὑστέρους.	et *contre* les derniers *accusateurs*.
Πολλοὶ γὰρ γεγόνασι πρὸς ὑμᾶς	Car beaucoup ont été devant vous
κατήγοροι ἐμοῦ,	accusateurs de moi,
καὶ λέγοντες πάλαι	et disant depuis-longtemps
ἤδη πολλὰ ἔτη	déjà depuis plusieurs années
καὶ οὐδὲν ἀληθές·	et ne *disant* rien *de* vrai :
οὓς ἐγὼ φοβοῦμαι μᾶλλον	lesquels moi je crains plus
ἢ τοὺς ἀμφὶ Ἄνυτον,	que ceux autour d'Anytus,
καίπερ καὶ τούτους	quoique aussi eux
ὄντας δεινούς.	étant (sont) terribles.
Ἀλλὰ, ὦ ἄνδρες,	Mais, ô hommes *Athéniens*,
ἐκεῖνοι δεινότεροι,	ceux-là *sont* plus terribles,
οἳ παραλαμβάνοντες	qui prenant
τοὺς πολλοὺς ὑμῶν	la plupart d'entre-vous
ἐκ παίδων	depuis *eux* enfants (leur enfance)
ἔπειθόν τε	et *les* persuadaient
καὶ κατηγόρουν ἐμοῦ	et n'accusaient moi
οὐδὲν ἀληθές,	de rien de vrai,
ὡς τις Σωκράτης ἐστὶν,	que un-certain Socrate est,
ἀνὴρ σοφὸς,	homme savant,
φροντιστής τε τὰ μετέωρα,	et curieux de *connaître les* météores,
καὶ ἀνεζητηκὼς	et ayant étudié
ἅπαντα τὰ ὑπὸ γῆς,	toutes les *choses qui sont* sous terre,
καὶ ποιῶν κρείττω	et rendant supérieure
τὸν λόγον ἥττω.	la cause inférieure.
Ὦ ἄνδρες Ἀθηναῖοι,	O hommes Athéniens,
οὗτοι κατασκεδάσαντες	ceux-ci ayant répandu
ταύτην τὴν φήμην,	ce bruit-*là*,
εἰσὶν οἱ κατήγοροι δεινοί μου·	sont les accusateurs terribles de moi :
οἱ γὰρ ἀκούοντες	car ceux qui-*les*-entendent
ἡγοῦνται τοὺς ζητοῦντας ταῦτα	pensent ceux qui-recherchent cela
οὐδὲ νομίζειν θεούς.	ne pas croire *qu'il y a* des dieux.
Ἔπειτα οὗτοι οἱ κατήγοροι	Puis ces accusateurs
εἰσὶ πολλοὶ	sont nombreux
καὶ κατηγορηκότες	et *m*'ayant accusé
ἤδη πολὺν χρόνον,	déjà *depuis* un long temps,
ἔτι δὲ καὶ λέγοντες πρὸς ὑμᾶς	et de-plus aussi parlant à vous
ἐν ταύτῃ τῇ ἡλικίᾳ,	à cet âge-ci,

λέγοντες πρὸς ὑμᾶς, ἐν ᾗ ἂν μάλιστα ἐπιστεύσατε, παῖδες ὄντες, ἔνιοι δ' ὑμῶν καὶ μειράκια, ἀτεχνῶς ἐρήμην κατηγο- ροῦντες [1], ἀπολογουμένου οὐδενός. Ὁ δὲ πάντων ἀλογώτατον, ὅτι οὐδὲ τὰ ὀνόματα οἷόν τε αὐτῶν εἰδέναι καὶ εἰπεῖν, πλὴν εἴ τις κωμῳδοποιὸς [2] τυγχάνει ὤν. Ὅσοι δὲ φθόνῳ καὶ διαβολῇ χρώμενοι ὑμᾶς ἀνέπειθον, οἱ δὲ καὶ αὐτοὶ πεπεισμένοι ἄλλους πείθοντες, οὗτοι πάντες ἀπορώτατοί [3] εἰσιν· οὐδὲ γὰρ ἀναβι- βάσασθαι οἷόν τ' ἐστὶν αὐτῶν ἐνταυθοῖ, οὐδ' ἐλέγξαι οὐδένα, ἀλλ' ἀνάγκη ἀτεχνῶς ὥσπερ σκιαμαχεῖν ἀπολογούμενόν τε καὶ ἐλέγχειν, μηδενὸς ἀποκρινομένου. Ἀξιώσατε οὖν καὶ ὑμεῖς, ὥσπερ ἐγὼ λέγω, διττούς μου τοὺς κατηγόρους γεγονέναι, ἑτέ- ρους μὲν τοὺς ἄρτι κατηγορήσαντας, ἑτέρους δὲ τοὺς πάλαι, οὓς ἐγὼ λέγω. Καὶ οἰήθητε δεῖν πρὸς ἐκείνους πρῶτόν με ἀπολογή-

sant à vous dans l'âge le plus susceptible de crédulité, la jeunesse et l'enfance, poursuivaient un procès, pour ainsi dire, abandonné, puisqu'il n'y avait là personne pour se défendre. Ce qu'il y a de plus bizarre, c'est qu'il m'est impossible de les connaître et de dire le nom d'aucun d'eux, à l'exception peut-être d'un certain faiseur de comé- dies : car ceux qui, excités par des motifs d'envie, vous ont persua- dés par des discours insidieux, et ceux qui, persuadés eux-mêmes, ont persuadé les autres, ce sont ceux-là qu'il est absolument impossi- ble d'attaquer, puisqu'il n'y en a pas un seul que je puisse faire comparaître ici, pour le convaincre en face. Ainsi, je me vois forcé de combattre, pour ainsi dire, des ombres, et de réfuter des allégations que personne ne semble soutenir. Considérez donc que j'ai, comme je viens de le dire, à combattre deux espèces d'accusateurs; les uns, auteurs d'une délation toute récente, les autres, que je viens de vous montrer attachés depuis longtemps à me calomnier : et concevez que ce sont ces

ἐν ᾗ ἂν ἐπιστεύσατε μάλιστα,	dans lequel vous aurez cru le plus,
ὄντες παῖδες, ἔνιοι δὲ ὑμῶν	étant enfants, et plusieurs de vous
καὶ μειράκια,	aussi *étant* adolescents,
κατηγοροῦντες ἀτεχνῶς	qui-poursuivent véritablement
ἐρήμην,	un *procès* abandonné (par défaut),
οὐδενὸς ἀπολογουμένου.	personne ne se-défendant.
Ὃ δὲ ἀλογώτατον πάντων,	Mais ce-qui *est* le plus bizarre de tout,
ὅτι οὐδὲ οἷόν τε	c'est que *il* n'est pas possible
εἰδέναι καὶ εἰπεῖν	de savoir et de dire
τὰ ὀνόματα αὐτῶν,	les noms d'eux,
πλὴν εἴ τις τυγχάνει	excepté si quelqu'un se-trouve
ὢν κωμῳδοποιός.	étant faiseur-de-comédies.
Ὅσοι δὲ χρώμενοι	D'autre-part tous-ceux-qui usant
φθόνῳ καὶ διαβολῇ	d'envie et de calomnie
ἀνέπειθον ὑμᾶς,	persuadaient vous,
οἱ δὲ πείθοντες ἄλλους	et ceux qui-*en*-persuadaient d'autres
πεπεισμένοι καὶ αὐτοί,	étant persuadés aussi eux-mêmes,
πάντες οὗτοι	tous ceux-ci
εἰσὶν ἀπορώτατοι·	sont les plus difficiles *à vaincre* :
οὐδὲ γάρ ἐστιν οἷόν τε	car il n'est même-pas possible
ἀναβιβάσασθαι ἐνταυθοῖ	de faire-comparaître ici
οὐδὲ ἐλέγξαι οὐδένα αὐτῶν,	ni de convaincre aucun d'eux,
ἀλλὰ ἀνάγκη ἀτεχνῶς	mais nécessité *est* véritablement
ἀπολογούμενόν τε	et *moi* me-défendant
ὥσπερ σκιαμαχεῖν	comme combattre-des-ombres
καὶ ἐλέγχειν,	et *les* convaincre,
μηδενὸς ἀποκρινομένου.	aucun ne répondant.
Ἀξιώσατε οὖν καὶ ὑμεῖς,	Jugez donc aussi vous,
ὥσπερ ἐγὼ λέγω,	comme moi je dis,
τοὺς κατηγόρους μου	les accusateurs de moi
γεγονέναι διττούς,	être de-deux-sortes,
ἑτέρους μὲν τοὺς	les uns d'une-part ceux
κατηγορήσαντας ἄρτι,	qui-m'ont-accusé récemment
ἑτέρους δὲ τοὺς	les autres d'autre-part ceux
πάλαι,	*qui m'accusent* depuis-longtemps,
οὓς ἐγὼ λέγω.	lesquels moi je dis.
Καὶ οἰήθητε δεῖν	Et pensez falloir
μὲ ἀπολογήσασθαι	moi me-défendre
πρῶτον πρὸς ἐκείνους·	d'abord contre ceux-là :
καὶ γὰρ ὑμεῖς	et en effet vous

σασθαι· καὶ γὰρ ὑμεῖς ἐκείνων πρότερον ἠκούσατε κατηγορούντων, καὶ πολὺ μᾶλλον ἢ τῶνδε τῶν ὕστερον.

Εἶεν[1]. Ἀπολογητέον δὴ, ὦ ἄνδρες Ἀθηναῖοι, καὶ ἐπιχειρη- τέον ὑμῶν ἐξελέσθαι τὴν διαβολὴν, ἣν ὑμεῖς ἐν πολλῷ χρόνῳ ἔσχετε, ταύτην ἐν οὕτως ὀλίγῳ χρόνῳ. Βουλοίμην μὲν οὖν ἂν τοῦτο οὕτω γενέσθαι, εἴ τι ἄμεινον καὶ ὑμῖν καὶ ἐμοί, καὶ πλέον τί με ποιῆσαι ἀπολογούμενον· οἶμαι δὲ αὐτὸ χαλεπὸν εἶναι, καὶ οὐ πάνυ με λανθάνει οἷόν ἐστιν. Ὅμως δὲ τοῦτο μὲν ἴτω ὅπῃ τῷ θεῷ φίλον, τῷ δὲ νόμῳ πειστέον καὶ ἀπολογητέον.

III. Ἀναλάβωμεν οὖν ἐξ ἀρχῆς, τίς ἡ κατηγορία ἐστὶν, ἐξ ἧς ἡ ἐμὴ διαβολὴ γέγονεν, ᾗ δὴ καὶ πιστεύων Μέλητός[2] με ἐγράψατο τὴν γραφὴν ταύτην. Εἶεν. Τί δὴ λέγοντες διέβαλλον οἱ διαβάλλοντες; Ὥσπερ οὖν κατηγόρων τὴν ἀντωμοσίαν[3] δεῖ ἀναγνῶναι αὐτῶν· ΣΩΚΡΑΤΗΣ ΑΔΙΚΕΙ ΚΑΙ ΠΕΡΙΕΡΓΑ-

derniers auxquels je dois répondre d'abord, parce que vous les avez entendus depuis bien plus longtemps et plus souvent que les autres.

Cela étant, Athéniens, il faut que je parle pour ma défense, et que je tâche de détruire, dans ce peu d'instants, les calomnies dont on vous a entretenus depuis tant d'années. Je voudrais que ce que je vais dire pour ma justification produisît cet effet, et pût servir à vous con- vaincre, s'il en doit résulter quelque avantage pour vous et pour moi; mais je regarde la chose comme très-difficile, et je ne m'abuse point à cet égard. Quoi qu'il en soit, abandonnant le résultat à la volonté des dieux, il n'en faut pas moins se soumettre à la loi, et entreprendr mon apologie.

III. Reprenons donc, dès le principe, l'accusation sur laquell s'appuient mes calomniateurs, et qui a donné à Mélitus la confiance de me traduire devant ce tribunal. Que prétendent mes calomnia- teurs? Car il faut bien reproduire ici leur accusation, comme on le ferait pour une déclaration juridique, appuyée sur le serment du dénonciateur : *Socrate est coupable et prévaricateur, en recher-*

ἠκεύσατε πρότερον   vous avez entendu auparavant

ἐκείνων κατηγορούντων,   ceux-là *m'*accusant,

καὶ πολὺ μᾶλλον ἢ τῶνδε   et beaucoup plus que ceux-ci

τῶν ὕστερον.   ceux *qui m'ont accusé* plus tard.

    Εἶεν.   Soit.

Ἀπολογητέον δὴ,   Or il-*me*-faut-*me*-défendre,

ὦ ἄνδρες Ἀθηναῖοι,   ô hommes Athéniens,

καὶ ἐπιχειρητέον   et il-*me*-faut-entreprendre

ἐξελέσθαι ὑμῶν   d'ôter de vous

ἐν χρόνῳ οὕτως ὀλίγῳ   dans un temps si court

ταύτην τὴν διαβολήν,   cette calomnie,

ἣν ὑμεῖς ἔσχετε ἐν πολλῷ χρόνῳ. que vous eûtes depuis long temps.

Βουλοίμην ἂν μὲν οὖν   Je voudrais il-est-vrai certes

τοῦτο γενέσθαι οὕτως,   cela arriver ainsi,

εἰ ἄμεινόν τι   si *cela vaut* mieux *en* quelque *chose*

καὶ ὑμῖν καὶ ἐμοί,   et pour vous et pour moi,

καί με ποιῆσαί τι πλέον   et moi faire quelque *chose* de-plus

ἀπολογούμενον·   *en* me-défendant:

οἶμαι δὲ αὐτὸ εἶναι χαλεπὸν,   mais je pense cela être difficile,

καὶ οὐ λανθάνει με πάνυ   et il n'échappe pas à moi du-tout

οἷόν ἐστιν.   quelle *chose* c'est.

Ὅμως δὲ τοῦτο μὲν   Mais cependant que cela d'une-part

ἴτω ὅπη φίλον τῷ θεῷ,   aille où *il est* agréable à Dieu,

πειστέον δὲ τῷ νόμῳ   d'autre-part il-faut-obéir à la loi

καὶ ἀπολογητέον.   et il-faut-*me*-défendre.

    III. Ἀναλάβωμεν οὖν   III. Reprenons donc

ἐξ ἀρχῆς,   dès le commencement,

τίς ἐστιν ἡ κατηγορία,   quelle est l'accusation,

ἐξ ἧς ἡ διαβολὴ ἐμὴ   de laquelle la calomnie contre-moi

γέγονεν,   est venue,

ᾗ δὴ καὶ πιστεύων   à laquelle certes aussi se-fiant

Μέλητος ἐγράψατό με   Mélitus a rédigé-contre moi

ταύτην τὴν γραφήν.   cette accusation.

Εἶεν.   Soit.

Τί δὴ λέγοντες   Or quoi disant *contre moi*

οἱ διαβάλλοντες διέβαλλον;   les calomniateurs calomniaient-ils ?

Δεῖ οὖν ἀναγνῶναι   Il faut donc lire

τὴν ἀντωμοσίαν αὐτῶν   la déclaration-par-serment d'eux

ὥσπερ κατηγόρων·   comme accusateurs :

ΣΩΚΡΑΤΗΣ ΑΔΙΚΕΙ   SOCRATE EST-COUPABLE

ΖΕΤΑΙ, ΖΗΤΩΝ ΤΑ ΤΕ ΥΠΟ ΓΗΣ ΚΑΙ ΤΑ ΕΠΟΥΡΑ-
ΝΙΑ[1], ΚΑΙ ΤΟΝ ΗΤΤΩ ΛΟΓΟΝ ΚΡΕΙΤΤΩ ΠΟΙΩΝ,
ΚΑΙ ΑΛΛΟΥΣ ΤΑΥΤΑ ΔΙΔΑΣΚΩΝ. Τοιαύτη τίς ἐστι·
τοιαῦτα γὰρ ἑωρᾶτε καὶ αὐτοὶ ἐν τῇ Ἀριστοφάνους κωμῳδίᾳ,
Σωκράτην τινὰ ἐκεῖ περιφερόμενον[2], φάσκοντά τε ἀεροβατεῖν,
καὶ ἄλλην πολλὴν φλυαρίαν φλυαροῦντα, ὧν ἐγὼ οὐδὲν οὔτε
μέγα οὔτε σμικρὸν πέρι ἐπαΐω. Καὶ οὐχ ὡς ἀτιμάζων λέγω
τὴν τοιαύτην ἐπιστήμην, εἴ τις περὶ τῶν τοιούτων σοφός ἐστι·
μή πως ἐγὼ ὑπὸ Μελήτου τοσαύτας δίκας φύγοιμι! Ἀλλὰ γὰρ
ἐμοὶ τῶν τοιούτων, ὦ ἄνδρες Ἀθηναῖοι, οὐδὲν μέτεστι. Μάρτυ-
ρας δ' αὐτοὺς ὑμῶν τοὺς πολλοὺς παρέχομαι, καὶ ἀξιῶ ὑμᾶς
ἀλλήλους διδάσκειν τε καὶ φράζειν, ὅσοι ἐμοῦ πώποτε ἀκηκόατε
διαλεγομένου· πολλοὶ δὲ ὑμῶν οἱ τοιοῦτοί εἰσι. Φράζετε οὖν

chant avec curiosité les mystères cachés au sein de la terre, et la
cause des météores ; en s'attachant à faire prévaloir les mauvaises
raisons sur les bonnes, et enseignant aux autres cette doctrine per-
nicieuse. Voilà ce qu'on me reproche; voilà ce que vous avez vu
vous-mêmes dans la comédie d'Aristophane : on y livrait à la risée des
spectateurs un certain Socrate qui se vantait de marcher en l'air, et
débitait avec une arrogance ridicule mille autres inepties de ce genre
sur des choses auxquelles je n'entends absolument rien. Et je ne dis
pas cela pour déprécier ce genre de connaissances, s'il se trouvait
quelqu'un qui y fût vraiment habile; (et que Mélitus n'aille pas me
faire ici de nouvelles affaires!) mais c'est que véritablement, Athéniens, je ne me mêle nullement de cela; et à cet égard je puis prendre
à témoin la plupart d'entre vous : je vous invite à vous éclaircir de ce
fait, et à vous demander les uns aux autres si jamais quelqu'un de

ΚΑΙ ΠΕΡΙΕΡΓΑΖΕΤΑΙ,	ET EST RAFFINE,
ΖΗΤΩΝ	RECHERCHANT
ΤΑ ΤΕ ΥΠΟ ΓΗΣ	ET LES *choses* qui sont SOUS TERRE
ΚΑΙ ΤΑ ΕΠΟΥΡΑΝΙΑ,	ET LES *choses* CÉLESTES,
ΚΑΙ ΠΟΙΩΝ ΚΡΕΙΤΤΩ	ET RENDANT SUPÉRIEURE
ΤΟΝ ΛΟΓΟΝ ΗΤΤΩ,	LA CAUSE INFÉRIEURE,
ΚΑΙ ΔΙΔΑΣΚΩΝ	ET ENSEIGNANT
ΤΑΥΤΑ ΑΛΛΟΥΣ.	CES *choses* A D'AUTRES.
Ἐστὶ	*Leur déclaration* est
τὶς τοιαύτη·	quelque *déclaration* telle :
ἑωρᾶτε γὰρ καὶ αὐτοὶ	car vous voyiez aussi vous-mêmes
τοιαῦτα	de tels *reproches*
ἐν τῇ κωμῳδίᾳ Ἀριστοφάνους,	dans la comédie d'Aristophane,
τινὰ Σωκράτην	un-certain Socrate
περιφερόμενον ἐκεῖ,	exposé-aux-huées là,
φάσκοντά τε ἀεροβατεῖν,	et disant-souvent marcher-en-l'air,
καὶ φλυαροῦντα	et extravaguant
ἄλλην πολλὴν φλυαρίαν,	d'autres nombreuses extravagances,
περὶ ὧν ἐγὼ ἐπαΐω οὐδὲν	auxquelles moi je n'entends rien
οὔτε μέγα οὔτε σμικρόν.	ni grand (beaucoup) ni petit (peu).
Καὶ οὐ λέγω	Et je ne dis pas *cela*
ὡς ἀτιμάζων	comme dépréciant
τοιαύτην τὴν ἐπιστήμην,	une telle science,
εἴ τίς ἐστι σοφὸς	si quelqu'un est habile
περὶ τῶν τοιούτων·	en de telles *choses:*
μή πως ἐγὼ	de peur que par-hasard moi
φύγοιμι ὑπὸ Μελήτου	je ne sois accusé par Mélitus
τοσαύτας δίκας!	de si-grands crimes!
Ἀλλὰ γὰρ, ὦ ἄνδρες Ἀθηναῖοι,	Mais en effet, ô hommes Athéniens,
οὐδὲν τῶν τοιούτων	aucune de telles *connaissances*
μέτεστιν ἐμοί.	n'est-en-partage à moi.
Παρέχομαι δὲ μάρτυρας	Or je présente *pour* témoins
τοὺς πολλοὺς αὐτοὺς ὑμῶν,	la plupart même de vous,
καὶ ἀξιῶ ὑμᾶς	et je demande vous
διδάσκειν τε ἀλλήλους	et *vous* instruire les-uns-les-autres
καὶ φράζειν,	et *vous* expliquer *les faits*,
ὅσοι πώποτε ἀκηκόατε	*vous*-tous-qui jamais avez entendu
ἐμοῦ διαλεγομένου·	moi conversant :
πολλοὶ δὲ ὑμῶν εἰσὶν οἱ τοιοῦτοι.	et beaucoup de vous sont dans-ce-cas.
Φράζετε οὖν ἀλλήλοις	Dites-*vous* donc les-uns-aux-autres

ἀλλήλοις εἰ πώποτε ἢ σμικρὸν ἢ μέγα ἤκουσέ τις ὑμῶν ἐμοῦ
περὶ τῶν τοιούτων διαλεγομένου· καὶ ἐκ τούτου γνώσεσθε ὅτι
τοιαῦτ' ἐστὶ καὶ τἄλλα περὶ ἐμοῦ ἃ οἱ πολλοὶ λέγουσιν.

IV. Ἀλλὰ γὰρ οὔτε τούτων οὐδέν ἐστιν, οὐδέ γ' εἴ τινος
ἀκηκόατε ὡς ἐγὼ παιδεύειν ἐπιχειρῶ ἀνθρώπους, καὶ χρήματα
πράττομαι[1], οὐδὲ τοῦτο ἀληθές. Ἐπεὶ καὶ τοῦτό γ' ἐμοὶ δοκεῖ καλὸν εἶναι, εἴ τις οἷός τ' εἴη παιδεύειν ἀνθρώπους, ὥσπερ
Γοργίας τε ὁ Λεοντῖνος[2], καὶ Πρόδικος ὁ Κεῖος[3], καὶ Ἱππίας δὲ
ὁ Ἠλεῖος[4]. Τούτων γὰρ ἕκαστος, ὦ ἄνδρες, οἷός τ' ἐστιν, ἰὼν
εἰς ἑκάστην τῶν πόλεων, τοὺς νέους, οἷς ἔξεστι τῶν ἑαυτῶν
πολιτῶν προῖκα ξυνεῖναι ᾧ ἂν βούλωνται, τούτους πείθουσι·
τὰς ἐκείνων ξυνουσίας ἀπολιπόντας σφίσι ξυνεῖναι χρήματα
διδόντας, καὶ χάριν προσειδέναι. Ἐπεὶ καὶ ἄλλος ἀνήρ ἐστι
Πάριος ἐνθάδε σοφός, ὃν ἐγὼ ᾐσθόμην ἐπιδημοῦντα· ἔτυχον γὰρ

vous m'a entendu discourir sur de pareilles choses en quelque manière
que ce soit, et vous reconnaîtrez par là qu'il en est de même de tout
ce qui se dit ailleurs sur mon compte dans le public.

IV. Il n'y a donc rien de vrai dans tout cela, ni dans ce que vous
avez peut-être encore entendu dire par quelques personnes que je
me mêle de former et d'instruire les hommes, et que j'en retire de
l'argent; cela n'est pas vrai non plus. Ce n'est pas que je n'admirasse
beaucoup ceux qui seraient en état d'instruire les autres, comme font
Gorgias de Léontium, Prodicus de Céos, et Hippias d'Élis. Ceux-là,
par exemple, Athéniens, allant de ville en ville, savent très-bien
persuader aux jeunes gens de renoncer au commerce de leurs concitoyens, parmi lesquels ils pourraient choisir ceux qui leur plairaient
le plus, et jouir sans aucun frais de leur entretien; ils savent très-
bien se les attacher; ils en retirent même de l'argent, et ceux-ci
croient encore leur devoir beaucoup de reconnaissance. J'ai même
appris récemment qu'il était arrivé ici de Paros un autre personnage

εἰ πώποτέ τις ὑμῶν	si jamais quelqu'un de vous
ἤκουσεν ἐμοῦ	entendit moi
διαλεγομένου περὶ τῶν τοιούτων	conversant sur de telles *choses*
ἢ σμικρὸν ἢ μέγα·	ou peu ou beaucoup :
καὶ γνώσεσθε ἐκ τούτου	et vous connaîtrez par cela
ὅτι καὶ τὰ ἄλλα	que aussi les autres *choses*
ἃ οἱ πολλοὶ λέγουσι περὶ ἐμοῦ	que la plupart disent sur moi
ἐστὶ τοιαῦτα.	sont telles.
IV. Ἀλλὰ γὰρ	IV. Mais en effet
οὔτε οὐδὲν τούτων ἐστὶν,	ni aucune de ces *choses* n'est,
οὐδέ γε	ni-même certes
εἰ ἀκηκόατέ τινος	si vous avez entendu *dire* à quelqu'un
ὡς ἐγὼ ἐπιχειρῶ	que moi j'entreprends
παιδεύειν ἀνθρώπους,	d'instruire les hommes,
καὶ πράττομαι χρήματα,	et *que* j'exige de l'argent,
οὐδὲ τοῦτο ἀληθές.	cela non-plus *n'est pas* vrai.
Ἐπεὶ καὶ τοῦτό γε	Puisque même cela certes
δοκεῖ ἐμοὶ εἶναι καλὸν,	semble à moi être beau,
εἴ τις εἴη οἷός τε	si quelqu'un était capable même
παιδεύειν ἀνθρώπους,	d'instruire les hommes,
ὥσπερ Γοργίας τε ὁ Λεοντῖνος,	comme et Gorgias celui de-Léontium,
καὶ Πρόδικος ὁ Κεῖος,	et Prodicus celui de-Céos,
καὶ Ἱππίας δὲ ὁ Ἠλεῖος.	et Hippias aussi celui d'-Élis.
Ἕκαστος γὰρ τούτων,	Car chacun de ceux-ci,
ὦ ἄνδρες Ἀθηναῖοι,	ô hommes Athéniens,
ἐστὶν οἷός τε,	est capable aussi,
ἰὼν εἰς ἑκάστην τῶν πόλεων,	allant dans chacune des cités,
πείθουσι τούτους τοὺς νέους,	*tous*, persuadent ces jeunes-gens,
οἷς ἔξεστι	auxquels il est-possible
ξυνεῖναι προῖκα	de s'-entretenir gratuitement
τῶν ἑαυτῶν πολιτῶν	*avec celui* de leurs concitoyens
ᾧ βούλωνται ἂν,	avec lequel ils voudraient,
ἀπολιπόντας	*au point que* ayant laissé
τὰς ξυνουσίας ἐκείνων	les entretiens de ceux-là
ξυνεῖναι σφίσι	ils s'-entretiennent-avec eux
διδόντας χρήματα,	*leur* donnant *de l'*argent,
καὶ προσειδέναι χάριν.	et de *leur* savoir-de-plus gré.
Ἐπεὶ καὶ	Puisque même
ἄλλος ἀνὴρ σοφὸς Πάριος	un autre homme savant de-Paros
ἐστὶν ἐνθάδε,	est ici,

προσελθὼν ἀνδρὶ ὃς τετέλεκε χρήματα σοφισταῖς πλείω ἢ ξύμπαντες οἱ ἄλλοι, Καλλίᾳ τῷ Ἱππονίκου[1]. Τοῦτον οὖν ἀνηρόμην (ἐστὸν γὰρ αὐτῷ δύο υἱέε)· « Ὦ Καλλία, ἦν δ' ἐγώ[2], εἰ μέν σου τὼ υἱέε πώλω ἢ μόσχω ἐγενέσθην, εἴχομεν ἂν αὐτοῖν ἐπιστάτην λαβεῖν καὶ μισθώσασθαι, ὃς ἔμελλεν αὐτὼ καλώ τε κἀγαθὼ ποιήσειν τὴν προσήκουσαν ἀρετήν· ἦν δ' ἂν οὗτος ἢ τῶν ἱππικῶν τις, ἢ τῶν γεωργικῶν· νῦν δ' ἐπειδὴ ἀνθρώπω ἐστὸν, τίνα αὐτοῖν ἐν νῷ ἔχεις ἐπιστάτην λαβεῖν; Τίς τῆς τοιαύτης ἀρετῆς, τῆς ἀνθρωπίνης τε καὶ πολιτικῆς, ἐπιστήμων ἐστίν; οἶμαι γάρ σε ἐσκέφθαι, διὰ τὴν τῶν υἱέων κτῆσιν. Ἔστι τις, ἔφην ἐγώ, ἢ οὔ; — Πάνυ γε, ἦ δ' ὅς. — Τίς, ἦν δ' ἐγώ, καὶ ποδαπός; καὶ πόσου διδάσκει; — Εὔηνος, ἔφη, ὦ Σώκρατες, Πάριος, πέντε μνῶν. » Καὶ ἐγὼ τὸν Εὔηνον ἐμακάρισα, εἰ ὡς ἀληθῶς ἔχει ταύτην τὴν τέχνην καὶ οὕτως ἐμμελῶς διδάσκει.

de cette espèce : car ayant rencontre un jour un de nos citoyens, Callias, fils d'Hipponicus, qui avait, à lui seul, donné plus d'argent aux sophistes que tous les autres ensemble, comme je savais qu'il avait deux fils : « Callias, lui dis-je, si au lieu de deux fils, tu avais deux jeunes chevaux ou deux jeunes taureaux, nous pourrions sans doute trouver quelqu'un qu'on payerait pour en prendre soin, les élever et les dresser de manière à ce qu'ils acquissent toutes les qualités qui conviennent à leur nature : ce serait probablement quelque palefrenier ou quelque laboureur ; mais comme ce sont des hommes que tu dois former, quel gouverneur as-tu dessein de leur donner ? Qui connais-tu qui soit assez versé dans la connaissance des vertus propres à un homme et à un citoyen ? Car je m'imagine qu'ayant des enfants tu as dû réfléchir à cela. As-tu trouvé quelqu'un, ajoutai-je ?— Assurément, me répondit-il. — Qui est-ce donc, repris-je, de quel pays est-il, et combien le payes-tu ?—C'est Événus, répondit Callias ; il est de Paros, et je lui donne cinq mines. » Je félicitai de grand cœur Événus, si véritablement il possédait un talent si précieux, de ce qu'il donnait la

ὃν ἐγὼ ᾐσθόμην ἐπιδημοῦντα· lequel moi j'ai appris étant arrivé.
ἔτυχον γὰρ προσελθὼν car je me-trouvai ayant abordé
ἀνδρὶ ὃς τετέλεκε σοφισταῖς un homme qui a payé aux sophistes
πλείω χρήματα plus d'argent
ἢ οἱ ἄλλοι ξύμπαντες, que les autres tous-ensemble,
Καλλίᾳ, τῷ Ἱππονίκου. savoir, Callias, le fils d'Hipponicus.
Ἀνηρόμην οὖν τοῦτον J'interrogeai donc celui-ci
— δύο γὰρ υἱέε ἐστὸν αὐτῷ· — — car deux fils sont à lui : —
« Εἰ μὲν, ὦ Καλλία, ἐγὼ δὲ ἦν, « Si donc, ô Callias, disais-je alors,
τὼ υἱέε σου ἐγενέσθην les deux-fils de toi avaient été
πώλω ἢ μόσχω, deux-poulains ou deux-veaux,
εἴχομεν ἂν λαβεῖν nous aurions à prendre
καὶ μισθώσασθαι αὐτοῖν et à gager pour eux-deux
ἐπιστάτην, un gouverneur,
ὃς ἔμελλε ποιήσειν αὐτὼ qui devrait rendre eux-deux
καλώ τε καὶ ἀγαθὼ et beaux et bons
τὴν ἀρετὴν προσήκουσαν· de la qualité convenable à eux :
οὗτος δὲ ἦν ἄν τις or ce gouverneur serait quelqu'un
ἢ τῶν ou de ceux
ἱππικῶν, qui-s'occupent-de-chevaux,
ἢ τῶν γεωργικῶν· ou de ceux qui-travaillent-la-terre :
νῦν δὲ mais maintenant
ἐπειδή ἐστον ἀνθρώπω, puisque ce sont deux-hommes,
τίνα ἐπιστάτην ἔχεις ἐν νῷ quel gouverneur as-tu dans l'idée
λαβεῖν αὐτοῖν; de prendre pour eux-deux?
Τίς ἐστιν ἐπιστήμων Qui est versé-dans-la-connaissance
τῆς τοιαύτης ἀρετῆς, d'une telle vertu,
τῆς ἀνθρωπίνης τε et de celle d'-homme
καὶ πολιτικῆς; et de celle de-citoyen?
οἶμαι γάρ σε ἐσκέφθαι, car je pense toi avoir réfléchi,
διὰ τὴν κτῆσιν τῶν υἱέων. par-suite-de l'acquisition de tes fils.
Ἔστι τις, ἔφην ἐγώ, ἢ οὔ; Est-il quelqu'un, disais-je, ou non?
— Πάνυ γε, ἦ δ' ὅς. — Tout-à-fait (oui) certes, dit celui-ci.
— Τίς, ἦν δ' ἐγώ, καὶ ποδαπός; — Qui est-il, dis-je, et de-quel-pays
καὶ πόσου διδάσκει; et pour-quel-prix enseigne-t-il?
- - Εὔηνος, ἔφη, ὦ Σώκρατες, — C'est Événus, dit-il, ô Socrate,
Πάριος, πέντε μνῶν. » de-Paros, pour cinq mines. »
Καὶ ἐγὼ ἐμακάρισα τὸν Εὔηνον, Et moi je félicitai Événus,
εἰ ἔχει ὡς ἀληθῶς s'il a bien véritablement
ταύτην τὴν τέχνην, cet art,

Ἐγὼ γοῦν καὶ αὐτὸς ἐκαλλυνόμην τε καὶ ἡβρυνόμην ἂν, εἰ ἠπιστάμην ταῦτα· ἀλλ' οὐ γὰρ ἐπίσταμαι, ὦ ἄνδρες Ἀθηναῖοι.

V. Ὑπολάβοι οὖν ἄν τις ὑμῶν ἴσως· « Ἀλλ', ὦ Σώκρατες, τὸ σὸν τί ἐστι πρᾶγμα; πόθεν αἱ διαβολαί σοι αὗται γεγόνασιν; οὐ γὰρ δήπου σοῦ γε οὐδὲν τῶν ἄλλων περιττότερον πραγματευομένου, ἔπειτα τοσαύτη φήμη τε καὶ λόγος γέγονεν, εἰ μή τι ἔπραττες ἀλλοῖον, ἢ οἱ πολλοί. Λέγε οὖν ἡμῖν, τί ἐστιν, ἵνα μὴ ἡμεῖς περὶ σοῦ αὐτοσχεδιάζωμεν[1]. » Ταυτί μοι δοκεῖ δίκαια λέγειν ὁ λέγων, κἀγὼ ὑμῖν πειράσομαι ἀποδεῖξαι, τί ποτ' ἐστὶ τοῦτο, ὃ ἐμοὶ πεποίηκε τό τε ὄνομα καὶ τὴν διαβολήν. Ἀκούετε δή. Καὶ ἴσως μὲν δόξω τισὶν ὑμῶν παίζειν· εὖ μέντοι ἴστε, πᾶσαν ὑμῖν τὴν ἀλήθειαν ἐρῶ. Ἐγὼ γάρ, ὦ ἄνδρες Ἀθηναῖοι, δι' οὐδὲν ἀλλ' ἢ διὰ σοφίαν τινὰ τοῦτο τὸ ὄνομα ἔσχηκα. Ποίαν

science pour un prix si modeste. Pour moi, j'avoue que je serais bien fier et bien glorieux, si j'en savais autant; mais en vérité, Athéniens, je n'ai point cette science-là.

V. Et ici, quelqu'un de vous me demandera peut-être: « Mais que fais-tu donc, Socrate, et quelle est donc la cause de toutes ces calomnies dont tu es devenu l'objet? car enfin si tu ne faisais rien de plus que les autres, tu n'aurais probablement pas acquis tant de célébrité; tout le monde ne parlerait pas de toi, s'il n'y avait ni dans tes actions, ni dans ta conduite, rien de plus extraordinaire que dans celle de la plupart des autres citoyens : dis-nous donc ce que c'est, afin que nous ne te jugions pas aussi, nous, avec trop de précipitation. » Rien de plus juste assurément qu'un pareil langage, et je vais tâcher de vous faire connaître ce qui m'a donné cette renommée, et la source de ces calomnies. Écoutez donc enfin; et peut-être quelques-uns de vous croiront que je ne parle pas sérieusement; mais soyez convaincus néanmoins que je ne vous dirai rien que de vrai. En effet, Athéniens, je ne **crois** pas que cette célébrité me vienne d'aucune autre cause que

καὶ διδάσκει οὕτως ἐμμελῶς. — et s'il enseigne si galamment.
'Εγὼ γοῦν καὶ αὐτὸς — Moi par-exemple aussi moi-même
ἐκαλλυνόμην ἄν τε — et je me-pavanerais
καὶ ἡβρυνόμην, — et je m'-enorgueillirais ,
εἰ ἠπιστάμην ταῦτα· — si je savais ces *choses:*
ἀλλὰ γὰρ οὐκ ἐπίσταμαι, — mais en effet je ne *les* sais **pas**,
ὦ ἄνδρες Ἀθηναῖοι. — ô hommes Athéniens.

V. Τίς ὑμῶν οὖν — V. Quelqu'un de vous donc
ὑπολάβοι ἂν ἴσως· — reprendrait peut-être :
« Ἀλλά, ὦ Σώκρατες, — « Mais, ô Socrate,
τὸ σὸν πρᾶγμα τί ἐστι; — ton affaire quelle est-elle ?
πόθεν γεγόνασιν — d'où sont venues
αὖται αἱ διαβολαί σου ; — ces calomnies-*là* contre-toi ?
σοῦ γὰρ δήπου γε — car toi sans-doute aussi
πραγματευομένου οὐδὲν — ne travaillant à rien
περιττότερον τῶν ἄλλων, — *de* plus remarquable que les autres,
ἔπειτα τοσαύτη φήμη τε — après-cela et une telle renommée
καὶ λόγος οὐ γέγονεν, — et un *tel* bruit n'auraient pas eu-lieu,
εἰ μὴ ἔπραττές τι ἀλλοῖον, — si tu ne faisais quelque autre *chose,*
ἢ οἱ πολλοί. — que *ce que* la plupart *font.*
Λέγε οὖν ἡμῖν, τί ἐστιν, — Dis donc à nous, quelle *chose* c'est,
ἵνα ἡμεῖς — afin que nous
μὴ αὐτοσχεδιάζωμεν περὶ σοῦ. » — nous n'improvisions pas sur toi. »
'Ο λέγων ταυτὶ — Celui qui-dit ces *choses*
δοκεῖ μοι λέγειν δίκαια, — semble à moi dire des *choses* justes,
καὶ ἐγὼ πειράσομαι — et moi je tâcherai
ἀποδεῖξαι ὑμῖν, — de montrer à vous,
τί ποτε ἔστι τοῦτο, — quoi enfin est cela,
ὃ πεποίηκεν ἐμοὶ — qui a fait à moi
τό τε ὄνομα καὶ τὴν διαβολήν. — et *ce* renom et *cette* calomnie.
'Ακούετε δή. — Or écoutez.
Καὶ ἴσως μὲν — Et peut-être il-est-vrai
δόξω τισὶν ὑμῶν — je semblerai à quelques-uns de vous
παίζειν· — plaisanter :
ἴστε μέντοι εὖ, — sachez-*le* pourtant bien,
ἐρῶ ὑμῖν πᾶσαν τὴν ἀλήθειαν. — je dirai à vous toute la vérité.
'Εγὼ γάρ, ὦ ἄνδρες Ἀθηναῖοι, — Car moi, ô hommes **Athéniens,**
ἔσχηκα τοῦτο τὸ ὄνομα — je n'ai eu ce renom
διὰ οὐδὲν ἄλλο — pour aucune autre *chose*
ἢ διά τινα σοφίαν. — que pour certaine sagesse.

δὴ σοφίαν ταύτην; Ἥπερ ἐστὶν ἴσως ἀνθρωπίνη σοφία. Τῷ
ὄντι γὰρ κινδυνεύω ταύτην εἶναι σοφός[1]· οὗτοι δὲ τάχ' ἂν, οὓς
ἄρτι ἔλεγον, μείζω τινὰ ἢ κατ' ἄνθρωπον σοφίαν σοφοὶ εἶεν, ἢ
οὐκ ἔχω ὅ τι λέγω· οὐ γὰρ δὴ ἔγωγε αὐτὴν ἐπίσταμαι, ἀλλ'
ὅστις φησὶ, ψεύδεταί τε καὶ ἐπὶ διαβολῇ τῇ ἐμῇ λέγει. Καί μοι,
ὦ ἄνδρες Ἀθηναῖοι, μὴ θορυβήσητε, μηδ' ἐὰν δόξω τι ὑμῖν μέγα
λέγειν· οὐ γὰρ ἐμὸν ἐρῶ τὸν λόγον, ὃν ἂν λέγω, ἀλλ' εἰς ἀξιό-
χρεων ὑμῖν τὸν λέγοντα ἀνοίσω. Τῆς γὰρ ἐμῆς, εἰ δή τίς ἐστι
σοφία, καὶ οἴα, μάρτυρα ὑμῖν παρέξομαι τὸν θεὸν τὸν ἐν Δελ-
φοῖς. Χαιρεφῶντα[2] γὰρ ἴστε που. Οὗτος ἐμός τε ἑταῖρος ἦν ἐκ
νέου, καὶ ὑμῶν τῷ πλήθει ἑταῖρός τε καὶ ξυνέφυγε τὴν φυγὴν
ταύτην[3] καὶ μεθ' ὑμῶν κατῆλθε. Καὶ ἴστε δὴ οἷος ἦν Χαιρε-
φῶν, ὡς σφοδρὸς ἐφ' ὅ τι ὁρμήσειε. Καὶ δή ποτε καὶ εἰς Δελφοὺς

d'une certaine sagesse qui est en moi. Et quelle est donc cette sagesse?
Sans doute c'est une sagesse purement humaine, et véritablement je
cours grand risque de n'être sage que de celle-là : peut-être que ceux
dont j'ai parlé tout à l'heure en possèdent quelque autre bien supé-
rieure à celle dont l'homme est l'objet, et je ne puis rien en dire, car
assurément je n'ai point une pareille sagesse ; si quelqu'un le prétend,
il en impose, et son dessein est de me calomnier. Je vous en conjure,
Athéniens, n'allez pas éclater en murmures contre moi, si ce que je
vais vous dire vous paraît d'une arrogance extrême ; car ce ne sont pas
mes paroles que vous allez entendre, mais je ferai parler devant vous
une autorité qui mérite toute votre confiance ; j'invoquerai en faveur
de ma sagesse, quelle qu'elle soit, si tant est qu'elle soit, le dieu de
Delphes. Vous connaissez sans doute Chéréphon ; il fut mon ami dès
sa jeunesse, et l'ami de la plupart d'entre vous, il s'exila avec vous
de cette ville et y rentra avec vous ; et vous savez quelle ardeur il met-
tait dans tout ce qu'il entreprenait. Étant donc un jour allé à Delphes,

Ποίαν δὴ σοφίαν ταύτην,	Or quelle sagesse *est* celle-ci ?
Ἴσως ἥπερ ἐστὶ	Peut-être celle-qui est
σοφία ἀνθρωπίνη.	une sagesse humaine.
Τῷ ὄντι γὰρ	Car dans la réalité
κινδυνεύω εἶναι σοφὸς ταύτην·	je risque d'être sage de cette *sagesse* :
τάχα δὲ οὗτοι,	mais peut-être ceux-ci,
οὓς ἔλεγον ἄρτι,	que je disais tout-à-l'heure,
εἶεν ἂν σοφοὶ τινὰ σοφίαν	seraient sages de quelque sagesse
μείζω ἢ κατὰ ἄνθρωπον,	plus grande que pour un homme
ἢ οὐκ ἔχω ὅ τι λέγω·	ou je n'ai *rien* que j'*en* dise :
ἔγωγε γὰρ δὴ	car du-moins certes
οὐκ ἐπίσταμαι αὐτήν,	je ne sais pas elle,
ἀλλὰ ὅστις φησὶ,	mais quiconque dit *que je la sais*,
ψεύδεταί τε καὶ λέγει	et ment et parle
ἐπὶ τῇ διαβολῇ ἐμῇ.	pour la calomnie contre-moi.
Καὶ, ὦ ἄνδρες Ἀθηναῖοι,	Et, ô hommes Athéniens,
μὴ θορυβήσητέ μοι,	ne faites-pas-tumulte contre moi,
μηδὲ ἐὰν δόξω ὑμῖν	pas-même si je semble à vous
λέγειν τι μέγα·	dire quelque *chose* de fort (de fier)
οὐ γὰρ ἐρῶ ἐμὸν	car je ne dirai pas *comme* mien
τὸν λόγον, ὃν λέγω ἂν,	le discours, que je dirai,
ἀλλὰ ἀνοίσω εἰς τὸν λέγοντα	mais je *le* rapporterai à celui qui-parle
ἀξιόχρεων ὑμῖν.	*étant* digne-de-foi pour vous.
Παρέξομαι γὰρ ὑμῖν	Car je produirai à vous
τὸν θεὸν τὸν ἐν Δελφοῖς	le dieu celui *qui est* à Delphes
μάρτυρα τῆς ἐμῆς,	*comme* témoin de ma *science*,
εἰ δή τις σοφία ἐστὶ,	si certes quelque science est *mienne*,
καὶ οἵα.	et quelle *elle est*.
Ἴστε γὰρ που Χαιρεφῶντα.	Car vous connaissez bien Chéréphon.
Οὗτος ἦν τε ἐμὸς ἑταῖρος	Cet *homme* était et mon ami
ἐκ νέου,	depuis *lui* jeune (sa jeunesse),
καὶ ἑταῖρός τε τῷ πλήθει ὑμῶν	et ami aussi au (du) grand-nombre de
καὶ ξυνέφυγε	et il s'-exila-avec *vous* [vous
ταύτην τὴν φυγὴν	de cet exil *que vous savez*
καὶ κατῆλθε μετὰ ὑμῶν.	et il revint avec vous.
Καὶ ἴστε δὴ	Et vous savez certes
οἷος ἦν Χαιρεφῶν,	quel était Chéréphon,
ὡς σφοδρὸς	combien vif *il était*
ἐπὶ ὅ τι ὁρμήσειε.	pour tout-ce vers quoi il se-portait.
Καὶ δὴ καί ποτε	Et certes même un-jour

ἐλθὼν ἐτόλμησε τοῦτο μαντεύσασθαι, καὶ ὅπερ λέγω, μὴ θορυβεῖτε, ὦ ἄνδρες. Ἤρετο γὰρ δὴ, εἴ τις ἐμοῦ εἴη σοφώτερος.
Ἀνεῖλεν[1] οὖν ἡ Πυθία μηδένα σοφώτερον εἶναι. Καὶ τούτων πέρι
ὁ ἀδελφὸς ὑμῖν αὐτοῦ οὑτοσὶ μαρτυρήσει, ἐπειδὴ ἐκεῖνος τετελεύτηκε.

VI. Σκέψασθε δὲ, ὧν ἕνεκα ταῦτα λέγω· μέλλω γὰρ ὑμᾶς
διδάξειν, ὅθεν μοι ἡ διαβολὴ γέγονε. Ταῦτα γὰρ ἐγὼ ἀκούσας
ἐνεθυμούμην οὑτωσί· Τί ποτε λέγει ὁ θεὸς καὶ τί ποτε αἰνίττεται, ἐγὼ γὰρ δὴ οὔτε μέγα οὔτε σμικρὸν ξύνοιδα ἐμαυτῷ σοφὸς
ὤν[2]· τί οὖν ποτε λέγει, φάσκων ἐμὲ σοφώτατον εἶναι; οὐ γὰρ
δήπου ψεύδεταί γε· οὐ γὰρ θέμις αὐτῷ. Καὶ πολὺν μὲν χρόνον
ἠπόρουν, τί ποτε λέγει· ἔπειτα μόγις πάνυ ἐπὶ ζήτησιν αὐτοῦ
τοιαύτην τινὰ ἐτραπόμην. Ἦλθον ἐπί τινα τῶν δοκούντων
σοφῶν εἶναι, ὡς ἐνταῦθα, εἴπερ που, ἐλέγξων τὸ μαντεῖον, καὶ

il osa consulter l'oracle sur ce sujet même; mais, encore une fois,
Athéniens, contenez votre indignation sur ce que je vais vous dire;
il demanda donc à l'oracle si quelqu'un était plus sage que moi : la
Pythie lui répondit qu'il n'y avait personne qui le fût davantage. Son
frère, qui est ici, pourra vous attester la vérité de ce fait, puisque
Chéréphon lui-même a cessé de vivre.

VI. Considérez d'ailleurs pourquoi je rapporte toutes ces choses :
c'est que je dois vous faire connaître d'où proviennent les calomnies
répandues contre moi. En effet quand j'eus appris ce que je viens de
vous dire, je fis ces réflexions en moi-même : Que veut donc dire le
dieu ? que veut-il nous donner à entendre ? car, pour moi, je ne me
connais aucune sagesse, ni petite, ni grande ; que veut-il donc dire,
lorsqu'il déclare que je suis le plus sage des hommes ? Car enfin il ne
veut pas nous tromper, il ne peut pas le vouloir. Ainsi je fus longtemps
dans une extrême perplexité, ne pouvant expliquer le sens de l'oracle.
Ce ne fut enfin qu'après une longue incertitude que je pris le parti que
vous allez entendre pour parvenir à connaître l'intention du dieu.
J'allai chez quelqu'un de ceux qui passaient pour être des plus sages,
croyant trouver là un moyen de convaincre l'oracle, et de pouvoir lui

ἐλθὼν εἰς Δελφοὺς — étant allé à Delphes
ἐτόλμησε μαντεύσασθαι τοῦτο, — il osa consulter-l'oracle sur cela,
καὶ μὴ θορυβεῖτε, — et n'éclatez-pas-en-murmures,
ὦ ἄνδρες, ὅπερ λέγω. — ô hommes, sur ce-que je dis.
Ἥρετο γὰρ δὴ, — Car certes il demandait,
εἴ τις εἴη σοφώτερος ἐμοῦ. — si quelqu'un était plus sage que moi.
Ἡ Πυθία οὖν ἀνεῖλε — La Pythie donc répondit
μηδένα εἶναι σοφώτερον. — personne n'être plus sage.
Καὶ περὶ τούτων — Et sur ces *faits*
ὁ ἀδελφὸς αὐτοῦ οὑτοσὶ — le frère de lui celui-ci (qui est ici)
μαρτυρήσει ὑμῖν, — témoignera à (devant) vous,
ἐπειδὴ ἐκεῖνος — puisque celui-là (Chéréphon)
τετελεύτηκε. — a terminé *sa vie.*

VI. Σκέψασθε δὲ, — VI. Mais considérez *les motifs*,
ἕνεκα ὧν λέγω ταῦτα· — pour lesquels je dis cela :
μέλλω γὰρ διδάξειν ὑμᾶς, — car je dois instruire vous,
ὅθεν ἡ διαβολὴ γέγονέ μοι. — d'où la calomnie est venue à moi.
Ἐγὼ γὰρ ἀκούσας ταῦτα — En effet moi ayant entendu ces *choses*
ἐνεθυμούμην οὑτωσί· — je réfléchissais ainsi :
Τί ποτε λέγει ὁ θεὸς — Quoi donc dit le dieu
καὶ τί ποτε αἰνίττεται, — et quoi donc insinue-t-il,
ἐγὼ γὰρ δὴ — car moi certes
ξύνοιδα ἐμαυτῷ ὢν σοφὸς — je sais en moi-même n'étant sage
οὔτε μέγα οὔτε σμικρόν· — ni beaucoup ni peu :
τί οὖν ποτε λέγει, — quoi donc enfin dit-il,
φάσκων ἐμὲ εἶναι σοφώτατον; — répétant moi être le plus sage ?
οὐ γὰρ δήπου γε ψεύδεται· — car sans-doute il ne ment pas :
θέμις γὰρ οὐκ αὐτῷ. — car liberté n'*est* pas à lui *de mentir.*
Καὶ μὲν ἠπόρουν — Et à-la-vérité j'étais-incertain
πολὺν χρόνον, — pendant un long temps,
τί ποτε λέγει· — quoi donc il dit (il voulait dire) :
ἔπειτα πάνυ μόγις — puis tout-à-fait avec-peine
ἐτραπόμην — je me-tournai
ἐπὶ τινὰ ζήτησιν αὐτοῦ — vers certaine recherche de cela
τοιαύτην. — telle (de cette manière).
Ἦλθον ἐπί τινά — J'allai vers quelqu'un
τῶν δοκούντων εἶναι σοφῶν, — de ceux qui-paraissaient être sages,
ὡς ἐλέγξων τὸ μαντεῖον, — comme devant éprouver l'oracle,
ἐνταῦθα, εἴπερ που, — là, si *je pouvais* quelque-part,
καὶ ἀποφανῶν τῷ χρησμῷ — et devant déclarer à l'oracle

ἀποφαίνων τῷ χρησμῷ, ὅτι οὗτός γ' ἐμοῦ σοφώτερός ἐστι, σὺ
δ' ἐμὲ ἔφησθα[1]. Διασκοπῶν οὖν τοῦτον (ὀνόματι γὰρ οὐδὲν
δέομαι λέγειν· ἦν δέ τις τῶν πολιτικῶν, πρὸς ὃν ἐγὼ σκοπῶν
τοιοῦτόν τι ἔπαθον, ὦ ἄνδρες Ἀθηναῖοι), καὶ διαλεγόμενος
αὐτῷ, ἔδοξέ μοι οὗτος ὁ ἀνὴρ δοκεῖν μὲν εἶναι σοφὸς ἄλλοις
τε πολλοῖς ἀνθρώποις καὶ μάλιστα ἑαυτῷ, εἶναι δ' οὔ. Κἄπειτα
ἐπειρώμην αὐτῷ δεικνύναι, ὅτι οἴοιτο μὲν εἶναι σοφός, εἴη δ'
οὔ. Ἐντεῦθεν οὖν τούτῳ τε ἀπηχθόμην, καὶ πολλοῖς τῶν παρόν-
των. Πρὸς ἐμαυτὸν δ' οὖν ἀπιὼν ἐλογιζόμην, ὅτι τούτου μὲν
τοῦ ἀνθρώπου ἐγὼ σοφώτερός εἰμι· κινδυνεύει μὲν γὰρ ἡμῶν
οὐδέτερος οὐδὲν καλὸν κἀγαθὸν εἰδέναι· ἀλλ' οὗτος μὲν οἴεταί
τι εἰδέναι οὐκ εἰδώς, ἐγὼ δέ, ὥσπερ οὖν οὐκ οἶδα, οὐδὲ οἴομαι.
Ἔοικα γοῦν[2] τούτου γε σμικρῷ τινι αὐτῷ τούτῳ σοφώτερος εἶναι,

dire en quelque sorte : Celui-ci est plus sage que moi, et tu avais dit
que c'était moi qui étais le plus sage des mortels. En observant donc
cet homme (car il est inutile de dire ici son nom, mais c'était un
de ceux qui s'occupent des intérêts de la république), en l'observant, dis-je, de plus près, et en conversant avec lui, voici quelle
impression il fit sur moi : je trouvai qu'il passait pour sage dans l'opinion de la plupart des citoyens, et surtout dans sa propre opinion,
mais qu'en effet il ne l'était pas ; ensuite j'essayai de lui faire voir qu'il
pensait à la vérité être sage, et que dans le fait il ne l'était pas, et dès
lors je lui devins odieux, aussi bien qu'à un grand nombre de témoins
de notre entretien. Quand je l'eus quitté, je raisonnai ainsi en moi-
même : Sans doute je suis plus sage que cet homme ; car aucun de
nous deux ne me paraît savoir ce que c'est que le beau ou le bon,
mais il s'imagine, lui, qu'il le sait, quoiqu'il l'ignore ; au lieu que
moi qui ne le sais pas, je ne crois pas du moins le savoir. Il paraît
donc que j'ai sur lui ce faible avantage, et que je suis plus sage que lui

ὅτι οὗτός γε	que celui-ci du-moins
ἐστὶ σοφώτερος ἐμοῦ,	est plus sage que moi,
σὺ δὲ ἔφησθα ἐμέ.	mais toi tu disais moi *le plus sage*.
Διασκοπῶν οὖν τοῦτον	Observant donc celui-ci
— δέομαι γὰρ οὐδὲν	— car je n'ai-besoin *en* rien
λέγειν ὀνόματι·	de *le* citer par *son* nom :
ἦν δέ τις τῶν πολιτικῶν,	mais c'était quelqu'un des politiques,
πρὸς ὃν ἐγὼ σκοπῶν	vers lequel moi regardant
ἔπαθόν τι τοιοῦτον,	je ressentis quelque *chose de* tel,
ὦ ἄνδρες Ἀθηναῖοι, —	ô hommes Athéniens , —
καὶ διαλεγόμενος αὐτῷ,	et conversant-avec lui,
οὗτος ὁ ἀνὴρ ἔδοξέ μοι	cet homme sembla à moi
δοκεῖν μὲν εἶναι σοφὸς	paraître il-est-vrai être sage
πολλοῖς τε ἄλλοις ἀνθρώποις	et à beaucoup d'autres hommes
καὶ μάλιστα ἑαυτῷ,	et surtout à lui-même,
οὐ δὲ εἶναι.	mais ne pas *l'*être.
Καὶ ἔπειτα ἐπειρώμην	Et ensuite je tâchai
δεικνύναι αὐτῷ,	de montrer à lui,
ὅτι οἴοιτο μὲν εἶναι σοφός,	que il croyait il-est-vrai être sage,
οὐ δὲ εἴη.	mais ne *l'*était pas.
Ἐντεῦθεν οὖν	De-là donc
ἀπηχθόμην τούτῳ τε,	je devins-odieux et à celui-ci,
καὶ πολλοῖς τῶν παρόντων.	et à beaucoup des *hommes* présents.
Ἀπιὼν δὲ οὖν	Et donc m'-en-allant
ἐλογιζόμην πρὸς ἐμαυτόν,	je réfléchissais en moi-même,
ὅτι ἐγὼ μέν εἰμι σοφώτερος	que moi certes je suis plus sage
τούτου τοῦ ἀνθρώπου·	que cet homme :
οὐδέτερος μὲν γὰρ ἡμῶν	car d'un-côté aucun de nous *deux*
κινδυνεύει εἰδέναι	ne risque de savoir
οὐδὲν καλὸν καὶ ἀγαθόν·	rien *de* beau et *de* bon :
ἀλλὰ οὗτος μὲν	mais celui-ci d'une-part
οἴεται εἰδέναι τι	croit savoir quelque *chose*
οὐκ εἰδώς·	ne sachant pas (rien) :
ἐγὼ δέ,	moi d'autre-part,
ὥσπερ οὖν οὐκ οἶδα,	de-même-que certes je ne sais *rien*,
οὐδὲ οἴομαι.	je ne crois pas non-plus *rien savoir*.
Ἔοικα γοῦν	Je parais donc
εἶναι σοφώτερος τούτου	être plus sage que celui-ci
τινί γε σμικρῷ	du-moins par quelque petite *chose*
τούτῳ αὐτῷ, ὅτι	par cela même, que

ὅτι ἃ μὴ οἶδα οὐδὲ οἴομαι εἰδέναι. Ἐντεῦθεν ἐπ' ἄλλον ᾖα τῶν
ἐκείνου δοκούντων σοφωτέρων εἶναι, καί μοι ταὐτὰ ταῦτα
ἔδοξε· καὶ ἐνταῦθα κἀκείνῳ καὶ ἄλλοις πολλοῖς ἀπηχθόμην.

VII. Μετὰ ταῦτ' οὖν ἤδη ἐφεξῆς ᾖα, αἰσθανόμενος μὲν
καὶ λυπούμενος καὶ δεδιὼς, ὅτι ἀπηχθανόμην, ὅμως δὲ ἀναγ-
καῖον ἐδόκει εἶναι τὸ τοῦ θεοῦ περὶ πλείστου ποιεῖσθαι. Ἰτέον
οὖν, σκοποῦντι τὸν χρησμὸν τί λέγει, ἐπὶ ἅπαντας τούς τι
δοκοῦντας εἰδέναι. Καὶ νὴ τὸν κύνα[1], ὦ ἄνδρες Ἀθηναῖοι (δεῖ
γὰρ πρὸς ὑμᾶς τἀληθῆ λέγειν), ἦ μὴν ἐγὼ ἔπαθόν τι τοιοῦτον· οἱ
μὲν μάλιστα εὐδοκιμοῦντες ἔδοξάν μοι ὀλίγου δεῖν τοῦ πλείστου
ἐνδεεῖς εἶναι, ζητοῦντι κατὰ τὸν θεόν· ἄλλοι δὲ δοκοῦντες φαυλό-
τεροι, ἐπιεικέστεροι εἶναι ἄνδρες πρὸς τὸ φρονίμως ἔχειν. Δεῖ δὴ
ὑμῖν τὴν ἐμὴν πλάνην ἐπιδεῖξαι, ὥσπερ πόνους τινὰς πονοῦντος,

en ce point, que je ne me flatte pas de savoir ce que j'ignore en effet.
De là j'allai chez un autre de ceux qui passaient pour être encore plus
sages, et j'eus lieu de porter entièrement le même jugement; et par
là je m'attirai la haine de ce dernier et de beaucoup d'autres.

VII. Je continuai néanmoins mes recherches, quoique affligé et
même effrayé de me voir exposé à tant de haines, mais je me croyais
dans l'obligation de ne pas négliger la réponse de l'oracle, et d'en
examiner soigneusement le sens, en allant chez tous ceux qui passaient pour avoir quelque sagesse ; et, je vous le jure, Athéniens, car
il faut vous dire la vérité, voici en dernier résultat l'impression qu'ils
firent sur moi : ceux qui avaient le plus de célébrité me parurent presque entièrement dénués de connaissances réelles, tandis que d'autres,
dont on avait une bien moindre opinion, étaient bien plus près de
posséder la sagesse. Mais, quoi qu'il en soit, je dois vous rendre
compte des démarches que je fis, et des travaux, s'il le faut ainsi

οὐδὲ οἴομαι εἰδέναι	je ne crois pas savoir
ἃ μὴ οἶδα.	les *choses* que je ne sais pas.
Ἐντεῦθεν ᾖα ἐπὶ ἄλλον	De-là j'allai vers un autre
τῶν δοκούντων εἶναι	de ceux qui-semblaient étre
σοφωτέρων ἐκείνου,	plus sages que celui-là,
καὶ ταῦτα τὰ αὐτὰ ἔδοξέ μοι·	et cette même *chose* parut à moi
καὶ ἐνταῦθα ἀπηχθόμην	et alors je devins-odieux
καὶ ἐκείνῳ καὶ πολλοῖς ἄλλοις.	et à celui-là et à beaucoup d'autres.
VII. Ἤδη οὖν μετὰ ταῦτα	VII. Déjà donc après cela
ᾖα ἐφεξῆς,	j'allai de-suite,
αἰσθανόμενος μὲν,	m'-apercevant d'une-part,
ὅτι ἀπηχθανόμην,	que j'étais-odieux,
καὶ λυπούμενος καὶ δεδιὼς,	et affligé et effrayé,
ὅμως δὲ ἐδόκει	cependant d'autre-part il *me* semblait
εἶναι ἀναγκαῖον	être nécessaire
ποιεῖσθαι περὶ πλείστου	d'estimer au plus haut *point*
τὸ τοῦ θεοῦ.	la *réponse* du dieu.
Ἰτέον οὖν,	Donc il-*me*-fallait-aller,
σκοποῦντι τὸν χρησμὸν	examinant l'oracle
τί λέγει,	ce-qu'il dit (veut-dire),
ἐπὶ ἅπαντας τοὺς	vers tous ceux
δοκοῦντας εἰδέναι τι.	qui-semblaient savoir quelque *chose.*
Καὶ νὴ τὸν κύνα,	Et par le chien,
ὦ ἄνδρες Ἀθηναῖοι,	ô hommes Athéniens,
— δεῖ γὰρ λέγειν πρὸς ὑμᾶς	— car il faut dire à vous
τὰ ἀληθῆ, —	les *choses* vraies, —
ἦ μὴν ἐγὼ	oui certes moi
ἔπαθόν τι τοιοῦτον·	je ressentis quelque *chose de* tel :
οἱ μὲν εὐδοκιμοῦντες μάλιστα	les uns qui-étaient-en-renom le plus
ἔδοξάν μοι δεῖν ὀλίγου	parurent à moi s'-en-falloir de peu
εἶναι ἐνδεεῖς	être dépourvus [(peu s'en faut)
τοῦ πλείστου,	de la *science* la plus importante,
ζητοῦντι κατὰ τὸν θεόν·	à *moi* recherchant d'-après le dieu :
ἄλλοι δὲ δοκοῦντες	et les autres paraissant
φαυλότεροι,	moins considérés,
εἶναι ἄνδρες ἐπιεικέστεροι	être des hommes plus-convenables
πρὸς τὸ ἔχειν φρονίμως.	pour le être sagement (sages)
Δεῖ δὴ ἐπιδεῖξαι ὑμῖν	Or il faut montrer à vous
τὴν πλάνην ἐμὴν,	les *courses* de-moi,
ὥσπερ πονοῦντός τινας πόνους,	comme me-fatiguant par des fatigues,

ἵνα μοι καὶ ἀνέλεγκτος ἡ μαντεία γένοιτο. Μετὰ γὰρ τοὺς πολι-
τικοὺς ᾖα ἐπὶ τοὺς ποιητὰς, τούς τε τῶν τραγῳδιῶν, καὶ τοὺς
τῶν διθυράμβων, καὶ τοὺς ἄλλους, ὡς ἐνταῦθα ἐπ' αὐτοφώρῳ κα-
ταληψόμενος ἐμαυτὸν ἀμαθέστερον ἐκείνων ὄντα. Ἀναλαμβάνων
οὖν αὐτῶν τὰ ποιήματα, ἅ μοι ἐδόκει μάλιστα πεπραγματεῦ-
σθαι αὐτοῖς, διηρώτων ἂν¹ αὐτοὺς τί λέγοιεν, ἵν' ἅμα τι καὶ
μανθάνοιμι παρ' αὐτῶν. Αἰσχύνομαι οὖν ὑμῖν εἰπεῖν, ὦ ἄνδρες,
τἀληθῆ· ὅμως δὲ ῥητέον. Ὡς ἔπος γὰρ εἰπεῖν, ὀλίγου αὐτῶν
ἅπαντες οἱ παρόντες ἂν βέλτιον ἔλεγον περὶ ὧν αὐτοὶ πεποιήκε-
σαν. Ἔγνων οὖν αὖ καὶ περὶ τῶν ποιητῶν ἐν ὀλίγῳ τοῦτο, ὅτι οὐ
σοφίᾳ ποιοῖεν ἃ ποιοῖεν, ἀλλὰ φύσει τινὶ, καὶ ἐνθουσιάζοντες ὥσπερ
οἱ θεομάντεις καὶ οἱ χρησμῳδοί· καὶ γὰρ οὗτοι λέγουσι μὲν πολλὰ

dire, que j'entrepris pour m'assurer de la vérité incontestable de la
réponse de l'oracle. En effet, après les politiques, je m'adressai aux
poëtes, à ceux qui font des tragédies, des comédies, des dithyram-
bes, et aux autres, croyant bien que c'était là que je serais en quelque
sorte pris sur le fait, et convaincu d'être moins sage qu'eux. Prenant
donc ceux de leurs poëmes qu'ils me semblaient avoir travaillés avec le
plus de soin, je les priai de m'expliquer le sens de certains passages,
désirant m'instruire par leurs réponses. J'ai honte de vous dire la
vérité, Athéniens, mais il faut pourtant la dire : presque tous ceux
qui étaient présents à notre entretien, auraient, pour ainsi dire,
mieux parlé qu'eux, sur les sujets dont il était question dans leurs
poëmes. J'eus donc bientôt lieu de juger que les poëtes n'étaient point
inspirés par la sagesse dans la composition de leurs ouvrages, mais
par quelque talent qu'ils tiennent de la nature, par une sorte d'enthousiasme semblable à celui qui inspire les devins et les prophètes;
car ces derniers aussi disent beaucoup de belles choses, mais ils en

ἵνα ἡ μαντεία	afin que l'oracle
γένοιτο καί μοι ἀνέλεγκτος.	devînt aussi pour moi incontestable.
Μετὰ γὰρ τοὺς πολιτικοὺς	Car après les politiques
ἦα ἐπὶ τοὺς ποιητὰς,	j'allai vers les poëtes,
τούς τε τῶν τραγῳδιῶν,	et ceux *qui font* des tragédies,
καὶ τοὺς τῶν διθυράμβων,	et ceux *qui font* des dithyrambes,
καὶ τοὺς ἄλλους,	et les autres,
ὡς καταληψόμενος	comme devant surprendre
ἐνταῦθα ἐπὶ αὐτοφώρῳ	là sur le fait
ἐμαυτὸν ὄντα	moi-même étant
ἀμαθέστερον ἐκείνων.	plus ignorant que ceux-là.
Ἀναλαμβάνων οὖν	Reprenant donc
τὰ ποιήματα αὐτῶν,	les poëmes d'eux,
ἃ ἐδόκει μοι	qui paraissaient à moi
πεπραγματεῦσθαι μάλιστα	avoir été travaillés le plus
αὐτοῖς,	par eux,
διηρώτων ἂν αὐτοὺς	je demandais-souvent à eux
τί λέγοιεν,	quoi ils voulaient-dire,
ἵνα ἅμα καὶ	afin que en-même-temps aussi
μανθάνοιμί τι παρὰ αὐτῶν.	j'apprisse quelque *chose* d'eux.
Αἰσχύνομαι οὖν	Or je rougis
εἰπεῖν ὑμῖν τὰ ἀληθῆ,	de dire à vous les *choses* vraies,
ὦ ἄνδρες·	ô hommes;
ὅμως δὲ ῥητέον.	mais pourtant il-faut-parler.
Ὡς γὰρ εἰπεῖν ἔπος,	Car pour dire le mot (ainsi dire),
ἅπαντες οἱ παρόντες	tous ceux qui-étaient-présents
ἂν ἔλεγον ὀλίγου	auraient parlé presque
βέλτιον αὐτῶν	mieux qu'eux
περὶ ὧν αὐτοὶ πεποιήκεσαν.	sur *ces poëmes* qu'eux avaient faits.
Ἔγνων οὖν αὖ	Je reconnus donc encore
καὶ περὶ τῶν ποιητῶν	relativement aux poëtes aussi
ἐν ὀλίγῳ τοῦτο,	en peu *de temps* ceci, *savoir :*
ὅτι οὐ ποιοῖεν σοφίᾳ	qu'ils ne faisaient pas par science
ἃ ποιοῖεν,	les *poëmes* qu'ils faisaient,
ἀλλά τινι φύσει,	mais par une inspiration-naturelle,
καὶ ἐνθουσιάζοντες	et étant-enthousiastes
ὥσπερ οἱ θεομάντεις	comme les devins
καὶ οἱ χρησμῳδοί·	et les prophètes :
καὶ γὰρ οὗτοι λέγουσι μὲν	et en effet ceux-ci disent il-est-vrai
πολλὰ καὶ καλὰ,	beaucoup et de belles *choses*,

καὶ καλά, ἴσασι δὲ οὐδὲν ὧν λέγουσι. Τοιοῦτόν τί μοι ἐφάνησαν
πάθος καὶ οἱ ποιηταὶ πεπονθότες. Καὶ ἅμα ᾐσθόμην αὐτῶν διὰ
τὴν ποίησιν οἰομένων καὶ τἆλλα σοφωτάτων εἶναι ἀνθρώπων, ἃ οὐκ ἦσαν[1]. Ἀπῇα οὖν καὶ ἐντεῦθεν, τῷ αὐτῷ οἰόμενος
περιγεγονέναι[2], ᾧπερ καὶ τῶν πολιτικῶν.

VIII. Τελευτῶν οὖν ἐπὶ τοὺς χειροτέχνας ᾖα· ἐμαυτῷ γὰρ
ξυνῄδειν οὐδὲν ἐπισταμένῳ, ὡς ἔπος εἰπεῖν, τούτους δέ γ' ᾔδειν
ὅτι εὑρήσοιμι πολλὰ καὶ καλὰ ἐπισταμένους. Καὶ τούτου μὲν
οὐκ ἐψεύσθην, ἀλλ' ἠπίσταντο ἃ ἐγὼ οὐκ ἠπιστάμην, καί μου
ταύτῃ σοφώτεροι ἦσαν. Ἀλλ', ὦ ἄνδρες Ἀθηναῖοι, ταὐτόν μοι
ἔδοξαν ἔχειν ἁμάρτημα, ὅπερ καὶ οἱ ποιηταί, καὶ οἱ ἀγαθοὶ
δημιουργοί· διὰ τὸ τὴν τέχνην καλῶς ἐξεργάζεσθαι, ἕκαστος
ἠξίου καὶ τἆλλα τὰ μέγιστα σοφώτατος εἶναι, καὶ αὐτῶν αὕτη
ἡ πλημμέλεια ἐκείνην τὴν σοφίαν ἀπέκρυπτεν· ὥστ' ἐμὲ ἐμαυ-

comprennent rien à ce qu'ils disent. Il me sembla que les poëtes
étaient à peu près dans le même cas, et en même temps je m'aperçus
qu'à cause de leur talent pour la poésie ils s'imaginaient être sur tout
le reste les plus sages des hommes, et qu'ils ne l'étaient pas. Je laissai
donc là les poëtes, ayant reconnu que j'avais sur eux le même avantage que sur les politiques.

VIII. Enfin je m'adressai aux artistes. Je ne pouvais me dissimuler
que je ne savais, pour ainsi dire, absolument rien de ce qui concerne
leurs professions, et je m'attendais bien à les trouver en possession
d'un grand nombre de procédés admirables; et en cela je ne m'étais
pas trompé; ils savaient en effet des choses que j'ignorais, et à cet
égard ils étaient plus habiles que moi. Cependant, Athéniens, ils me
parurent être dans la même erreur que les poëtes. Parce qu'il était
parfaitement habile dans son art, chacun d'eux avait la prétention de
se croire aussi parfaitement instruit sur les objets de la plus haute
importance, et cette prétention-là même obscurcissait leur véritable

ἴσασι δὲ οὐδὲν | mais ils ne savent rien
ὧν λέγουσι. | de ces choses qu'ils disent.
Καὶ οἱ ποιηταὶ | Les poëtes aussi,
ἐφάνησάν μοι πεπονθότες | parurent à moi éprouvant
τὶ πάθος τοιοῦτον. | quelque sentiment tel.
Καὶ ἅμα ᾐσθόμην | Et en-même-temps je remarquai
αὐτῶν οἰομένων εἶναι | eux pensant être
διὰ τὴν ποίησιν | à-cause-de leur talent-de-poëtes
ἀνθρώπων σοφωτάτων | les hommes les plus habiles
καὶ τὰ ἄλλα, | aussi pour les autres choses,
ἃ οὐκ ἦσαν. | pour lesquelles ils ne l'étaient pas.
Ἀπῇα οὖν καὶ ἐντεῦθεν, | Je m'-en-allai donc aussi de-là,
οἰόμενος περιγεγονέναι | pensant les surpasser
τῷ αὐτῷ, ᾧπερ | par le même point, par lequel
καὶ τῶν πολιτικῶν. | je surpassais aussi les politiques.
VIII. Τελευτῶν οὖν | VIII. Finissant donc
ᾖα ἐπὶ τοὺς χειροτέχνας· | j'allai vers les artistes :
ξυνῄδειν γὰρ ἐμαυτῷ | car j'avais-conscience en moi-même
ἐπισταμένῳ οὐδὲν, | ne sachant rien,
ὡς εἰπεῖν ἔπος, | pour dire le mot (ainsi dire),
ᾔδειν δὲ ὅτι | mais je savais que
εὑρήσοιμί γε τούτους | je trouverais du-moins ceux-ci
ἐπισταμένους πολλὰ καὶ καλά. | sachant beaucoup et de belles choses.
Καὶ οὐ μὲν ἐψεύσθην τούτου, | Et certes je ne fus pas trompé en cela,
ἀλλὰ ἠπίσταντο | mais ils savaient des choses
ἃ ἐγὼ οὐκ ἠπιστάμην, | que moi je ne savais pas,
καὶ ἦσαν ταύτῃ σοφώτεροί μου. | et étaient par-là plus sages que moi.
Ἀλλὰ, ὦ ἄνδρες Ἀθηναῖοι, | Cependant, ô hommes Athéniens,
καὶ οἱ ἀγαθοὶ δημιουργοὶ | les bons artistes aussi
ἔδοξάν μο ἔχειν | parurent à moi avoir
τὸ αὐτὸ ἁμάρτημα, | le même défaut,
ὅπερ καὶ οἱ ποιηταί· | que les poëtes aussi :
διὰ τὸ ἐξεργάζεσθαι | à cause du exercer
καλῶς τὴν τέχνην, | bien leur art,
ἕκαστος ἠξίου εἶναι σοφώτατος | chacun jugeait être le plus savant
καὶ τὰ ἄλλα | même pour les autres sciences
τὰ μέγιστα, | les plus grandes,
καὶ αὕτη ἡ πλημμέλεια | et ce tort-là
ἀπέκρυπτεν | obscurcissait
ἐκείνην τὴν σοφίαν αὐτῶν· | cette science d'eux :

τὸν ἀνερωτᾷν ὑπὲρ τοῦ χρησμοῦ, πότερα δεξαίμην ἂν οὕτως,
ὥσπερ ἔχω, ἔχειν, μήτε τι σοφὸς ὢν τὴν ἐκείνων σοφίαν,
μήτε ἀμαθὴς τὴν ἀμαθίαν, ἢ ἀμφότερα ἃ ἐκεῖνοι ἔχουσιν
ἔχειν. Ἀπεκρινάμην οὖν ἐμαυτῷ καὶ τῷ χρησμῷ, ὅτι μοι λυσι-
τελοῖ, ὥσπερ ἔχω, ἔχειν.

IX. Ἐκ ταυτησὶ δὴ τῆς ἐξετάσεως, ὦ ἄνδρες Ἀθηναῖοι
πολλαὶ μὲν ἀπέχθειαί μοι γεγόνασι καὶ οἷαι χαλεπώταται[1]
καὶ βαρύταται, ὥστε πολλὰς διαβολὰς ἀπ᾽ αὐτῶν γεγονέναι,
ὄνομα δὲ τοῦτο λέγεσθαι, σοφὸς εἶναι[2]. Οἴονται γάρ με ἑκάσ-
τοτε οἱ παρόντες ταῦτα αὐτὸν εἶναι σοφὸν, ἃ ἂν ἄλλον ἐξελέγξω·
τὸ δὲ κινδυνεύει[3], ὦ ἄνδρες Ἀθηναῖοι, τῷ ὄντι ὁ θεὸς σοφὸς
εἶναι, καὶ ἐν τῷ χρησμῷ τούτῳ τοῦτο λέγειν, ὅτι ἡ ἀνθρωπίνη
σοφία ὀλίγου τινὸς ἀξία ἐστὶ καὶ οὐδενός· καὶ φαίνεται τοῦτ᾽
οὐ λέγειν τὸν Σωκράτην[4], προσκεχρῆσθαι δὲ τῷ ἐμῷ ὀνόματι,

savoir. En sorte que, me demandant à moi-même, au sujet de la réponse de l'oracle, lequel j'aimerais mieux, ou d'être ce que je suis,
c'est-à-dire, dépourvu des connaissances qu'ils possèdent, mais aussi
exempt de l'ignorance que j'avais remarquée en eux, ou bien d'avoir
les mêmes avantages et le même défaut qu'eux, je me répondis à moi-
même et à l'oracle, qu'il était plus avantageux pour moi de rester tel
que j'étais.

IX. Ce sont ces recherches, Athéniens, qui m'ont exposé à tant
d'inimitiés si fâcheuses et si funestes, qui ont donné lieu à beaucoup
de calomnies, enfin qui m'ont acquis cette célébrité et fait donner ce
nom de sage. Car tous ceux qui sont présents à ces discussions, s'ima
ginent que je suis moi-même fort habile dans les choses sur lesquelles
je démontre l'ignorance des autres. Mais, Athéniens, la vérité est que
le dieu seul est sage, et c'est, suivant moi, ce qu'il a voulu faire
entendre par la réponse de l'oracle : que toute la sagesse humaine se
réduit à rien, ou à bien peu de chose; et il est bien probable que ce
n'est point de Socrate qu'il a voulu précisément parler, mais qu'il

ὥστε ἐμὲ	de-sorte-que moi
ἀνερωτᾶν ἐμαυτὸν	*me* demander à moi-même
ὑπὲρ τοῦ χρησμοῦ,	au-sujet-de la réponse-de-l'oracle
πότερα δεξαίμην ἂν	lequel-des-deux j'accepterais
ἔχειν οὕτως, ὥσπερ ἔχω,	*ou* d'être ainsi, comme je suis,
μήτε ὢν σοφός τι	n'étant ni savant *en* rien
τὴν σοφίαν ἐκείνων,	de la science de ceux-là,
μήτε ἀμαθὴς τὴν ἀμαθίαν,	ni ignorant de *leur* ignorance,
ἢ ἔχειν ἀμφότερα	ou d'avoir les deux *choses*
ἃ ἐκεῖνοι ἔχουσιν.	que ceux-là ont.
Ἀπεκρινάμην οὖν	Je répondis donc
ἐμαυτῷ καὶ τῷ χρησμῷ,	à moi-même et à l'oracle,
ὅτι λυσιτελοῖ μοι	qu'il était-avantageux à moi
ἔχειν ὥσπερ ἔχω.	d'être comme je suis.
IX. Ὦ ἄνδρες Ἀθηναῖοι,	IX. O hommes Athéniens,
ἐκ ταυτησὶ μὲν τῆς ἐξετάσεως,	or de cet examen,
πολλαὶ δὴ ἀπέχθειαι	certes beaucoup d'inimitiés
γεγόνασί μοι	sont venues à moi
καὶ οἷαι	et telles-que *sont*
χαλεπώταται καὶ βαρύταται,	les plus fâcheuses et les plus graves,
ὥστε πολλὰς διαβολὰς	au-point-que beaucoup-de calomnies
γεγονέναι ἀπὸ αὐτῶν,	être venues d'elles,
τοῦτο δὲ ὄνομα λέγεσθαι,	et ce nom (mot) se-dire,
εἶναι σοφός.	*moi* être sage.
Οἱ γὰρ παρόντες	Car ceux qui-sont-présents
οἴονται ἑκάστοτε	croient toujours
μὲ αὐτὸν εἶναι σοφὸν ταῦτα,	moi même être savant en cela
ἃ ἐξελέγξω ἂν	sur quoi je convaincs *d'ignorance*
ἄλλον·	un autre :
τὸ δὲ, ὦ ἄνδρες Ἀθηναῖοι,	mais *en* cela, ô hommes Athéniens,
ὁ θεὸς κινδυνεύει	le dieu risque (a l'apparence)
εἶναι σοφὸς τῷ ὄντι,	d'être sage dans la réalité,
καὶ λέγειν τοῦτο	et de dire ceci
ἐν τούτῳ τῷ χρησμῷ,	dans cette réponse,
ὅτι ἡ σοφία ἀνθρωπίνη	que la sagesse humaine
ἐστὶν ἀξία τινὸς ὀλίγου	est digne de quelque faible prix
καὶ οὐδενός·	et *même* d'aucun *prix :*
καὶ φαίνεται οὐ λέγειν τοῦτο	et il paraît ne pas dire cela
τὸν Σωκράτην,	de Socrate,
προσκεχρῆσθαι δὲ	mais s'-être servi

ἐμὲ παράδειγμα ποιούμενος, ὥσπερ ἂν εἰ εἴποι, ὅτι οὗτος ὑμῶν,
ὦ ἄνθρωποι, σοφώτατός ἐστιν, ὅστις, ὥσπερ Σωκράτης, ἔγνω-
κεν, ὅτι οὐδενὸς ἄξιός ἐστι τῇ ἀληθείᾳ πρὸς σοφίαν. Ταῦτ'
οὖν ἐγὼ μὲν ἔτι καὶ νῦν περιϊὼν ζητῶ καὶ ἐρευνῶ κατὰ τὸν
θεόν, καὶ τῶν ἀστῶν καὶ τῶν ξένων ἄν τινα οἴωμαι σοφὸν
εἶναι· καὶ ἐπειδάν μοι μὴ δοκῇ, τῷ θεῷ βοηθῶν ἐνδείκνυμαι
ὅτι οὐκ ἔστι σοφός. Καὶ ὑπὸ ταύτης τῆς ἀσχολίας, οὔτε τι
τῶν τῆς πόλεως πρᾶξαί μοι σχολὴ γέγονεν ἄξιον λόγου, οὔτε
τῶν οἰκείων, ἀλλ' ἐν πενίᾳ μυρίᾳ εἰμὶ διὰ τὴν τοῦ θεοῦ
λατρείαν.

X. Πρὸς δὲ τούτοις, οἱ νέοι μοι ἐπακολουθοῦντες, οἷς μάλιστα σχολή ἐστιν, οἱ τῶν πλουσιωτάτων, αὐτόματοι, χαίρουσιν
ἀκούοντες ἐξεταζομένων τῶν ἀνθρώπων, καὶ αὐτοὶ πολλάκις
ἐμὲ μιμοῦνται, εἶτα ἐπιχειροῦσιν ἄλλους ἐξετάζειν· κἄπειτα,
οἶμαι, εὑρίσκουσι πολλὴν ἀφθονίαν οἰομένων μὲν εἰδέναι τι

s'est servi simplement de mon nom pour me citer un exemple, comme
s'il avait dit : Celui-là, ô mortels, est le plus sage d'entre vous, qui,
comme Socrate, est convaincu que sa sagesse n'est en effet rien de
réel et de considérable. Ainsi je poursuis toujours ces recherches et
ces examens, pour me conformer à la volonté du dieu, et je m'adresse
à tous ceux de nos citoyens ou des étrangers que je crois posséder quelque sagesse, et quand je trouve qu'ils n'en ont en effet aucune,
je fais voir, pour appuyer la réponse de l'oracle, qu'ils ne sont pas
des hommes sages. Et c'est cette occupation qui m'a ôté le loisir de
rien faire de considérable pour l'État ni pour ma famille; aussi me
trouvé-je réduit à une extrême pauvreté à cause de mon dévouement
au service du dieu.

X. Outre cela, ceux des jeunes gens qui ont le plus de loisir, c'est-
à-dire, ceux qui appartiennent aux familles les plus riches, s'atta-
chent volontairement à moi; ils prennent plaisir à ces entretiens dans
lesquels on éprouve les hommes; ils tâchent souvent eux-mêmes de
m'imiter et s'appliquent à sonder la science des autres; et comme ils
n'ont pas de peine à trouver un grand nombre d'hommes qui croient

τῷ ἐμῷ ὀνόμα	de mon nom,
ποιούμενος ἐμὲ παράδειγμα,	faisant *de* moi un exemple,
ὥσπερ εἰ ἂν εἴποι ὅτι	comme s'il eût dit que
οὗτος, ὦ ἄνθρωποι,	celui-ci, ô hommes,
ἐστὶ σοφώτατος ὑμῶν,	est le plus sage de vous,
ὅστις, ὥσπερ Σωκράτης,	quiconque, comme Socrate,
ἔγνωκεν, ὅτι τῇ ἀληθείᾳ	a reconnu, que dans la vérité
ἐστὶν ἄξιος οὐδενὸς	il n'est digne d'aucun *prix*
πρὸς σοφίαν.	en-fait-de sagesse.
Ἐγὼ μὲν οὖν ἔτι καὶ νῦν	Moi donc encore même maintenant
περιιὼν ζητῶ ταῦτα	allant-çà-et-là je recherche cela
καὶ ἐρευνῶ κατὰ τὸν θεόν,	et je m'-enquiers d'-après le dieu,
ἂν οἴωμαί τινα εἶναι σοφὸν,	si je pense quelqu'un être sage,
καὶ τῶν ἀστῶν	et parmi les habitants-de-la-ville
καὶ τῶν ξένων·	et parmi les étrangers :
καὶ ἐπειδὰν μὴ δοκῇ μοι,	et lorsque *cela* ne semble pas à moi,
βοηθῶν τῷ θεῷ,	venant-en-aide au dieu,
ἐνδείκνυμαι	je fais-voir *à cet homme*
ὅτι οὐκ ἔστι σοφός.	qu'il n'est pas sage.
Καὶ ὑπὸ ταύτης τῆς ἀσχολίας,	Et par-suite-de cette occupation,
σχολὴ γέγονέ μοι	loisir n'a été à moi
πρᾶξαί τι ἄξιον λόγου	de faire rien *de* digne de louange
οὔτε τῶν τῆς πόλεως,	ni des *affaires* de la république,
οὔτε τῶν οἰκείων,	ni des *affaires* de-ma-famille,
ἀλλὰ εἰμὶ ἐν μυρίᾳ πενίᾳ	mais je suis dans une grande misère
διὰ τὴν λατρείαν τοῦ θεοῦ.	à-cause-du service du dieu.
X. Πρὸς δὲ τούτοις, οἱ νέοι,	X. Mais outre cela, les jeunes gens
͂ς μάλιστά ἐστι σχολὴ,	auxquels surtout est du loisir,
οἱ τῶν πλουσιωτάτων,	ceux des plus riches *familles*
ἐπακολουθοῦντές μοι	accompagnant moi
αὐτόματοι,	d'eux-mêmes,
χαίρουσιν ἀκούοντες	se-réjouissent *en* entendant
τῶν ἀνθρώπων ἐξεταζομένων,	les hommes examinés *par moi*,
καὶ αὐτοὶ πολλάκις	et eux-mêmes souvent
μιμοῦνται ἐμὲ,	imitent moi,
εἶτα ἐπιχειροῦσιν	puis entreprennent
ἐξετάζειν ἄλλους·	d'*en* examiner *d'*autres :
καὶ ἔπειτα, οἶμαι,	et ensuite, je pense,
εὑρίσκουσι πολλὴν ἀφθονίαν	ils trouvent une grande quantité
ἀνθρώπων οἰομένων μὲν	d'hommes qui-croient il-est-vrai

ἀνθρώπων, εἰδότων δὲ ἢ ὀλίγα ἢ οὐδέν. Ἐντεῦθεν οὖν οἱ ὑπ’
αὐτῶν ἐξεταζόμενοι ἐμοὶ ὀργίζονται, οὐκ αὐτοῖς[1], καὶ λέγουσιν,
ὡς Σωκράτης τίς ἐστι μιαρώτατος, καὶ διαφθείρει τοὺς νέους.
Καὶ ἐπειδάν τις αὐτοὺς ἐρωτᾷ, ὅ τι ποιῶν καὶ ὅ τι διδάσκων,
ἔχουσι μὲν οὐδὲν εἰπεῖν, ἀλλ’ ἀγνοοῦσιν· ἵνα δὲ μὴ δοκῶσιν
ἀπορεῖν, τὰ κατὰ πάντων τῶν φιλοσοφούντων πρόχειρα ταῦτα
λέγουσιν, ὅτι τὰ μετέωρα καὶ τὰ ὑπὸ γῆς, καὶ θεοὺς μὴ
νομίζειν, καὶ τὸν ἥττω λόγον κρείττω ποιεῖν[2]. Τὰ γὰρ ἀληθῆ,
οἶμαι, οὐκ ἂν ἐθέλοιεν λέγειν, ὅτι κατάδηλοι γίγνονται προσ-
ποιούμενοι μὲν εἰδέναι, εἰδότες δὲ οὐδέν. Ἅτε οὖν, οἶμαι,
φιλότιμοι ὄντες, καὶ σφοδροὶ, καὶ πολλοὶ, καὶ ξυντεταγμένως
καὶ πιθανῶς λέγοντες περὶ ἐμοῦ, ἐμπεπλήκασιν ὑμῶν τὰ ὦτα,
καὶ πάλαι καὶ σφοδρῶς διαβάλλοντες. Ἐκ τούτων καὶ Μέλητός

savoir quelque chose, et qui dans le fait ne savent rien, ou presque rien, il arrive de là que ceux à qui ils ont fait subir ce genre d'épreuve, s'irritent, non pas contre eux, mais contre moi, et ne manquent pas de dire qu'il y a un certain Socrate, le plus scélérat des hommes, qui corrompt la jeunesse. Et quand on leur demande ce que Socrate fait pour cela, ce qu'il enseigne, ils ne peuvent rien dire, parce qu'en effet ils ne savent rien; mais pour ne pas paraître confus et embarrassés, ils ont aussitôt recours à ces accusations vagues et générales qu'on ne manque guère de faire contre ceux qui se livrent à l'étude de la philosophie; ils disent qu'il recherche les causes des météores, les mystères cachés dans le sein de la terre, qu'il ne croit pas à l'existence des dieux, et qu'il fait prévaloir les mauvaises raisons sur les bonnes; et en effet je crois bien qu'ils ne se soucient pas de déclarer la vérité, et de dire que se donnant pour savants, ils ont été convaincus d'une entière ignorance. C'est probablement ainsi que ces hommes ambitieux, violents, et qui sont en grand nombre, parlant sans cesse de moi avec une assurance et un concert si extraordinaires, ont rempli dès longtemps vos oreilles de calomnies qu'ils débitent encore tous les jours avec fureur. De ce nombre sont Mélitus, Anytus et Lycon,

εἰδέναι τι,	savoir quelque *chose*,
εἰδότων δὲ ἢ ὀλίγα	mais qui-savent ou peu
ἢ οὐδέν.	ou rien.
Ἐντεῦθεν οὖν	De-là donc
οἱ ἐξεταζόμενοι ὑπὸ αὐτῶν	ceux qui-sont-examinés par eux
ὀργίζονται ἐμοὶ, οὐκ αὐτοῖς,	s'irritent-contre moi, non *contre* eux,
καὶ λέγουσιν,	et disent,
ὡς ἔστι τις Σωκράτης	qu'il est un-certain Socrate
μιαρώτατος,	très-souillé,
καὶ διαφθείρει τοὺς νέους.	et *qu'*il corrompt les jeunes-gens.
Καὶ ἐπειδάν τις ἐρωτᾷ αὐτοὺς,	Et lorsque quelqu'un demande à eux,
ὅ τι ποιῶν καὶ ὅ τι διδάσκων,	quoi faisant et quoi enseignant,
ἔχουσι μὲν οὐδὲν εἰπεῖν,	ils n'ont il-est-vrai rien à dire,
ἀλλὰ ἀγνοοῦσιν·	mais ils *l'*ignorent :
ἵνα δὲ	mais afin-que
μὴ δοκῶσιν ἀπορεῖν,	ils ne semblent pas être-embarrassés,
λέγουσι ταῦτα πρόχειρα	ils disent ces *choses* banales
τὰ κατὰ	celles *qui se disent* contre
πάντων τῶν φιλοσοφούντων,	tous ceux qui-philosophent,
ὅτι τὰ μετέωρα	que *c'est en enseignant* les météores
καὶ τὰ ὑπὸ γῆς,	et les *choses qui sont* sous terre,
καὶ μὴ νομίζειν θεούς,	et à ne pas croire aux dieux,
καὶ ποιεῖν κρείττω	et à rendre supérieure
τὸν λόγον ἥττω.	la cause inférieure.
Οὐ γὰρ ἐθέλοιεν ἄν, οἶμαι,	Car ils ne voudraient pas, je pense,
λέγειν τὰ ἀληθῆ,	dire les *choses* vraies, *savoir,*
ὅτι γίγνονται κατάδηλοι	qu'ils sont pris-sur-le-fait
προσποιούμενοι μὲν εἰδέναι,	affectant il-est-vrai de savoir,
εἰδότες δὲ οὐδέν.	mais ne sachant rien.
Ἄτε οὖν, οἶμαι,	Donc en-tant-que, je pense,
ὄντες φιλότιμοι,	étant ambitieux
καὶ σφοδροὶ, καὶ πολλοὶ,	et actifs, et nombreux,
λέγοντες περὶ ἐμοῦ	parlant sur moi
καὶ ξυντεταγμένως	et de-concert
καὶ πιθανῶς,	et d'une-manière-spécieuse,
ἐμπεπλήκασι τὰ ὦτα ὑμῶν,	ils ont rempli les oreilles de vous,
διαβάλλοντες	*me* calomniant
καὶ πάλαι καὶ σφοδρῶς.	et depuis-longtemps et avec-ardeur.
Ἐκ τούτων καὶ Μέλητος	*C'est* d'entre eux *que* Mélitus aussi
ἐπέθετό μοι,	s'-est jeté sur moi,

μοι ἐπέθετο, καὶ Ἄνυτος, καὶ Λύκων, Μέλητος μὲν ὑπὲρ τῶν
ποιητῶν[1] ἀχθόμενος, Ἄνυτος δὲ ὑπὲρ τῶν δημιουργῶν καὶ τῶν
πολιτικῶν[2], Λύκων δὲ ὑπὲρ τῶν ῥητόρων[3]. Ὥστε, ὅπερ ἀρχό-
μενος ἐγὼ ἔλεγον, θαυμάζοιμ᾽ ἂν, εἰ οἷός τ᾽ εἴην ἐγὼ ὑμῶν
ταύτην τὴν διαβολὴν ἐξελέσθαι ἐν οὕτως ὀλίγῳ χρόνῳ, οὕτω
πολλὴν γεγονυῖαν. Ταῦτ᾽ ἔστιν ὑμῖν, ὦ ἄνδρες Ἀθηναῖοι, τἀληθῆ,
καὶ ὑμᾶς οὔτε μέγα οὔτε σμικρὸν ἀποκρυψάμενος ἐγὼ λέγω,
οὐδ᾽ ὑποστειλάμενος. Καί τοι οἶδα σχεδὸν ὅτι τοῖς αὐτοῖς ἀπε-
χθάνομαι. Ὃ καὶ τεκμήριον, ὅτι τἀληθῆ λέγω, καὶ ὅτι αὕτη
ἐστὶν ἡ διαβολὴ ἡ ἐμὴ καὶ τὰ αἴτια ταῦτά ἐστι. Καὶ ἐάν τε
νῦν, ἐάν τε αὖθις ζητήσητε ταῦτα, οὕτως εὑρήσετε.

XI. Περὶ μὲν οὖν ὧν οἱ πρῶτοί μου κατήγοροι κατηγόρουν,
αὕτη ἔστω ἱκανὴ ἀπολογία πρὸς ὑμᾶς. Πρὸς δὲ Μέλητον, τὸν
ἀγαθόν τε καὶ φιλόπολιν, ὥς φησι, καὶ τοὺς ὑστέρους, μετὰ

qui se sont portés aujourd'hui pour mes accusateurs : Mélitus, au nom
des poëtes, Anytus, au nom des artistes et des politiques, et Lycon,
au nom des orateurs. En sorte qu'il serait bien étonnant, comme je
l'ai dit en commençant, que je pusse en si peu d'instants détruire des
calomnies si invétérées et si multipliées. Voilà la vérité pure, Athéniens, et dans tout ce que je viens de dire, je ne vous ai ni caché ni
dissimulé la moindre chose. Cependant je vois bien qu'ils n'en seront
que plus irrités contre moi, ce qui prouve encore la vérité de ce que
j'avance, et que j'ai bien démêlé les calomnies dont je suis l'objet, et
les motifs qui en sont la source. Et si dans ce moment, ou plus tard,
vous voulez les rechercher, vous trouverez que les choses sont comme
je viens de vous le dire.

XI. Mais en voilà assez pour ma justification sur les griefs de mes
premiers accusateurs. A présent je vais m'occuper de répondre aux
derniers, et à Mélitus, qui se prétend un citoyen si recommandable et

καὶ Ἄνυτος, καὶ Λύκων,	et Anytus, et Lycon,
Μέλητος μὲν ἀχθόμενος	Mélitus d'une-part irrité
ὑπὲρ τῶν ποιητῶν,	pour les poëtes,
Ἄνυτος δὲ ὑπὲρ τῶν δημιουργῶν	Anytus d'autre-part pour les artistes
καὶ τῶν πολιτικῶν,	et les politiques,
Λύκων δὲ ὑπὲρ τῶν ῥητόρων.	Lycon d'autre-part pour les orateurs.
Ὥστε,	De-sorte-que,
ὅπερ ἐγὼ ἔλεγον ἀρχόμενος,	ce-que moi je disais *en* commençant.
θαυμάζοιμι ἂν,	je m'-étonnerais,
εἰ ἐγὼ εἴην οἷός τε	si moi j'étais capable
ἐξελέσθαι ὑμῶν	d'ôter de vous
ἐν χρόνῳ οὕτως ὀλίγῳ	dans un temps si court
ταύτην τὴν διαβολὴν,	cette calomnie,
γεγονυῖαν οὕτω πολλήν.	devenue si forte.
Ταῦτά ἐστιν ὑμῖν τὰ ἀληθῆ,	Ces *faits* sont à vous les véritables,
ὦ ἄνδρες Ἀθηναῖοι,	ô hommes Athéniens,
καὶ ἐγὼ λέγω	et moi je dis
ἀποκρυψάμενος ὑμᾶς	n'ayant caché à vous
οὔτε μέγα οὔτε σμικρὸν,	*chose* ni grande ni petite,
οὐδὲ ὑποστειλάμενος.	et n'ayant non-plus *rien* déguisé.
Καί τοι οἶδα σχεδὸν	Et pourtant je sais à-peu-près
ὅτι ἀπεχθάνομαι τοῖς αὐτοῖς.	que je suis-odieux par cela-même.
Ὃ καὶ τεκμήριον,	Ce-qui aussi *est* une preuve,
ὅτι λέγω τὰ ἀληθῆ,	que je dis les *choses* vraies,
καὶ ὅτι αὕτη ἐστὶν	et que c'est *là*
ἡ διαβολὴ ἐμὴ	la calomnie contre-moi
καὶ ταῦτά ἐστι τὰ αἴτια.	et *que* ce sont *là* les causes *d'elle*
Καὶ ἐάν τε νῦν,	Et soit-que maintenant,
ἐάν τε αὖθις	soit-que une-autre-fois
ζητήσητε ταῦτα	vous recherchiez ces *choses*,
εὑρήσετε οὕτως.	vous trouverez *qu'il en est* ainsi.
XI. Αὕτη μὲν οὖν ἀπολογία	XI. Or donc que cette défense
ἔστω ἱκανὴ πρὸς ὑμᾶς,	soit suffisante devant vous,
περὶ ὧν κατηγόρουν	sur les *faits* dont m'accusaient
οἱ πρῶτοι κατηγόροί μου.	les premiers accusateurs de moi.
Μετὰ ταῦτα δὲ	D'autre-part après cela
πειράσομαι ἀπολογήσασθαι	je tâcherai de me-défendre
πρὸς Μέλητον,	contre Mélitus,
τὸν ἀγαθόν τε καὶ φιλόπολιν,	et le vertueux et l'ami-du-pays,
ὥς φησι,	comme il dit,

ταῦτα πειράσομαι ἀπολογήσασθαι. Αὖθις γὰρ δὴ, ὥσπερ ἑτέρων
τούτων ὄντων κατηγόρων, λάβωμεν αὖ τὴν τούτων ἀντωμοσίαν.
Ἔχει δέ πως ὧδε· **ΣΩΚΡΑΤΗ** φησιν **ΑΔΙΚΕΙΝ, ΤΟΥΣ
ΤΕ ΝΕΟΥΣ ΔΙΑΦΘΕΙΡΟΝΤΑ, ΚΑΙ ΘΕΟΥΣ, ΟΥΣ Η
ΠΟΛΙΣ ΝΟΜΙΖΕΙ, ΟΥ ΝΟΜΙΖΟΝΤΑ, ΕΤΕΡΑ ΔΕ
ΔΑΙΜΟΝΙΑ ΚΑΙΝΑ**[1]. Τὸ μὲν δὴ ἔγκλημα τοιοῦτόν ἐστι·
τούτου δὲ τοῦ ἐγκλήματος ἓν ἕκαστον ἐξετάσωμεν. Φησὶ γὰρ
δὴ τοὺς νέους ἀδικεῖν με διαφθείροντα. Ἐγὼ δέ γε, ὦ ἄνδρες
Ἀθηναῖοι, ἀδικεῖν φημι Μέλητον, ὅτι σπουδῇ χαριεντίζεται,
ῥᾳδίως εἰς ἀγῶνας καθιστὰς ἀνθρώπους, περὶ πραγμάτων προσποιούμενος σπουδάζειν καὶ κήδεσθαι, ὧν οὐδὲν τούτῳ πώποτε
ἐμέλησεν. Ὡς δὲ τοῦτο οὕτως ἔχει, πειράσομαι καὶ ὑμῖν ἐπιδεῖξαι.

XII. Καί μοι δεῦρο, ὦ Μέλητε, εἰπέ· Ἄλλο τι ἢ[2] περὶ
πολλοῦ ποιεῖ, ὅπως ὡς βέλτιστοι οἱ νεώτεροι ἔσονται[3]; — Ἔγωγε.
— Ἴθι δὴ νῦν εἰπὲ τούτοις, τίς αὐτοὺς βελτίους ποιεῖ; δῆλον γὰρ

si rempli de zèle pour l'État. Reprenons donc les termes précis de sa
déclaration, comme nous l'avons fait pour les autres. Elle est à peu
près conçue en ces termes : *Socrate*, dit-il, *est coupable en ce qu'il
corrompt la jeunesse, en ce qu'il ne reconnaît point les dieux
reconnus par l'État, et qu'il cherche à introduire des divinités
nouvelles.* Telle est en effet la plainte qu'il porte contre moi : examinons donc en particulier chacun des articles qu'elle contient. Il
prétend que je suis coupable parce que je corromps la jeunesse ; et
moi, Athéniens, je déclare que Mélitus est coupable en ce qu'il se fait
un jeu des objets les plus sérieux, et qu'il traduit sans scrupule des
citoyens devant les tribunaux, feignant un zèle extrême et une vive
sollicitude pour des objets dont il ne s'est jamais occupé le moins du
monde ; et je vais essayer de vous prouver que la chose est ainsi.

XII. Et ici, Mélitus, c'est à vous que je m'adresse : n'est-il pas vrai
que ce à quoi vous attachez le plus d'importance, c'est au moyen de
rendre les jeunes gens le plus vertueux qu'il soit possible? — Oui,
certes. — Eh bien donc! dites maintenant à nos juges qui est-ce qui

καὶ τοὺς ὑστέρους. · · · · · · · · · · · et *contre* les derniers *accusateurs*.

Αὖθις γὰρ δὴ λάβωμεν αὖ · · · · · En effet de-nouveau reprenons

τὴν ἀντωμοσίαν · · · · · · · · · · · · la déclaration-par-serment

τούτων, · · · · · · · · · · · · · · · · · · de ceux-ci ,

ὥσπερ τούτων ὄντων · · · · · · · comme ceux-ci étant

ἑτέρων κατηγόρων. · · · · · · · · · d'autres accusateurs.

Ἔχει δέ πως ὧδε· · · · · · · · · · · Or elle est à-peu-près ainsi :

Φησὶ ΣΩΚΡΑΤΗ · · · · · · · · · · · Il (Mélitus) dit SOCRATE

ΑΔΙΚΕΙΝ, · · · · · · · · · · · · · · · · ÊTRE-COUPABLE,

ΔΙΑΦΘΕΙΡΟΝΤΑ ΤΕ · · · · · · · ET CORROMPANT

ΤΟΥΣ ΝΕΟΥΣ, · · · · · · · · · · · · LES JEUNES-GENS,

ΚΑΙ ΟΥ ΝΟΜΙΖΩΝ ΘΕΟΥΣ, · · ET NE CROYANT PAS AUX DIEUX,

ΟΥΣ Η ΠΟΛΙΣ ΝΟΜΙΖΕΙ, · · · AUXQUELS LA VILLE CROIT,

ΕΤΕΡΑ ΔΕ ΔΑΙΜΟΝΙΑ ΚΑΙΝΑ. MAIS A D'AUTRES DIVINITÉS NOUVELLES.

Τοιοῦτον μὲν δή ἐστι τὸ ἔγκλημα· Or telle est d'une-part l'accusation :

ἐξετάσωμεν δὲ · · · · · · · · · · · · · d'autre-part examinons

ἓν ἕκαστον · · · · · · · · · · · · · · · · un-à-un chaque *point*

τούτου τοῦ ἐγκλήματος. · · · · · de cette accusation.

Φησὶ γὰρ δή με ἀδικεῖν · · · · · Car certes il dit moi être-coupable

διαφθείροντα τοὺς νέους. · · · · corrompant les jeunes-gens.

Ἐγὼ δέ γε, · · · · · · · · · · · · · · · Mais moi du-moins,

ὦ ἄνδρες Ἀθηναῖοι, · · · · · · · · ô hommes Athéniens,

φημὶ Μέλητον ἀδικεῖν, · · · · · je dis Mélitus être-coupable,

ὅτι χαριεντίζεται σπουδῇ, · · · · parce qu'il badine sérieusement,

καθιστὰς ῥᾳδίως · · · · · · · · · · · mettant inconsidérément

ἀνθρώπους εἰς ἀγῶνας, · · · · · les gens en cause,

προσποιούμενος σπουδάζειν · · · faisant-semblant de s'-appliquer

καὶ κήδεσθαι περὶ πραγμάτων · et de s'-intéresser à des choses

ὧν πώποτε οὐδὲν ἐμέλησε τούτῳ. dont jamais nul soin-ne-fut à lui.

Πειράσομαι δὲ καὶ · · · · · · · · · Mais je tâcherai aussi

ἐπιδεῖξαι ὑμῖν, · · · · · · · · · · · · de démontrer à vous ,

ὡς τοῦτο ἔχει οὕτως. · · · · · · · que cela est ainsi.

XII. Καὶ δεῦρο εἰπέ μοι, · · · · XII. Or sus dis à moi,

ὦ Μέλητε· · · · · · · · · · · · · · · · · ô Mélitus :

Ἄλλο τι ἢ ποιεῖ · · · · · · · · · · · N'est-ce pas que tu fais (comptes)

περὶ πολλοῦ, · · · · · · · · · · · · · · pour beaucoup,

ὅπως οἱ νεώτεροι · · · · · · · · · · comment les plus jeunes *que toi*

ἔσονται ὡς βέλτιστοι; · · · · · · seront les meilleurs *possible ?*

— Ἔγωγε. · · · · · · · · · · · · · · · · — Moi-du-moins *je pense ainsi.*

— Ἴθι δὴ νῦν, εἰπὲ τούτοις. · · —Va donc maintenant, dis à ceux-ci,

ὅτι οἶσθα, μέλον γέ σοι[1]. Τὸν μὲν γὰρ διαφθείροντα ἐξευρὼν, ὡς φῄς, ἐμὲ εἰσάγεις τουτοισὶ καὶ κατηγορεῖς· τὸν δὲ δὴ βελτίους ποιοῦντα ἴθι εἰπὲ καὶ μήνυσον αὐτοῖς τίς ἐστιν. Ὁρᾷς, ὦ Μέλητε, ὅτι σιγᾷς καὶ οὐκ ἔχεις εἰπεῖν; καίτοι οὐκ αἰσχρόν σοι δοκεῖ εἶναι καὶ ἱκανὸν τεκμήριον οὗ δὴ ἐγὼ λέγω, ὅτι σοι οὐδὲν μεμέληκεν; Ἀλλ᾽ εἰπὲ, ὦ ᾽γαθὲ, τίς αὐτοὺς ἀμείνους ποιεῖ; — Οἱ νόμοι. — Ἀλλ᾽ οὐ τοῦτο ἐρωτῶ, ὦ βέλτιστε, ἀλλὰ τίς ἄνθρωπος, ὅστις πρῶτον καὶ αὐτὸ τοῦτο οἶδε, τοὺς νόμους. —Οὗτοι, ὦ Σώκρατες, οἱ δικασταί. — Πῶς λέγεις, ὦ Μέλητε; οἵδε τοὺς νέους παιδεύειν οἷοί τέ εἰσι καὶ βελτίους ποιεῖν; — Μάλιστα. — Πότερον ἅπαντες, ἢ οἱ μὲν αὐτῶν, οἱ δ᾽ οὔ; — Ἅπαντες. — Εὖ γε, νὴ τὴν Ἥραν, λέγεις, καὶ πολλὴν ἀφθονίαν τῶν ὠφελούντων. Τί δαὶ δή; Οἵδε οἱ ἀκροαταὶ βελτίους

est capable de rendre les jeunes gens meilleurs; car il est évident que vous le savez et que vous vous en êtes inquiété, puisque ayant découvert que je corromps la jeunesse, comme vous dites, vous me traduisez et m'accusez devant ce tribunal: faites-nous donc enfin connaître, indiquez-nous celui qui sait la rendre meilleure.... Voyez-vous, Mélitus? vous voilà réduit au silence, et dans l'impossibilité de répondre. N'est-ce pas une chose humiliante pour vous, et une preuve sans réplique de ce que je vous disais, que jamais vous n'avez pensé à cela le moins du monde? Dites-nous donc encore une fois, digne et brave citoyen, qui est-ce qui rend les jeunes gens plus vertueux? — Les lois. — Mais, bon Mélitus, ce n'est pas là ce que je veux savoir: je demande quel est l'homme qui, s'étant appliqué d'abord à cette connaissance-là même, celle des lois, est capable de rendre les jeunes gens plus vertueux? — Ceux que vous voyez ici, Socrate, les juges. — Comment dites-vous, Mélitus? quoi! les juges sont capables d'instruire la jeunesse et de la rendre meilleure? — Assurément. — Tous ont-ils cette faculté, ou si les uns le peuvent et les autres en sont incapables? — Tous. — Par Junon, voilà qui est magnifique; et vous vous trouvez là un grand nombre d'hommes capables de rendre de

τίς ποιεῖ αὐτοὺς βελτίους;	qui rend ces *jeunes-gens* meilleurs?
δῆλον γὰρ ὅτι οἶσθα,	car *il est* clair que tu *le* sais,
μέλον γέ σοι.	*cela* du-moins étant-à-soin à toi.
Ἐξευρὼν μὲν γὰρ	Certes en effet ayant trouvé
τὸν διαφθείροντα,	celui qui-corrompt *la jeunesse*,
ὡς φῂς,	comme tu dis,
εἰσάγεις ἐμὲ τουτοισι	tu cites moi devant ceux-ci
καὶ κατηγορεῖς·	et tu *m'*accuses :
ἴθι δὲ δὴ, εἰπὲ	mais va donc, dis
τὸν ποιοῦντα βελτίους	celui qui-*les*-rend meilleurs
καὶ μήνυσον αὐτοῖς τίς ἐστιν.	et indique à eux (aux juges) qui *c'est.*
Ὁρᾷς, ὦ Μέλητε, ὅτι σιγᾷς	Vois-tu, ô Mélitus, que tu te-tais
καὶ οὐκ ἔχεις εἰπεῖν;	et n'as *rien* à dire?
καίτοι οὐ δοκεῖ σοι	et-certes ne semble-t-il pas à toi
εἶναι αἰσχρὸν	étre honteux
καὶ τεκμήριον ἱκανὸν	et une preuve suffisante
οὗ δὴ ἐγὼ λέγω,	de ce-que justement moi je dis,
ὅτι οὐδὲν μεμέληκέ σοι;	que nul soin-*n'*a-été à toi *de cela?*
Ἀλλὰ εἰπὲ, ὦ ἀγαθὲ,	Mais dis, ô *homme* vertueux,
τίς ποιεῖ αὐτοὺς ἀμείνους;	qui rend ces *jeunes-gens* meilleurs?
— Οἱ νόμοι.	— Les lois.
— Ἀλλὰ οὐκ ἐρωτῶ τοῦτο,	— Mais je ne *te* demande pas cela,
ὦ βέλτιστε,	ô *homme* excellent,
ἀλλὰ τίς ἄνθρωπος,	mais quel *est* l'homme,
ὅστις οἶδε πρῶτον	qui sait d'abord
καὶ τοῦτο αὐτὸ, τοὺς νόμους.	cela même, *savoir*, les lois.
— Οὗτοι, ὦ Σώκρατες,	— Ceux-ci, ô Socrate,
οἱ δικασταί.	les juges.
— Πῶς λέγεις, ὦ Μέλητε;	— Comment dis-tu, ô Mélitus?
οἵδε εἰσὶν οἷοί τε	ceux-ci sont-ils capables
παιδεύειν τοὺς νέους	d'instruire les jeunes-gens
καὶ ποιεῖν βελτίους;	et de *les* faire meilleurs?
— Μάλιστα.	— *Eux* surtout.
— Πότερον ἅπαντες,	— Est-ce-que tous *en sont capables,*
ἢ οἱ μὲν αὐτῶν,	ou les uns d'entre eux,
οἱ δὲ οὔ;	et les autres non?
— Ἅπαντες.	— Tous.
— Λέγεις γε εὖ, νὴ τὴν Ἥραν,	— Tu dis certes bien, par Junon,
καὶ πολλὴν ἀφθονίαν	et *tu dis là* une grande abondance
τῶν ὠφελούντων.	de ceux qui-sont-utiles.

ποιοῦσιν, ἢ οὔ; — Καὶ οὗτοι. — Τί δαὶ οἱ βουλευταί; — Καὶ
οἱ βουλευταί. — Ἀλλ' ἄρα, ὦ Μέλητε, μὴ οἱ ἐν τῇ ἐκκλησίᾳ,
οἱ ἐκκλησιασταὶ, διαφθείρουσι τοὺς νεωτέρους; ἢ κἀκεῖνοι
βελτίους ποιοῦσιν ἅπαντες; — Κἀκεῖνοι. — Πάντες ἄρα, ὡ
ἔοικεν, Ἀθηναῖοι καλοὺς κἀγαθοὺς ποιοῦσι, πλὴν ἐμοῦ, ἐγὼ δ
μόνος διαφθείρω. Οὕτω λέγεις; — Πάνυ σφόδρα ταῦτα λέγω.
— Πολλήν γ' ἐμοῦ κατέγνωκας δυστυχίαν. Καί μοι ἀπόκριναι
ἢ καὶ περὶ ἵππους οὕτω σοι δοκεῖ ἔχειν; οἱ μὲν βελτίου
ποιοῦντες αὐτοὺς ἅπαντες ἄνθρωποι εἶναι, εἷς δέ τις ὁ διαφθείρων; ἢ τοὐναντίον τούτου πᾶν, εἷς μέν τις ὁ βελτίους οἷός τ'
ὢν ποιεῖν, ἢ πάνυ ὀλίγοι, οἱ ἱππικοί· οἱ δὲ πολλοί, ἐάνπερ

bons services. Mais poursuivons : tous les citoyens qui sont ici simplement comme auditeurs, sont-ils capables, ou non, de rendre les
jeunes gens meilleurs ? — Oui, vraiment. — Et les sénateurs ? — Les
sénateurs aussi. — Mais, mon cher Mélitus, tous ceux qui assistent
aux assemblées du peuple ne pourraient-ils pas quelquefois corrompre
les jeunes gens ? ou tous ceux-là sont-ils également capables de les
rendre meilleurs ? — Tous ceux-là aussi. — Ainsi donc, à votre avis,
tous les Athéniens, excepté moi, peuvent rendre les hommes bons et
vertueux ; moi seul je les corromps. N'est-ce pas là ce que vous prétendez ? — Précisément, c'est cela même que je dis. — C'est me condamner à un étrange et cruel malheur ; mais répondez encore : Croyez-
vous qu'il en soit de même des chevaux, par exemple? que tous les
hommes puissent les rendre meilleurs, et qu'il n'y ait qu'un seul
homme dans le cas de les gâter ? ou plutôt n'est-ce pas tout le contraire ? et ne pourrait-on pas dire qu'il n'y a qu'un seul homme capable de dresser parfaitement les chevaux, ou du moins qu'il n'y en
a qu'un très-petit nombre, savoir les écuyers, tandis que la plupart
des hommes gâtent les chevaux, au moins quand ils veulent les mon-

Τί δαὶ δή;	Quoi donc certes?
Οἵδε οἱ ἀκροαταὶ	Ceux-ci les auditeurs
ποιοῦσι βελτίους,	font-ils *les jeunes-gens* meilleurs,
ἢ οὔ;	ou non?
— Καὶ οὗτοι.	— Eux aussi.
— Τί δαὶ οἱ βουλευταί;	— Quoi donc *aussi* les sénateurs?
— Καὶ οἱ βουλευταί.	— Les sénateurs aussi.
— Ἀλλὰ ἄρα, ὦ Μέλητε,	— Mais certes, ὁ Mélitus,
οἱ	*est-ce-que* ceux *qui sont*
ἐν τῇ ἐκκλησίᾳ,	dans l'assemblée-du-peuple,
οἱ ἐκκλησιασταὶ,	les membres-de-l'assemblée,
μὴ διαφθείρουσι τοὺς νεωτέρους;	ne corrompent pas les plus jeunes?
ἢ καὶ ἐκεῖνοι ἅπαντες	ou-bien aussi ceux-là tous
ποιοῦσι βελτίους;	*les* font-ils meilleurs?
— Καὶ ἐκεῖνοι.	— Ceux-là aussi.
— Πάντες ἄρα Ἀθηναῖοι,	— Donc tous les Athéniens,
ὡς ἔοικε,	comme il semble,
ποιοῦσι καλοὺς καὶ ἀγαθοὺς,	*les* font honnêtes et vertueux,
πλὴν ἐμοῦ,	excepté moi,
ἐγὼ δὲ μόνος διαφθείρω.	mais moi seul je *les* corromps.
Λέγεις οὕτω;	Dis-tu ainsi?
— Λέγω ταῦτα πάνυ σφόδρα.	— Je dis ces *choses* tout-à-fait certes
— Κατέγνωκάς γε ἐμοῦ	— Ainsi tu as condamné moi
πολλὴν δυστυχίαν.	à un grand malheur.
Καὶ ἀπόκριναί μοι·	Et réponds à moi :
ἢ δοκεῖ σοι ἔχειν οὕτω	est-ce-que il paraît à toi être ainsi
καὶ περὶ ἵππους;	aussi pour les chevaux?
οἱ μὲν ποιοῦντες	d'une-part ceux qui-font
αὐτοὺς βελτίους	eux meilleurs
εἶναι ἅπαντες ἄνθρωποι,	*te semblent-ils* être tous les hommes
ὁ δὲ διαφθείρων	d'autre-part celui qui-*les*-gâte
εἷς τις;	*te semble-t-il être* un seul?
ἢ πᾶν τὸ ἐναντίον τούτου,	ou-bien tout le contraire de cela,
ὁ μὲν ὢν οἷός τε	d'une-part celui qui-est capable
ποιεῖν βελτίους	de faire *eux* meilleurs
εἷς τις,	*te semble-t-il être* un seul,
ἢ οἱ ἱππικοὶ,	ou ceux qui-connaissent-le-cheval,
πάνυ ὀλίγοι·	tout-à-fait peu-nombreux :
οἱ δὲ πολλοὶ,	d'autre-part le grand-nombre,
ἐάνπερ ξυνῶσιν ἵπποις	s'ils se-mêlent de chevaux

ξυνῶσι καὶ χρῶνται ἵπποις, διαφθείρουσιν; Οὐχ οὕτως ἔχει, ὦ
Μέλητε, καὶ περὶ ἵππων καὶ τῶν ἄλλων ἀπάντων ζώων; Πάντως δήπου, ἐάν τε σὺ καὶ Ἄνυτος οὐ φῆτε, ἐάν τε φῆτε· πολλὴ
γὰρ ἄν τις εὐδαιμονία εἴη περὶ τοὺς νέους, εἰ εἷς μὲν μόνος
αὐτοὺς διαφθείρει, οἱ δ' ἄλλοι ὠφελοῦσιν. Ἀλλὰ γὰρ, ὦ Μέλητε,
ἱκανῶς ἐπιδείκνυσαι, ὅτι οὐδεπώποτε ἐφρόντισας τῶν νέων, καὶ
σαφῶς ἀποφαίνεις τὴν σαυτοῦ ἀμέλειαν, ὅτι οὐδέν σοι μεμέληκε
περὶ ὧν ἐμὲ εἰσάγεις.

XIII. Ἔτι δὲ ἡμῖν εἰπὲ, ὦ πρὸς Διὸς Μέλητε, πότερόν
ἐστιν οἰκεῖν ἄμεινον ἐν πολίταις χρηστοῖς, ἢ πονηροῖς; Ὦ τᾶν¹,
ἀπόκριναι· οὐδὲν γάρ τοι χαλεπὸν ἐρωτῶ. Οὐχ οἱ μὲν πονηροὶ
κακόν τι ἐργάζονται τοὺς ἀεὶ ἐγγυτάτω ἑαυτῶν ὄντας, οἱ δ'
ἀγαθοὶ ἀγαθόν τι; — Πάνυ γε. — Ἔστιν οὖν ὅστις βούλεται

ter et s'en servir? Et n'en est-il pas de tous les autres animaux comme
des chevaux? Sans doute il en est ainsi, soit que vous refusiez d'en
convenir, Anytus et vous, soit que vous en conveniez. Autrement ce
serait un grand bonheur pour la jeunesse, s'il n'y avait qu'un seul
homme capable de la corrompre, et que tous les autres pussent la
rendre vertueuse. Mais, croyez-moi, Mélitus, vous montrez assez que
jamais vous n'avez réfléchi à l'éducation de la jeunesse, et vos discours prouvent avec la dernière évidence votre insouciance sur cet
objet pour lequel vous osez me traduire en justice.

XIII. Mais, au nom de Jupiter, dites-nous encore, Mélitus, lequel
est préférable de vivre avec des citoyens vertueux, ou d'habiter parmi
des méchants? Répondez, mon ami, car la question que je vous fais
n'est pas bien embarrassante. N'est-il pas vrai que les méchants font
toujours quelque mal à ceux qui vivent auprès d'eux; au lieu qu'il y
a toujours quelque bien à attendre des hommes vertueux? — Assurément. — Or, y a-t-il au monde quelqu'un qui aimât mieux éprouver
quelque dommage de la part de ceux avec lesquels il vit, que d'en

καὶ χρῶνται, et s'ils s'*en*-servent,
διαφθείρουσιν; *les* gâtent-ils?
Οὐκ ἔχει οὕτως, ὦ Μέλητε, N'est-ce pas ainsi, ô Mélitus,
καὶ περὶ ἵππων, et pour les chevaux,
καὶ ἁπάντων τῶν ἄλλων ζώων; et *pour* tous les autres animaux?
Πάντως δήπου, *C'est ainsi* entièrement sans-doute,
ἐάν τε σὺ καὶ Ἄνυτος οὐ φῆτε, soit que toi et Anytus vous disiez non,
ἐάν τε φῆτε· soit que vous disiez *oui:*
εἴη γὰρ ἂν car *ce* serait
τὶς πολλὴ εὐδαιμονία quelque grand bonheur
περὶ τοὺς νέους, pour les jeunes-gens,
εἰ εἷς μὲν μόνος si d'une-part un seul *homme*
διαφθείρει αὐτοὺς, corrompt eux,
οἱ δὲ ἄλλοι et *que* d'autre-part les autres
ὠφελοῦσιν. *leur* soient-utiles.
Ἀλλὰ γὰρ, ὦ Μέλητε, Mais en effet, ô Mélitus,
ἐπιδείκνυσαι ἱκανῶς, tu montres suffisamment,
ὅτι οὐδεπώποτε que jamais
ἐφρόντισας τῶν νέων, tu ne t'-es inquiété des jeunes-gens,
καὶ ἀποφαίνεις σαφῶς et tu fais-voir clairement
τὴν ἀμέλειαν σαυτοῦ, l'insouciance de toi-même,
ὅτι οὐδὲν μεμέληκέ σοι que nul soin-n'a-été à toi *des choses*
περὶ ὧν pour lesquelles
ἐμὲ εἰσάγεις. tu me traduis-en *justice.*

 XIII. Εἰπὲ δὲ ἔτι ἡμῖν, XIII. Mais dis encore à nous,
ὦ Μέλητε, πρὸς Διὸς, ô Mélitus, par Jupiter,
πότερόν ἐστιν ἄμεινον lequel-des-deux est meilleur
οἰκεῖν ἐν πολίταις χρηστοῖς, d'habiter avec des citoyens vertueux,
ἢ πονηροῖς; ou avec des méchants?
Ὦ ἔταν, ἀπόκριναι· O *mon* ami, réponds:
ἐρωτῶ γάρ τοι car je ne *te* demande certes
οὐδὲν χαλεπόν. rien *de* difficile.
Οἱ μὲν πονηροὶ D'une-part les méchants
οὐχ ἐργάζονται ἀεί τι κακὸν ne font-ils pas toujours quelque ma
τοὺς ὄντας ἐγγυτάτω à ceux qui-sont le plus près
ἑαυτῶν, d'eux-mêmes,
οἱ δὲ ἀγαθοί τι ἀγαθόν; et les bons quelque bien?
— Πάνυ γε. — Tout-à-fait certes.
— Ἔστιν οὖν — Est-il donc *quelqu'un*
ὅστις βούλεται βλάπτεσθαι qui veut être lésé

ὑπὸ τῶν ξυνόντων βλάπτεσθαι μᾶλλον, ἢ ὠφελεῖσθαι; Ἀπόκριναι, ὦ 'γαθέ· καὶ γὰρ ὁ νόμος κελεύει ἀποκρίνεσθαι. Ἔσθ'
ὅστις βούλεται βλάπτεσθαι; — Οὐ δῆτα. — Φέρε δή, πότερον
ἐμὲ εἰσάγεις δεῦρο, ὡς διαφθείροντα τοὺς νέους καὶ πονηρο-
τέρους ποιοῦντα ἑκόντα ἢ ἄκοντα; — Ἑκόντα ἔγωγε. — Τί
δῆτα, ὦ Μέλητε; τοσοῦτον σὺ ἐμοῦ σοφώτερος εἶ τηλικούτου
ὄντος[1] τηλικόσδε ὤν, ὥστε σὺ μὲν ἔγνωκας ὅτι οἱ μὲν κακοὶ κακόν
τι ἐργάζονται ἀεὶ τοὺς μάλιστα πλησίον ἑαυτῶν, οἱ δὲ ἀγαθοὶ
ἀγαθόν· ἐγὼ δὲ δὴ εἰς τοσοῦτον ἀμαθίας ἥκω, ὥστε καὶ τοῦτ'
ἀγνοῶ, ὅτι, ἐάν τινα μοχθηρὸν ποιήσω τῶν ξυνόντων, κινδυνεύσω
κακόν τι λαβεῖν ἀπ' αὐτοῦ, ὥστε τοῦτο τὸ τοσοῦτον κακὸν
ἑκὼν ποιῶ, ὡς φῄς σύ; Ταῦτα ἐγώ σοι οὐ πείθομαι, ὦ Μέλητε,
οἶμαι δὲ οὐδὲ ἄλλον ἀνθρώπων οὐδένα· ἀλλ' ἢ οὐ διαφθείρω, ἢ,

recevoir des services? Répondez, mon ami; car la loi vous oblige de
répondre. Y a-t-il quelqu'un qui veuille qu'on lui fasse du tort? —
Non, certes. — Eh bien donc! à présent, m'accusez-vous ici comme
corrompant la jeunesse à dessein, ou sans le vouloir? — Comme le
faisant à dessein, sans doute. — Eh quoi! Mélitus, si jeune encore,
avez-vous donc une telle supériorité de sagesse sur moi, malgré mon
âge avancé, que vous sachiez parfaitement qu'il n'y a que du mal à
attendre des méchants, et du bien à attendre des bons, quand on vit
avec eux; et de mon côté, en suis-je donc venu à un tel degré d'ignorance, que je ne voie pas bien que si je rends méchant quelqu'un de
ceux qui ont avec moi un commerce habituel, je m'exposerai à en
recevoir quelque préjudice, et que je me fasse à dessein tout le mal
que vous prétendez? Voilà, Mélitus, ce que vous ne persuaderez
jamais ni à moi, ni, je l'espère, à qui que ce soit dans le monde. Mais,
ou il n'est pas vrai que je corrompe la jeunesse, ou, si je la corromps,

μᾶλλον ἢ ὠφελεῖσθαι	plutôt que être aidé
ὑπὸ τῶν ξυνόντων;	par ceux qui-sont-avec *lui?*
Ἀπόκριναι, ὦ ἀγαθέ·	Réponds, ô bon (homme de bien) :
καὶ γὰρ ὁ νόμος	et en effet la loi
κελεύει ἀποκρίνεσθαι.	l'ordonne de répondre.
Ἔστιν ὅστις	Est-il *quelqu'un* qui
βούλεται βλάπτεσθαι;	veut être lésé ?
— Οὐ δῆτα.	— Non certes.
— Φέρε δή, πότερον	— Eh bien donc ! est-ce-que
εἰσάγεις ἐμὲ δεῦρο,	tu traduis moi ici,
ὡς διαφθείροντα τοὺς νέους	comme corrompant les jeunes-gens
καὶ ποιοῦντα πονηροτέρους	et *les* faisant plus méchants
ἑκόντα ἢ ἄκοντα;	à-dessein ou malgré-moi ?
— Ἔγωγε	— Moi-certes *je te traduis ici*
ἑκόντα.	*comme faisant cela* à-dessein.
— Τί δῆτα, ὦ Μέλητε;	— Quoi donc, ô Mélitus ?
σὺ ὢν τηλικόσδε	toi qui-es à-cet-âge (si jeune)
εἰ τοσοῦτον σοφώτερος ἐμοῦ	es-tu tellement plus sage que moi
ὄντος τηλικούτου,	qui-suis si-âgé,
ὥστε σὺ μὲν ἔγνωκας	au-point-que toi d'une-part saches
ὅτι οἱ μὲν κακοὶ	que les méchants il-est-vrai
ἐργάζονται ἀεί τι κακὸν	font toujours quelque mal
τοὺς μάλιστα πλησίον	à ceux *qui sont* le plus près
ἑαυτῶν,	d'eux-mêmes,
οἱ δὲ ἀγαθοὶ ἀγαθόν·	mais *que* les bons *leur font* du bien;
ἐγὼ δὲ δὴ ἥκω	et moi certes *en* suis-je venu
εἰς τοσοῦτον ἀμαθίας,	à un tel *point* d'ignorance,
ὥστε ἀγνοῶ καὶ τοῦτο,	que j'ignore même ceci, *savoir,*
ὅτι, ἐὰν ποιήσω μοχθηρόν τι ·	que, si je fais méchant quelqu'un
τῶν ξυνόντων,	de ceux qui-sont-avec *moi,*
κινδυνεύσω	je courrai-risque
λαβεῖν τι κακὸν ἀπὸ αὐτοῦ,	de recevoir quelque mal de lui,
ὥστε ποιῶ ἑκών,	au-point-que je fasse à-dessein,
ὡς σὺ φῇς,	comme tu *le* dis,
τοῦτο τὸ τοσοῦτον κακόν;	ce si-grand mal *à moi?*
Ἐγὼ οὐ πείθομαί σοι ταῦτα,	Moi je ne crois point toi sur cela,
ὦ Μέλητε,	ô Mélitus,
οἶμαι δὲ οὐδὲ	et je ne pense pas non-plus
οὐδένα ἄλλον ἀνθρώπων·	aucun autre des hommes *te croire.*
ἀλλὰ ἢ οὐ διαφθείρω,	mais ou je ne corromps pas,

εἰ διαφθείρω, ἄκων· ὥστε σύ γε κατ' ἀμφότερα ψεύδει. Εἰ δὲ
ἄκων διαφθείρω, τῶν τοιούτων καὶ ἀκουσίων ἁμαρτημάτων οὐ
δεῦρο νόμος εἰσάγειν ἐστίν, ἀλλ' ἰδίᾳ λαβόντα διδάσκειν καὶ
νουθετεῖν· δῆλον γὰρ ὅτι, ἐὰν μάθω, παύσομαι[1] ὅ γε ἄκων
ποιῶ. Σὺ δὲ ξυγγενέσθαι μέν μοι καὶ διδάξαι ἔφυγες καὶ οὐκ
ἠθέλησας· δεῦρο δὲ εἰσάγεις, οἷ νόμος ἐστὶν εἰσάγειν τοὺς κολάσεως δεομένους, ἀλλ' οὐ μαθήσεως.

XIV. Ἀλλὰ γὰρ, ὦ ἄνδρες Ἀθηναῖοι, τοῦτο μὲν δῆλον ἤδη
ἐστίν, ὃ ἐγὼ ἔλεγον, ὅτι Μελήτῳ τούτων οὔτε μέγα οὔτε σμικρὸν πώποτε ἐμέλησεν. Ὅμως δὲ δὴ λέγε ἡμῖν, πῶς με φῂς
διαφθείρειν, ὦ Μέλητε, τοὺς νεωτέρους; ἢ δῆλον δὴ[2] ὅτι κατὰ
τὴν γραφὴν ἣν ἐγράψω, θεοὺς διδάσκοντα μὴ νομίζειν οὓς ἡ
πόλις νομίζει, ἕτερα δὲ δαιμόνια καινά; Οὐ ταῦτα λέγεις ὅτι

c'est sans le vouloir, et malgré moi. Ainsi, dans l'une et dans l'autre
supposition, vous êtes coupable d'imposture. Car si c'est malgré moi
que je corromps la jeunesse, la loi ne vous autorise point à me traduire
devant ce tribunal : elle vous prescrit, au contraire, de m'avertir en
particulier et de me faire reconnaître mon erreur ; car il n'est pas
douteux que, quand je serai éclairé sur mes torts, je cesserai de faire
le mal que je fais contre mon intention. Mais bien loin de là, vous
avez toujours évité de vous trouver avec moi, jamais vous n'avez
voulu m'instruire, et vous me traînez devant un tribunal, où la loi
prescrit d'amener ceux qui ont besoin de châtiment, et non ceux qui
ont besoin d'instruction.

XIV. Voilà ce qui prouve, Athéniens, l'évidence de ce que je disais tout à l'heure, que jamais Mélitus n'avait donné la plus légère
attention à ces objets. Mais, quoi qu'il en soit, dites-nous enfin, Mélitus, comment vous prétendez que je corromps les jeunes gens : sans
doute c'est, comme vous l'avez déclaré dans votre dénonciation
écrite, en leur apprenant à ne pas reconnaître les dieux que l'État
reconnaît, et en introduisant des divinités nouvelles ? N'est-ce pas de
cette manière que, selon vous, je corromps la jeunesse ? — Précisé-

ἢ, εἰ διαφθείρω, — ou, si je corromps *la jeunesse*,

ἄκων· — c'est malgré-moi;

ὥστε σύ γε ψεύδει — de-sorte-que toi du-moins tu mens

κατὰ ἀμφότερα. — dans les deux *cas*.

Εἰ δὲ διαφθείρω — Mais si je corromps *la jeunesse*

ἄκων, — malgré-moi,

νόμος οὐκ ἔστιν εἰσάγειν δεῦρο — une loi n'est pas *de me* traduire ici

τῶν ἁμαρτημάτων — pour des fautes

τοιούτων καὶ ἀκουσίων, — telles et involontaires,

ἀλλὰ λαβόντα ἰδίᾳ — mais m'ayant pris en-particulier

διδάσκειν καὶ νουθετεῖν· — *de m'*instruire et *de m'*avertir:

δῆλον γὰρ ὅτι, ἐὰν μάθω, — car *il est* clair que, si je suis-instruit,

παύσομαι — je cesserai

ὅ γε ποιῶ ἄκων. — ce-que du-moins je fais malgré-moi.

Σὺ δὲ ἔφυγες μὲν — Or toi d'une-part tu as évité

ξυγγενέσθαι μοι — de te-trouver-avec moi

καὶ διδάξαι,· — et de *m'*instruire,

καὶ οὐκ ἠθέλησας· — et tu ne *l'*as pas voulu :

εἰσάγεις δὲ δεῦρο, — d'autre-part tu *me* traduis ici,

οἷ νόμος ἐστὶν εἰσάγειν — où la loi est *de* traduire

τοὺς δεομένους κολάσεως, — ceux qui-ont-besoin de châtiment,

ἀλλὰ οὐ μαθήσεως. — mais non d'instruction.

XIV. Ἀλλὰ γὰρ, — XIV. Mais en effet,

ὦ ἄνδρες Ἀθηναῖοι, — ô hommes Athéniens,

τοῦτο μὲν, ὃ ἐγὼ ἔλεγον, — cela certes, que moi je disais,

ἐστὶν ἤδη δῆλον, — est déjà évident,

ὅτι πώποτε ἐμέλησεν — que jamais soin-n'-a-été

οὔτε μέγα οὔτε σμικρὸν — ni grand ni petit

τούτων Μελήτῳ. — de ces *choses* à Mélitus.

Ὅμως δὲ δὴ λέγε ἡμῖν, — Mais cependant dis donc à nous,

ὦ Μέλητε, πῶς φῂς με — ô Mélitus, comment dis-tu moi

διαφθείρειν τοὺς νεωτέρους; — corrompre les plus jeunes?

ἢ δῆλον δὴ ὅτι — n'est-il certes *pas* évident que

κατὰ τὴν γραφὴν — d'-après l'acte-d'accusation

ἣν ἐγράψω, — que tu as rédigé,

διδάσκοντα — *tu dis moi le faire en* enseignant

μὴ νομίζειν — à ne pas croire

θεοὺς οὓς ἡ πόλις νομίζει, — aux dieux auxquels la ville croit,

ἕτερα δὲ δαιμόνια καινά; — mais à d'autres divinités nouvelles?

Οὐ λέγεις ὅτι διαφθείρω — Ne dis-tu pas que je *les* corromps

διδάσκων δ.αφθείρω; — Πάνυ μὲν οὖν σφόδρα ταῦτα λέγω. —
Πρὸς αὐτῶν τοίνυν, ὦ Μέλητε, τούτων τῶν θεῶν, ὧν νῦν ὁ λόγος
ἐστὶν, εἰπὲ ἔτι σαφέστερον καὶ ἐμοὶ καὶ τοῖς ἀνδράσι τουτοισί.
Ἐγὼ γὰρ οὐ δύναμαι μαθεῖν, πότερον λέγεις διδάσκειν με
νομίζειν εἶναί τινας θεοὺς (καὶ αὐτὸς ἄρα νομίζω εἶναι θεούς,
καὶ οὐκ εἰμὶ τὸ παράπαν ἄθεος, οὐδὲ ταύτῃ ἀδικῶ), οὐ μέντοι
οὕσπερ γε ἡ πόλις, ἀλλ' ἑτέρους, καὶ τοῦτ' ἔστιν ὅ μοι ἐγκαλεῖς,
ὅτι ἑτέρους· ἢ παντάπασί με φῂς οὔτε αὐτὸν νομίζειν θεούς,
τούς τε ἄλλους ταῦτα διδάσκειν. —Ταῦτα λέγω, ὡς τὸ παράπαν
οὐ νομίζεις θεούς. — Ὦ θαυμάσιε Μέλητε, ἵνα τί¹ ταῦτα λέγεις;
οὐδὲ ἥλιον, οὐδὲ σελήνην ἄρα νομίζω θεοὺς εἶναι, ὥσπερ οἱ
ἄλλοι ἄνθρωποι; — Μὰ Δί', ὦ ἄνδρες δικασταί, ἐπεὶ τὸν μὲν
ἥλιον λίθον φησὶν εἶναι, τὴν δὲ σελήνην γῆν. — Ἀναξαγόρου²
οἴει κατηγορεῖν, ὦ φίλε Μέλητε· καὶ οὕτω καταφρονεῖς τῶνδε,

ment, c'est là ce que je dis. — Au nom de ces mêmes dieux, dont il est maintenant question, Mélitus, expliquez-vous plus clairement pour moi et pour les juges qui nous écoutent. Car je ne saurais comprendre si vous prétendez que j'enseigne qu'il y a certaines divinités, et dès lors il faut donc que je croie qu'il y a des dieux, qu'enfin je ne sois pas entièrement athée, et ce n'est pas là le crime dont je suis coupable: seulement ces divinités que j'admets ne sont pas celles que l'État reconnaît. Ou bien, prétendez-vous que, ne croyant point moi-même à l'existence des dieux, j'enseigne aux autres à n'y point croire? — Oui, je soutiens que vous ne croyez nullement à l'existence des dieux. — Bon et honnête Mélitus, pourquoi dites-vous cela? Est-ce que je ne crois pas, comme les autres hommes, que le soleil et la lune sont des divinités?— Non, par Jupiter, Athéniens, il ne le croit pas, puisqu'il affirme que le soleil est une pierre, et la lune une terre. —Croyez-vous donc, mon cher Mélitus, accuser Anaxagore? et méprisez-vous assez ceux qui nous écoutent, ou les croyez-vous assez

διδάσκων ταῦτα ;
— Λέγω μὲν οὖν ταῦτα
πάνυ σφόδρα.
— Τοίνυν, ὦ Μέλητε,
πρὸς τούτων τῶν θεῶν αὐτῶν,
ὧν νῦν ἐστιν ὁ λόγος,
εἰπὲ ἔτι σαφέστερον καὶ ἐμοὶ
καὶ τουτοισὶ τοῖς ἀνδράσιν.
Ἐγὼ γὰρ οὐ δύναμαι μαθεῖν,
πότερον λέγεις με διδάσκειν
νομίζειν τινὰς θεοὺς εἶναι
— καὶ αὐτὸς ἄρα
νομίζω θεοὺς εἶναι,
καὶ οὐκ εἰμὶ τὸ παράπαν ἄθεος,
οὐδὲ ἀδικῶ ταύτῃ, —
οὐ μέντοι γε
οὕσπερ ἡ πόλις,
ἀλλὰ ἑτέρους,
καὶ τοῦτο ἐστὶν
ὃ ἐγκαλεῖς μοι,
ὅτι ἑτέρους·
ἢ φὴς παντάπασι
μὲ αὐτὸν οὔτε νομίζειν θεούς,
διδάσκειν τε ταῦτα τοὺς ἄλλους.
— Λέγω ταῦτα, ὡς
οὐ νομίζεις τὸ παράπαν θεούς.
— Ὦ θαυμάσιε Μέλητε,
ἵνα τί λέγεις ταῦτα;
οὐδὲ ἄρα νομίζω ἥλιον,
οὐδὲ σελήνην εἶναι θεούς,
ὥσπερ οἱ ἄλλοι ἄνθρωποι;
— Μὰ Δία,
ὦ ἄνδρες δικασταὶ,
ἐπεί φησι
τὸν μὲν ἥλιον εἶναι λίθον
τὴν δὲ σελήνην γῆν.
— Οἴει
κατηγορεῖν Ἀναξαγόρου,
ὦ φίλε Μέλητε·
καὶ καταφρονεῖς τῶνδε,

en enseignant ces *doctrines* ?
— Oui à-la-vérité je dis cela
tout-à-fait certes.
— Or-donc, ô Mélitus,
par ces dieux mêmes,
dont maintenant il est question,
dis encore plus clairement et à moi
et à ces hommes-*ci*.
Car moi je ne puis comprendre ,
si tu dis moi enseigner
à croire certains dieux exister,
— et moi-même ainsi
je crois des dieux exister ,
et je ne suis pas du tout athée,
je ne suis-pas-coupable en cela , —
non pourtant certes *ceux*
que la ville *reconnaît* ,
mais d'autres ,
et *si* cela est
ce-que tu reproches à moi,
que *j'enseigne* d'autres *dieux* :
ou *si* tu prétends absolument
moi même et ne pas croire aux dieux,
et enseigner cela aux autres.
— Je dis cela , que
tu ne crois pas du tout aux dieux.
— O admirable Mélitus,
pour *obtenir* quoi dis-tu cela?
ne crois-je donc ni le soleil ,
ni la lune être des dieux,
comme *croient* les autres hommes?
— Non, par Jupiter,
ô hommes juges,
puisqu'il (Socrate) prétend
d'une-part le soleil être une pierre,
d'autre-part la lune *être* une terre.
— Tu penses
accuser Anaxagore,
ô cher Mélitus :
et tu méprises ceux-ci (les juges),

καὶ οἴει αὐτοὺς ἀπείρους γραμμάτων εἶναι, ὥστε οὐκ εἰδέναι ὅτι τὰ Ἀναξαγόρου βιβλία, τοῦ Κλαζομενίου, γέμει τούτων τῶν λόγων. Καὶ δὴ καὶ οἱ νέοι ταῦτα παρ' ἐμοῦ μανθάνουσιν, ἃ ἔξεστιν ἐνίοτε, εἰ πάνυ πολλοῦ, δραχμῆς ἐκ τῆς ὀρχήστρας πριαμένοις[1], Σωκράτους καταγελᾶν, ἐὰν προσποιῆται ἑαυτοῦ εἶναι, ἄλλως τε καὶ οὕτως ἄτοπα ὄντα. Ἀλλ', ὦ πρὸς Διός, οὑτωσί σοι δοκῶ οὐδένα νομίζειν θεὸν εἶναι; — Οὐ μέντοι, μὰ Δί', οὐδ' ὁπωστιοῦν. — Ἄπιστός γ' εἶ, ὦ Μέλητε, καὶ ταῦτα μέντοι, ὡς ἐμοὶ δοκεῖς, σαυτῷ. Ἐμοὶ γὰρ δοκεῖ οὑτοσί, ὦ ἄν δρες Ἀθηναῖοι, πάνυ εἶναι ὑβριστὴς καὶ ἀκόλαστος, καὶ ἀτε χνῶς τὴν γραφὴν ταύτην ὕβρει τινὶ καὶ ἀκολασίᾳ καὶ νεότητι γράψασθαι. Ἔοικε γὰρ ὥσπερ αἴνιγμα ξυντιθέντι καὶ διαπειρω μένῳ, « Ἆρα γνώσεται Σωκράτης ὁ σοφὸς δὴ ἐμοῦ χαριεντιζο

ignorants pour ne pas savoir que les livres d'Anaxagore de Clazomène sont pleins de ces sortes d'assertions? Enfin aurais-je la prétention d'apprendre aux jeunes gens des choses dont ils peuvent quelquefois s'instruire à l'orchestre pour le prix d'une drachme tout au plus, et qui rendraient Socrate très-ridicule à leurs yeux, s'il les leur donnait comme des opinions de lui, surtout étant si étranges et si absurdes? Mais, au nom des dieux, pensez-vous véritablement que je ne recon naisse aucune divinité? —Non certes, vous n'en reconnaissez aucune. — Il est difficile, Mélitus, qu'on croie ce que vous assurez ici, et vous ne le croyez pas vous-même. En effet, Athéniens, cet homme parait d'une insolence et d'une témérité extrêmes, et il est bien évident qu'il ne m'a intenté cette accusation que pour m'outrager, et se livrer im punément à la violence naturelle à son âge et à son caractère. Je crois donc qu'il n'a voulu ici que m'embarrasser et m'éprouver en me pro posant une question captieuse; il se sera dit à lui-même : Voyons si le sage Socrate s'apercevra que je me fais un jeu de dire des chose

καὶ οἴει αὐτοὺς	et tu penses eux
εἶναι ἀπείρους γραμμάτων	être étrangers aux lettres
οὕτως, ὥστε οὐκ εἰδέναι	au-point de ne pas savoir
ὅτι τὰ βιβλία Ἀναξαγόρου,	que les livres d'Anaxagore,
τοῦ Κλαζομενίου,	celui de-Clazomène,
γέμει τούτων τῶν λόγων.	sont-pleins de ces assertions-là.
Καὶ δὴ καὶ οἱ νέοι	Aussi bien les jeunes-gens
μανθάνουσι παρὰ ἐμοῦ ταῦτα,	apprennent de moi des choses,
ἃ ἔξεστιν ἐνίοτε	dont il est-permis quelquefois
πριαμένοις ἐκ τῆς ὀρχήστρας	à eux achetant une place d'orchestre
δραχμῆς,	pour une drachme,
εἰ πάνυ πολλοῦ,	s'ils la payent tout-à-fait cher,
καταγελᾶν Σωκράτους,	de railler Socrate,
ἐὰν προσποιῆται εἶναι ἑαυτοῦ,	s'il feignait elles être de lui,
ἄλλως τε καὶ	et surtout encore
ὄντα οὕτως ἄτοπα.	elles étant si absurdes.
Ἀλλὰ, ὦ πρὸς Διὸς,	Mais, ô par Jupiter,
δοκῶ σοι οὑτωσὶ	semblé-je à toi ainsi
νομίζειν οὐδένα θεὸν εἶναι.	croire aucun dieu n'exister ?
— Οὐ μέντοι, μὰ Δία,	— Non certes, non, par Jupiter,
οὐδὲ ὁπωστιοῦν.	tu n'y crois en-aucune-manière.
— Εἴ γε ἄπιστος,	— Tu es certes incroyable,
ὦ Μέλητε,	ô Mélitus,
καὶ ταῦτα μέντοι σαυτῷ.	et cela même à toi-même,
ὡς δοκεῖς ἐμοί.	comme tu sembles à moi.
Οὑτοσὶ γὰρ δοκεῖ μοι,	Car celui-ci (Mélitus) semble à moi,
ὦ ἄνδρες Ἀθηναῖοι,	ô hommes Athéniens,
εἶναι πάνυ ὑβριστὴς	être tout-à-fait insolent
καὶ ἀκόλαστος,	et téméraire,
καὶ γράψασθαι ἀτεχνῶς	et avoir rédigé tout-simplement
ταύτην τὴν γραφὴν	cet acte-d'accusation
τινὶ ὕβρει	par une certaine insolence
καὶ ἀκολασίᾳ καὶ νεότητι.	et témérité et jeunesse.
Ἔοικε γὰρ ὥσπερ	En effet il ressemble comme à celui
ξυντιθέντι αἴνιγμα	qui-propose une énigme
καὶ διαπειρωμένῳ,	et qui-tente,
Ἆρα Σωκράτης ὁ σοφὸς	Est-ce-que Socrate le sage
γνώσεται δὴ	s'apercevra certes
ἐμοῦ χαριεντιζομένου·	de moi plaisantant
καὶ λέγοντος	et disant

μένου καὶ ἐναντί' ἐμαυτῷ λέγοντος, ἢ ἐξαπατήσω αὐτὸν καὶ τοὺς ἄλλους τοὺς ἀκούοντας; Οὗτος γὰρ ἐμοὶ φαίνεται τὰ ἐνκντία λέγειν αὐτὸς αὐτῷ ἐν τῇ γραφῇ, ὥσπερ ἂν εἰ εἴποι· « Ἀδικεῖ Σωκράτης θεοὺς οὐ νομίζων, ἀλλὰ θεοὺς νομίζων. » Καί τοι τοῦτό ἐστι παίζοντος.

XV. Ξυνεπισκέψασθε δὲ, ὦ ἄνδρες, ᾗ μοι φαίνεται ταῦτ λέγειν· σὺ δὲ ἡμῖν ἀπόκριναι, ὦ Μέλητε. Ὑμεῖς δὲ, ὅπερ κατ ἀρχὰς ὑμᾶς παρῃτησάμην, μέμνησθέ μοι μὴ θορυβεῖν, ἐὰν ἐν τῷ εἰωθότι τρόπῳ τοὺς λόγους ποιῶμαι.

Ἔστιν ὅστις ἀνθρώπων, ὦ Μέλητε, ἀνθρώπεια μὲν νομίζει πράγματα εἶναι, ἀνθρώπους δὲ οὐ νομίζει; Ἀποκρινέσθω, ὦ ἄνδρες, καὶ μὴ ἄλλα καὶ ἄλλα θορυβείτω. Ἔσθ' ὅστις ἵππους μὲν οὐ νομίζει, ἱππικὰ δὲ πράγματα; ἢ αὐλητὰς μὲν οὐ νομίζει, αὐλητικὰ δὲ πράγματα; Οὐκ ἔστιν, ὦ ἄριστε ἀνδρῶν·

absurdes et entièrement contradictoires, ou si je parviendrai à lui en imposer ainsi qu'à tout le reste de l'auditoire. En effet, c'est bien avancer des choses contradictoires que de dire, comme il le fait dans sa dénonciation écrite : « Socrate est criminel en ce qu'il ne reconnaît point de dieux, et d'un autre côté en ce qu'il admet des dieux. » Assurément c'est se moquer que de tenir un pareil langage.

XV. Examinez encore avec moi, Athéniens, comment je suis porté à croire que c'est là tout ce qu'il dit : répondez-nous, Mélitus, et vous, Juges, souffrez sans murmurer, comme je vous en ai priés en commençant ce discours, que je puisse suivre cet examen de la manière qui m'est propre et familière.

Peut-il y avoir quelqu'un au monde, Mélitus, qui croie qu'il existe des choses humaines, sans croire en même temps qu'il existe des hommes? Ordonnez-lui de répondre, juges, et empêchez qu'il ne cherche à sortir de la question en se livrant à des clameurs indécentes. Est-il possible de croire qu'il y ait des choses qui concernent l'équitation ou l'art de jouer de la flûte, sans croire en même temps qu'il existe des chevaux et des

ἐναντία ἐμαυτῷ, — des choses opposées à moi-même,

ἢ ἐξαπατήσω αὐτὸν — ou tromperai-je lui

καὶ τοὺς ἄλλους τοὺς ἀκούοντας; — et les autres ceux qui-écoutent?

Οὗτος γὰρ φαίνεται ἐμοὶ — Car celui-ci paraît-évidemment à moi

λέγειν αὐτὸς ἐν τῇ γραφῇ — dire lui-même sur l'acte-d'accusation

τὰ ἐναντία αὐτῷ, — des choses opposées à lui-même,

ὥσπερ εἰ εἴποι ἄν· — comme s'il disait :

« Σωκράτης ἀδικεῖ — « Socrate est-coupable

οὐ νομίζων θεούς,. — en ne croyant pas aux dieux,

ἀλλὰ νομίζων θεούς. » — mais aussi en croyant aux dieux. »

Καί τοι τοῦτό ἐστι — Or cela est aussi

παίζοντος. — d'un homme qui-se-moque.

XV. Ξυνεπισκέψασθε δὲ, — XV. Mais considérez-avec moi,

ὦ ἄνδρες, — ô hommes,

ᾗ μοι φαίνεται λέγειν ταῦτα· — comment il me paraît dire ces choses.

σὺ δὲ ἀπόκριναι ἡμῖν, ὦ Μέλητε. — et toi réponds à nous, ô Mélitus.

Ὑμεῖς δὲ, — Mais vous,

ὅπερ κατὰ ἀρχὰς — ce-que dans le commencement

παρῃτησάμην ὑμᾶς, — je demandai à vous,

μέμνησθε — souvenez-vous

μὴ θορυβεῖν μοι, — de ne pas murmurer contre moi,

ἐὰν ποιῶμαι τοὺς λόγους· — si je fais mon discours

ἐν τῷ τρόπῳ εἰωθότι. — dans ma manière accoutumée.

Ἔστιν ἀνθρώπων, — Est-il quelqu'un des hommes,

ὦ Μέλητε, — ô Mélitus,

ὅστις μὲν νομίζει — qui d'une-part croit

πράγματα ἀνθρώπεια εἶναι, — des choses humaines être,

οὐ δὲ νομίζει — et d'autre-part ne croit pas

ἀνθρώπους; — des hommes être ?

Ἀποκρινέσθω, ὦ ἄνδρες. — Qu'il réponde, ô hommes,

καὶ μὴ θορυβείτω — et ne murmure pas

ἄλλα καὶ ἄλλα. — d'une façon et d'une-autre.

Ἔστιν ὅστις οὐ νομίζει — Est-il quelqu'un qui ne croit pas

ἵππους μὲν, — d'une-part des chevaux être,

πράγματα δὲ — et qui croit d'autre-part des chose

ἱππικά; — concernant-les-chevaux être ?

ἢ οὐ μὲν νομίζει — ou qui d'une-part ne croit pas

αὐλητὰς, — des joueurs-de-flûte être,

πράγματα δὲ — et croit d'autre-part des choses

αὐλητικά; — concernant-la-flûte être ?

εἰ μὴ σὺ βούλει ἀποκρίνασθαι, ἐγώ σοι λέγω καὶ τοῖς ἄλλοις
τουτοισί. Ἀλλὰ τὸ ἐπὶ τούτῳ γε ἀπόκριναι. Ἔσθ' ὅστις δαιμόνια μὲν νομίζει πράγματ' εἶναι, δαίμονας δὲ οὐ νομίζει; — Οὐκ
ἔστιν. — Ὡς ὤνησας, ὅτι μόγις ἀπεκρίνω ὑπὸ τουτωνὶ ἀναγ-
καζόμενος. Οὐκοῦν δαιμόνια μὲν φής με καὶ νομίζειν καὶ διδάσκειν, εἴτ' οὖν καινὰ εἴτε παλαιά· ἀλλ' οὖν δαιμόνιά γε νομίζω
κατὰ τὸν σὸν λόγον, καὶ ταῦτα καὶ διωμόσω ἐν τῇ ἀντιγραφῇ[1].
Εἰ δὲ δαιμόνια νομίζω, καὶ δαίμονας δήπου πολλὴ ἀνάγκη νομίζειν ἐμέ ἐστιν. Οὐχ οὕτως ἔχει; Ἔχει δή· τίθημι γάρ σε
ὁμολογοῦντα, ἐπειδὴ οὐκ ἀποκρίνει. Τοὺς δὲ δαίμονας οὐχὶ
ἤτοι θεούς γε ἡγούμεθα, ἢ θεῶν παῖδας; Φὴς ἢ οὔ; — Πάνυ
γε. — Οὐκοῦν εἴπερ δαίμονας ἡγοῦμαι, ὡς σὺ φής, εἰ μὲν θεοί
τινές εἰσιν οἱ δαίμονες, τοῦτ' ἂν εἴη ὃ ἐγώ φημί σε αἰνίττεσθαι

joueurs de flûte? Non, cela n'est pas possible, ô le plus vertueux des
hommes! c'est moi qui vous le dis, puisque vous ne sauriez vous décider
à répondre, et qui le dis à tous ceux qui sont ici présents. Mais répondez
à ceci : Peut-on croire à l'existence des choses divines, et ne pas croire en
même temps à l'existence des divinités? — On ne le peut pas. — Combien vous avez eu de peine à répondre! il a fallu que les juges vous y
forçassent. Ainsi vous ne niez pas que je croie et que j'enseigne qu'il
y a des choses divines soit anciennes soit nouvelles ; et même vous
l'avez attesté par serment dans votre dénonciation ; or, si je crois
qu'il y a des choses divines, il faut de toute nécessité que je croie
aussi qu'il y a des divinités. La chose n'est-elle pas ainsi? oui, sans
doute : car je suppose que vous en convenez, puisque vous ne répondez pas. Or, ce que nous regardons comme des divinités, ne sont-ce
pas les dieux ou les enfants des dieux? En convenez-vous, ou non?
— Assurément. — Ainsi donc, puisque je reconnais des divinités,
comme vous en convenez, et que ces divinités sont une espèce de
dieux, ce que je disais tout à l'heure est très-véritable, que vous ne

Οὐκ ἔστιν,	*Personne* n'est *tel*,
ὦ ἄριστε ἀνδρῶ /	ὁ le meilleur des hommes :
εἰ σὺ μὴ βούλει ἀποκρίνασθαι,	si toi tu ne veux pas répondre,
ἐγὼ λέγω σοι	moi je *le* dis à toi
καὶ τοῖς ἄλλοις τουτοισί.	et aux autres ceux-qui-sont-ici.
Ἀλλά γε ἀπόκριναι τὸ ἐπὶ τούτῳ.	Mais du-moins réponds après ceci.
Ἔστιν ὅστις νομίζει	Est-il *quelqu'un* qui croit
πράγματα μὲν δαιμόνια εἶναι,	d'une-part des choses divines être
οὐ δὲ νομίζει	*et* d'autre-part ne croit pas
δαίμονας;	des divinités *être?*
— Οὐκ ἔστιν.	— Il n'est *personne.*
— Ὡς ὤνησας,	— Comme tu *m*'as obligé,
ὅτι ἀπεκρίνω μόγις	de-ce-que tu as répondu avec-peine
ἀναγκαζόμενος ὑπὸ τουτωνί.	étant contraint par ceux-ci.
Οὐκοῦν μὲν φής με	Ainsi d'une-part tu prétends moi
καὶ νομίζειν	et reconnaître
καὶ διδάσκειν δαιμόνια,	et enseigner des *choses* divines,
εἴτε οὖν καινὰ εἴτε παλαιά·	soit certes nouvelles soit anciennes;
ἀλλὰ οὖν γε κατὰ τὸν σὸν λόγον	mais enfin certes d'-après ton dire
νομίζω δαιμόνια,	je reconnais des *choses* divines,
καὶ διωμόσω καὶ ταῦτα	et tu as juré même cela
ἐν τῇ ἀντιγραφῇ.	dans l'acte-d'accusation.
Εἰ δὲ νομίζω δαιμόνια,	Or si je reconnais des *choses* divines,
καὶ δήπου πολλὴ ἀνάγκη ἐστὶν	sans-doute aussi grande nécessité est
ἐμὲ νομίζειν δαίμονας.	moi reconnaître des divinités.
Οὐκ ἔχει οὕτως;	N'est-il pas ainsi ?
Ἔχει δή·	Certes il *en* est *ainsi:*
τίθημι γάρ σε ὁμολογοῦντα,	car je suppose toi avouant,
ἐπειδὴ οὐκ ἀποκρίνει.	puisque tu ne réponds pas.
Οὐχὶ δὲ ἡγούμεθα	Or ne regardons-nous pas
τοὺς δαίμονας	les démons
ἤτοι γε θεοὺς,	ou certes *comme* dieux,
ἢ παῖδας θεῶν;	ou *comme* enfants de dieux?
Φῂς ἢ οὔ;	Dis-tu *oui* ou non?
— Πάνυ γε.	— Certes *je dis oui* tout-à-fait.
— Οὐκοῦν εἴπερ ἡγοῦμαι	— Ainsi puisque je reconnais
δαίμονας, ὡς σὺ φής,	des divinités, comme tu *le* dis,
εἰ μὲν οἱ δαίμονες	si d'une part *ces* démons
εἰσί τινες θεοί,	sont de certains dieux,
τοῦτο εἴη ἂν, ὃ ἐγώ φημι σε	cela serait, ce-que je prétends toi

καὶ χαριεντίζεσθαι, θεοὺς οὐχ ἡγούμενον φάναι ἐμὲ θεοὺς αὖ
ἡγεῖσθαι πάλιν, ἐπειδήπερ γε δαίμονας ἡγοῦμαι· εἰ δ' αὖ οἱ
δαίμονες θεῶν παῖδές εἰσι νόθοι τινὲς ἢ ἐκ νυμφῶν ἢ ἔκ τινων
ἄλλων, ὧν δὴ καὶ λέγονται, τίς ἂν ἀνθρώπων θεῶν μὲν παῖδας
ἡγοῖτο εἶναι, θεοὺς δὲ μή; Ὁμοίως γὰρ ἂν ἄτοπον εἴη, ὥσπερ
ἂν εἴ τις ἵππων μὲν παῖδας ἡγοῖτο [ἢ] καὶ ὄνων τοὺς ἡμιόνους,
ἵππους δὲ καὶ ὄνους μὴ ἡγοῖτο εἶναι. Ἀλλ', ὦ Μέλητε, οὐκ ἔστιν
ὅπως[1] σὺ ταῦτα οὐχὶ ἀποπειρώμενος ἡμῶν ἐγράψω τὴν γραφὴν
ταύτην, ἢ ἀπορῶν ὅ τι ἐγκαλοῖς ἐμοὶ ἀληθὲς ἀδίκημα· ὅπως δὲ
σύ τινα πείθοις ἂν καὶ σμικρὸν νοῦν ἔχοντα ἀνθρώπων· ὡς οὐ
τοῦ αὐτοῦ ἀνδρός[2] ἐστι καὶ δαιμόνια καὶ θεῖα ἡγεῖσθαι, καὶ αὖ
τοῦ αὐτοῦ, μήτε δαίμονας, μήτε θεοὺς, μήτε ἥρωας· οὐδεμία
μηχανή ἐστιν.

XVI. Ἀλλὰ γὰρ, ὦ ἄνδρες Ἀθηναῖοι, ὡς μὲν ἐγὼ οὐκ ἀδικῶ

vouliez que vous jouer en nous proposant une question captieuse, et
en disant que je ne crois pas qu'il existe des dieux, et que pourtant
je crois qu'il en existe, puisque je crois à l'existence des divinités.
Que ces divinités soient, si l'on veut, des enfants même illégitimes,
nés des dieux et des nymphes, ou de créatures mortelles, comme on
le dit de quelques-unes d'entre elles, quel homme au monde pourrait
croire qu'il y ait des enfants des dieux, et refuser de croire qu'il y ait
des dieux? Car cela serait aussi absurde que de croire qu'il y ait des
mulets, et de refuser de croire qu'il existe des ânes et des chevaux.
Assurément, Mélitus, il n'est pas possible que vous ne m'ayez intenté
une pareille accusation pour m'éprouver, ou parce que vous vous
trouviez fort embarrassé de m'imputer aucun délit réel. Mais que vous
parveniez à persuader à quelqu'un au monde qui ait un peu de sens
et de raison, que le même homme peut fort bien croire qu'il y ait des
choses divines, sans croire pour cela qu'il y ait des dieux, des divinités, ou des héros, voilà ce qui est de toute impossibilité.

XVI. Au reste, Athéniens, je ne crois pas qu'il soit besoin d'une

αἰνίττεσθαι	proposer-des-énigmes
καὶ χαριεντίζεσθαι,	et plaisanter,
φάναι ἐμὲ	toi dire moi
οὐχ ἡγούμενον θεοὺς	ne reconnaissant pas des dieux
ἡγεῖσθαι αὖ πάλιν θεούς,	reconnaître ensuite d'autre-part des
ἐπειδήπερ γε	puisque du moins [dieux,
ἡγοῦμαι δαίμονας·	je reconnais des démons :
εἰ δὲ αὖ οἱ δαίμονες	si d'autre-part ensuite les démons
εἰσί τινες παῖδες νόθοι	sont de certains enfants bâtards
θεῶν	de dieux
ἢ ἐκ νυμφῶν	ou par des nymphes
ἢ ἔκ τινων ἄλλων,	ou par quelques autres *créatures*.
ὧν δὴ καὶ λέγονται,	dont certes ils sont dits *être nés*,
τίς ἀνθρώπων ἡγοῖτο ἂν	qui des hommes admettrait
παῖδας μὲν θεῶν εἶναι,	d'une-part des enfants de dieux être,
θεοὺς δὲ μή;	d'autre-part des dieux n'*être* pas?
Εἴη γὰρ ἂν ἄτοπον	Car *ce* serait absurde
ὁμοίως, ὥσπερ εἴ τις	de-même, que si quelqu'un
ἡγοῖτο ἂν μὲν τοὺς ἡμιόνους	croyait d'une-part les mulets
παῖδας ἵππων [ἢ] καὶ ὄνων,	enfants de chevaux [ou] aussi d'ânes,
μὴ δὲ ἡγοῖτο	*et* d'autre-part ne croyait pas
ἵππους καὶ ὄνους εἶναι.	des chevaux et des ânes être.
Ἀλλά, ὦ Μέλητε,	Mais, ô Mélitus,
οὐκ ἔστιν ὅπως σὺ	il n'est pas *possible* que toi
οὐχὶ ἐγράψω ταύτην τὴν γραφὴν	tu n'aies pas rédigé cette accusation
ἀποπειρώμενος ἡμῶν ταῦτα,	tentant nous *en* cela,
ἢ ἀπορῶν	ou étant-embarrassé
ὅ τι ἀληθὲς ἀδίκημα	quel véritable tort
ἐγκαλοῖς ἐμοί·	tu reprocherais à moi :
ὅπως δὲ σὺ πείθοις ἂν	mais comment toi tu persuaderais
τινὰ ἀνθρώπων	quelqu'un des hommes
ἔχοντα νοῦν καὶ σμικρόν·	ayant une intelligence même petite
ὡς οὐκ ἔστι τοῦ αὐτοῦ ἀνδρὸς	car il n'est pas du même homme
ἡγεῖσθαι	d'admettre *des choses*
καὶ δαιμόνια καὶ θεῖα,	*tenant* et des-démons et des-dieux,
καὶ αὖ τοῦ αὐτοῦ,	et aussi du même *homme*,
μήτε δαίμονας,	de n'*admettre* ni démons,
μήτε θεούς, μήτε ἥρωας·	ni dieux, ni héros :
οὐδεμία μηχανή ἐστιν.	aucune possibilité *de cela* n'existe.
XVI. Ἀλλὰ γὰρ μὲν,	XVI. Mais en effet d'une-part,

κατὰ τὴν Μελήτου γραφήν, οὐ πολλῆς μοι δοκεῖ εἶναι ἀπολογίας, ἀλλ' ἱκανὰ καὶ ταῦτα· ὃ δὲ καὶ ἐν τοῖς ἔμπροσθεν ἔλεγον, ὅτι πολλή μοι ἀπέχθεια γέγονε καὶ πρὸς πολλούς, εὖ ἴστε ὅτι ἀληθές ἐστι. Καὶ τοῦτ' ἔστιν ὃ ἐμὲ αἱρήσει, ἐάν περ αἱρῇ, οὐ Μέλητος, οὐδὲ Ἄνυτος, ἀλλ' ἡ τῶν πολλῶν διαβολή τε καὶ φθόνος. Ἃ δὴ πολλοὺς καὶ ἄλλους καὶ ἀγαθοὺς ἄνδρας ᾕρηκεν, οἶμαι δὲ καὶ αἱρήσειν· οὐδὲν δὲ δεινὸν μὴ ἐν ἐμοὶ στῇ.

Ἴσως δ' ἂν οὖν εἴποι τις· « Εἶτ' οὐκ αἰσχύνει, ὦ Σώκρατες, τοιοῦτον ἐπιτήδευμα ἐπιτηδεύσας, ἐξ οὗ κινδυνεύεις νυνὶ ἀποθανεῖν; » Ἐγὼ δὲ τούτῳ ἂν δίκαιον λόγον ἀντείποιμι, ὅτι οὐ καλῶς λέγεις, ὦ ἄνθρωπε, εἰ οἴει δεῖν κίνδυνον ὑπολογίζεσθαι τοῦ ζῆν ἢ τεθνάναι ἄνδρα, ὅτου τι καὶ σμικρὸν ὄφελός ἐστιν, ἀλλ' οὐκ ἐκεῖνο μόνον σκοπεῖν, ὅταν πράττῃ τι, πότερον δίκαια

bien longue apologie pour prouver que je ne suis point coupable des crimes dont m'accuse Mélitus, et cela doit suffire pour ma défense. Mais ne doutez point de la vérité de ce que je vous ai dit il y a quelques moments, que j'étais l'objet de la haine envenimée d'un grand nombre de personnes ; et ce ne sont ni Anytus, ni Mélitus, qui causeront ma perte, si je succombe dans ce jugement, c'est la jalousie, ce sont les calomnies sans nombre que tant de gens ont répandues contre moi ; voilà ce qui a causé la mort de bien des innocents, et qui en fera périr encore bien d'autres ; car il n'y a pas lieu de croire que ce fléau s'arrête à moi.

Mais quelqu'un me dira peut-être : « Hé quoi ! Socrate, ne rougis-tu pas de t'être attaché à un genre d'étude qui t'expose aujourd'hui à périr ? » Je pourrais répondre avec raison à celui qui me ferait cette objection : Certes vous êtes dans l'erreur, si vous vous imaginez que l'homme qui peut rendre quelque service, si peu important qu'il soit, doive compter pour quelque chose le danger de mourir ou l'avantage de vivre, et non pas considérer uniquement dans tout ce qu'il fait,

ὦ ἄνδρες Ἀθηναῖοι,	ὁ hommes Athéniens,
οὐ δοκεῖ μοι εἶναι	il ne semble pas à moi être *besoin*
πολλῆς ἀπολογίας,	d'une longue défense, *pour dire*
ὡς ἐγὼ οὐκ ἀδικῶ	que je ne suis-pas-coupable
κατὰ τὴν γραφὴν Μελήτου,	selon l'accusation de Mélitus,
ἀλλὰ καὶ ταῦτα ἱκανά·	mais même cela *est* suffisant :
ὃ δὲ καὶ ἔλεγον	et d'autre-part ce-que je disais
ἐν τοῖς ἔμπροσθεν,	dans les *choses* d'-avant,
ὅτι πολλὴ ἀπέχθεια	qu'une grande inimitié
γέγονέ μοι	est venue contre moi
καὶ πρὸς πολλοὺς,	et chez beaucoup *de gens*,
ἴστε εὖ ὅτι ἔστιν ἀληθές.	sachez bien que c'est vrai.
Καὶ τοῦτό ἐστιν ὃ αἱρήσει ἐμὲ,	Et cela est ce-qui perdra moi,
ἐάν περ αἱρῇ,	si *cela me* doit perdre,
οὐ Μέλητος, οὐδὲ Ἄνυτος,	*et* non Mélitus, *ni* Anytus non-plus
ἀλλὰ ἡ διαβολή τε	mais et la calomnie
καὶ φθόνος τῶν πολλῶν.	et la haine de beaucoup *de gens.*
Ἃ δὴ καὶ ᾕρηκε	*Choses* qui certes ont perdu aussi
πολλοὺς ἄλλους ἄνδρας	beaucoup d'autres hommes
καὶ ἀγαθοὺς,	même vertueux,
οἶμαι δὲ καὶ	et je pense aussi *elles*
αἱρήσειν·	*en* devoir perdre *beaucoup :*
οὐδὲν δὲ δεινὸν	*et* nul danger n'*est*
μὴ στῇ ἐν ἐμοί.	que *cela* s'-arrête à moi.
Ἴσως δὲ οὖν τις εἴποι ἄν·	Mais certes peut-être on dira :
« Εἶτα οὐκ αἰσχύνει,	« Hé quoi ! ne rougis-tu pas,
ὦ Σώκρατες,	ὁ Socrate,
ἐπιτηδεύσας	t'-étant (de t'être) occupé
τοιοῦτον ἐπιτήδευμα,	d'une telle occupation,
ἐξ οὗ κινδυνεύεις νυνὶ	de laquelle tu risques maintenant
ἀποθανεῖν; »	de mourir ? »
Ἐγὼ δὲ ἀντείποιμι ἂν τούτῳ	Mais je répondrais à celui-ci
λόγον δίκαιον, ὅτι	une parole juste, *savoir,* que
οὐ λέγεις καλῶς, ὦ ἄνθρωπε,	tu ne dis pas bien, ὁ homme,
εἰ οἴει δεῖν ἄνδρα,	si tu penses falloir un homme,
ὅτου τι ὄφελος	duquel quelque utilité
καὶ σμικρόν ἐστιν,	même petite est,
ὑπολογίζεσθαι κίνδυνον	tenir-compte du danger
τοῦ ζῆν ἢ τεθνάναι,	du vivre ou *du* mourir,
ἀλλὰ οὐ σκοπεῖν ἐκεῖνο μόνον,	mais ne pas regarder cela seulement,

ἢ ἄδικα πράττει, καὶ ἀνδρὸς ἀγαθοῦ ἔργα ἢ κακοῦ. Φαῦλοι γὰρ
ἂν, τῷ γε σῷ λόγῳ, εἶεν τῶν ἡμιθέων ὅσοι ἐν Τροίᾳ τετελευ-
τήκασιν, οἵ τε ἄλλοι, καὶ ὁ τῆς Θέτιδος υἱός, ὃς τοσοῦτον τοῦ
κινδύνου κατεφρόνησε παρὰ τὸ αἰσχρόν τι ὑπομεῖναι, ὥστε,
ἐπειδὴ εἶπεν ἡ μήτηρ αὐτῷ προθυμουμένῳ Ἕκτορα ἀποκτεῖναι,
θεὸς οὖσα, οὑτωσί πως, ὡς ἐγῷμαι· «Ὦ παῖ, εἰ τιμωρήσεις
Πατρόκλῳ τῷ ἑταίρῳ τὸν φόνον, καὶ Ἕκτορα ἀποκτενεῖς, αὐτὸς
ἀποθανεῖ· αὐτίκα γάρ τοι, φησί, μεθ' Ἕκτορα πότμος ἑτοῖμος[1]·»
ὁ δὲ ταῦτ' ἀκούσας, τοῦ μὲν θανάτου καὶ τοῦ κινδύνου ὠλιγώ-
ρησε, πολὺ δὲ μᾶλλον δείσας τὸ ζῆν, κακὸς ὢν, καὶ τοῖς φίλοις
μὴ τιμωρεῖν· «Αὐτίκα, φησί, τεθναίην[2], δίκην ἐπιθεὶς τῷ
ἀδικοῦντι, ἵνα μὴ ἐνθάδε μένω καταγέλαστος παρὰ νηυσὶ κορω-
νίσιν, ἄχθος ἀρούρης.» Μὴ αὐτὸν οἴει φροντίσαι θανάτου κα'

si son action est juste ou injuste, si elle est celle d'un homme vertueux
ou d'un méchant. Il faudrait donc, suivant vous, regarder comme
indignes d'estime tant de héros et de demi-dieux qui ont péri devant
Troie, et entre autres le fils de Thétis, lui qui comptait pour si peu
le danger, en comparaison du malheur de commettre une action
injuste, que lorsqu'il songeait à donner la mort à Hector, sa mère,
qui était immortelle, lui ayant parlé, à ce qu'il me semble, à peu près
en ces termes: « O mon fils! si tu venges le trépas de Patrocle, ton
ami, et que tu fasses tomber Hector sous tes coups, tu périras toi-
même ; car, ajouta-t-elle,

Ton trépas doit d'Hector suivre l'heure suprême, »

lui, malgré ces paroles, bravant la mort et le danger, et craignant
bien plus de vivre en lâche et de ne pas honorer la cendre de son ami :
« Que je périsse à l'instant, s'écria-t-il, après avoir puni l'audace criminelle de celui qui m'a offensé, et que je ne reste pas exposé à la
risée sur mes sombres vaisseaux, inutile fardeau de la terre. » Croyez-

ὅταν πράττῃ τι,	lorsqu'il fait quelque *chose*,
πότεροι πράττει δίκαια ἢ ἄδικα,	s'il fait le juste ou l'injuste,
καὶ ἔργα ἀνδρὸς ἀγαθοῦ	et des actes d'un homme bon
ἢ κακοῦ.	ou d'un méchant.
Εἶεν γὰρ ἂν φαῦλοι,	Car ils seraient méprisables,
τῷ γε σῷ λόγῳ,	du-moins d'-après ton raisonnement,
ὅσοι τῶν ἡμιθέων	tous-ceux-qui des demi-dieux
τετελευτήκασιν ἐν Τροίᾳ,	sont morts devant Troie,
οἵ τε ἄλλοι,	et les autres,
καὶ ὁ υἱὸς τῆς Θέτιδος,	et le fils de Thétis,
ὃς κατεφρόνησε τοῦ κινδύνου	qui méprisa le danger
παρὰ τὸ ὑπομεῖναι	en-comparaison du endurer
τι αἰσχρὸν	quelque *chose de* honteux
τοσοῦτον, ὥστε,	au-point que,
ἐπειδὴ ἡ μήτηρ, οὖσα θεὸς,	lorsque *sa* mère, qui-était déesse,
εἶπεν οὑτωσί πως,	dit ainsi à-peu-près,
ὡς ἐγὼ οἶμαι,	comme moi je pense,
αὐτῷ προθυμουμένῳ	à lui qui-désirait-avec-ardeur
ἀποκτεῖναι Ἕκτορα·	tuer Hector :
« Ὦ παῖ,	« O mon enfant,
εἰ τιμωρήσεις τὸν φόνον	si tu venges le meurtre
Πατρόκλῳ τῷ ἑταίρῳ,	à (de) Patrocle *ton* compagnon,
καὶ ἀποκτενεῖς Ἕκτορα,	et *que* tu tues Hector,
αὐτὸς ἀποθανεῖ·	toi-même tu mourras :
αὐτίκα γάρ τοι, φησὶ,	car aussitôt certes, dit-elle,
μετὰ Ἕκτορα πότμος ἑτοῖμος· »	après Hector *ton* destin *est* prêt : »
ὁ δὲ ἀκούσας ταῦτα,	mais lui ayant entendu ces *mots*,
ὠλιγώρησε μὲν	d'une-part tint-peu-compte
τοῦ θανάτου καὶ τοῦ κινδύνου,	de la mort et du danger,
δείσας δὲ πολὺ μᾶλλον	d'autre-part ayant craint beaucoup
τὸ ζῆν, ὢν κακὸς,	le vivre, étant lâche, [plus
καὶ μὴ τιμωρεῖν τοῖς φίλοις	et *le* ne pas venger *ses* amis :
« Τεθναίην αὐτίκα, φησὶν,	« Que je meure sur-le-champ, dit-il,
ἐπιθεὶς δίκην	ayant infligé châtiment
τῷ ἀδικοῦντι,	à celui qui-est-coupable,
ἵνα μὴ μένω ἐνθάδε	afin que je ne reste pas ici
καταγέλαστος	objet-de-risée
παρὰ νηυσὶ κορωνίσιν,	près des vaisseaux recourbés
ἄχθος ἀρούρης. »	fardeau de la terre. »
Μὴ οἴει αὐτὸν	Est-ce-que tu penses lui

κινδύνου; οὕτω γὰρ ἔχει, ὦ ἄνδρες Ἀθηναῖοι, τῇ ἀληθείᾳ · οὗ
ἄν τις ἑαυτὸν τάξῃ, ἡγησάμενος βέλτιον εἶναι¹, ἢ ὑπ' ἄρχοντος
ταχθῇ, ἐνταῦθα δεῖ, ὡς ἐμοὶ δοκεῖ, μένοντα κινδυνεύειν, μηδὲν
ὑπολογιζόμενον μήτε θάνατον μήτε ἄλλο μηδὲν πρὸ τοῦ αἰσχροῦ.

XVII. Ἐγὼ οὖν δεινὰ ἂν εἴην εἰργασμένος, ὦ ἄνδρες Ἀθηναῖοι,
εἰ, ὅτε μέν με οἱ ἄρχοντες² ἔταττον, οὓς ὑμεῖς εἵλεσθε ἄρχειν μου,
καὶ ἐν Ποτιδαίᾳ, καὶ ἐν Ἀμφιπόλει, καὶ ἐπὶ Δηλίῳ, τότε μὲν, οὗ
ἐκεῖνοι ἔταττον, ἔμενον ὥσπερ καὶ ἄλλος τις καὶ ἐκινδύνευον
ἀποθανεῖν, τοῦ δὲ θεοῦ τάττοντος, ὡς ἐγὼ ᾠήθην τε καὶ ὑπέλαβον, φιλοσοφοῦντά με δεῖν ζῆν καὶ ἐξετάζοντα ἐμαυτὸν καὶ τοὺς
ἄλλους, ἐνταῦθα δὲ φοβηθεὶς ἢ θάνατον, ἢ ἄλλο ὁτιοῦν πρᾶγμα,
λίποιμι τὴν τάξιν. Δεινὸν μέντ' ἂν εἴη, καὶ ὡς ἀληθῶς τότ' ἂν
με δικαίως εἰσάγοι τις εἰς δικαστήριον, ὅτι οὐ νομίζω θεοὺς

vous donc qu'il s'inquiétât beaucoup des dangers et de la mort? Et
en effet, Athéniens, c'est véritablement ainsi qu'il en doit aller : le
poste qu'on a choisi, parce qu'on le croyait le plus honorable, ou
celui dans lequel on a été placé par son chef, il faut, à ce qu'il me
semble, y rester malgré tous les dangers, sans compter pour rien ni
la mort ni quoi que ce soit, en comparaison de l'infamie.

XVII. Certes ce serait de ma part une étrange conduite, si, après
m'être montré ferme et inébranlable, après avoir affronté la mort,
comme le faisaient tous les braves soldats, dans le poste que vos généraux m'avaient assigné à Potidée, à Amphipolis et à Délium, aujour-
d'hui la crainte de la mort ou de quelque autre chose que ce soit me
faisait abandonner le poste où je crois que le dieu de Delphes m'a
placé, et renoncer à la mission que j'en ai reçue, de vivre en cultivant
la philosophie, en éprouvant sans cesse et moi-même et les autres.
Voilà ce qui serait bien extraordinaire; et c'est bien alors qu'on pourrait légitimement me traduire devant ce tribunal, et m'accuser avec
vérité de ne pas croire à l'existence des dieux, n'ayant aucune con-

φροντίσαι θανάτου — s'-être soucié de la mort
καὶ κινδύνου; — et du danger ?
ἔχει γὰρ οὕτω τῇ ἀληθείᾳ, — car il en est ainsi dans la réalité,
ὦ ἄνδρες Ἀθηναῖοι· — ô hommes Athéniens :
οὗ τις ἂν τάξῃ ἑαυτόν, — où quelqu'un se sera placé lui-même,
ἡγησάμενος εἶναι βέλτιον, — ayant cru être mieux,
ἢ ταχθῇ ὑπὸ ἄρχοντος, — ou aura été placé par son chef,
δεῖ, ὡς δοκεῖ ἐμοί, — il faut, comme il semble à moi,
μένοντα ἐνταῦθα — lui restant là
κινδυνεύειν, — affronter-les-dangers,
ὑπολογιζόμενον μηδὲν — ne tenant-compte en rien
μήτε θάνατον μήτε μηδὲν ἄλλο — ni de la mort ni de rien autre chose
πρὸ τοῦ αἰσχροῦ. — avant le honteux.

XVII. Ἐγὼ οὖν εἴην ἂν — XVII. Moi donc je serais
εἰργασμένος δεινά, — ayant fait des choses étranges,
ὦ ἄνδρες Ἀθηναῖοι, — ô hommes Athéniens,
εἰ, ὅτε μὲν οἱ ἄρχοντες, — si, lorsque d'une-part les chefs,
οὓς ὑμεῖς εἵλεσθε — que vous aviez choisis
ἄρχειν μου, — pour commander à moi,
ἔταττόν με καὶ ἐν Ποτιδαίᾳ, — plaçaient moi et à Potidée,
καὶ ἐν Ἀμφιπόλει, — et à Amphipolis,
καὶ ἐπὶ Δηλίῳ, — et à Délium,
τότε μὲν ἔμενον, — alors il-est-vrai je restais,
οὗ ἐκεῖνοι ἔταττον, — où ceux-là me plaçaient,
ὥσπερ καί τις ἄλλος — comme aussi quelque autre que ce fût
καὶ ἐκινδύνευον ἀποθανεῖν, — et je courais-risque-de mourir,
τοῦ δὲ θεοῦ τάττοντος, — et si d'autre-part dieu me plaçant,
ὡς ἐγὼ ᾠήθην τε — comme moi et j'ai pensé
καὶ ὑπέλαβον δεῖν με ζῆν — et j'ai supposé falloir moi vivre
φιλοσοφοῦντα καὶ ἐξετάζοντα — philosophant et examinant
ἐμαυτὸν καὶ τοὺς ἄλλους, — moi-même et les autres,
ἐνταῦθα δὲ φοβηθεὶς — si, dis-je, alors ayant craint
ἢ θάνατον, — ou la mort,
ἢ ἄλλο πρᾶγμα ὁτιοῦν, — ou une autre chose quelconque,
λίποιμι τὴν τάξιν. — j'avais laissé mon poste.
Μέντοι εἴη ἂν δεινόν, — Certes ce serait étrange,
καὶ ὡς ἀληθῶς τότε — et véritablement alors
τίς εἰσάγοι ἄν με δικαίως — quelqu'un citerait moi justement
εἰς δικαστήριον, — devant le tribunal,
ὅτι οὐ νομίζω — parce que je ne crois pas

εἶναι, ἀπειθῶν τῇ μαντείᾳ καὶ δεδιὼς θάνατον καὶ οἰόμενος
σοφὸς εἶναι, οὐκ ὤν. Τὸ γάρ τοι θάνατον δεδιέναι, ὦ ἄνδρες,
οὐδὲν ἄλλο ἐστὶν ἢ δοκεῖν σοφὸν εἶναι, μὴ ὄντα· δοκεῖν γὰρ εἰδέναι
ἐστὶν ἃ οὐκ οἶδεν. Οἶδε μὲν γὰρ οὐδεὶς τὸν θάνατον, οὐδ᾽ εἰ τυγχάνει τῷ ἀνθρώπῳ πάντων μέγιστον ὂν τῶν ἀγαθῶν· δεδίασι δ᾽ ὡς
εὖ εἰδότες ὅτι μέγιστον τῶν κακῶν ἐστι. Καὶ τοῦτο πῶς οὐκ
ἀμαθία ἐστὶν αὕτη, ἡ ἐπονείδιστος, ἡ τοῦ οἴεσθαι εἰδέναι ἃ οὐκ
οἶδεν; Ἐγὼ δὲ, ὦ ἄνδρες, τούτῳ καὶ ἐνταῦθα ἴσως διαφέρω τῶν
πολλῶν ἀνθρώπων, καὶ εἰ δή τῳ σοφώτερός του φαίην εἶναι, τούτῳ
ἄν, ὅτι οὐκ εἰδὼς ἱκανῶς περὶ τῶν ἐν Ἅιδου οὕτω καὶ οἴομαι οὐκ
εἰδέναι[1]. Τὸ δὲ ἀδικεῖν καὶ ἀπειθεῖν τῷ βελτίονι, καὶ θεῷ καὶ ἀνθρώπῳ, ὅτι κακὸν καὶ αἰσχρόν ἐστιν οἶδα. Πρὸ οὖν τῶν κακῶν,

fiance dans leurs oracles, redoutant la mort, croyant être sage et ne
l'étant nullement. En effet, Athéniens, craindre la mort, ce n'est pas
autre chose que paraître sage, sans l'être réellement, puisque c'est
paraître savoir des choses que l'on ignore. Car enfin, personne ne sait
ce que c'est que la mort, et si elle n'est pas peut-être le plus grand
des biens; cependant on la craint, comme si on savait avec certitude
que c'est le plus grand des maux : or, n'est-ce pas l'espèce d'ignorance la plus honteuse que de croire savoir ce qu'en effet on ignore ?
Quant à moi, Athéniens, c'est peut-être encore en cela que je diffère
du plus grand nombre des hommes ; et si jamais j'affirmais que je suis
en quelque chose plus sage que tel ou tel de nos concitoyens, ce serait
en ce que ne sachant pas bien précisément ce que c'est que les enfers,
du moins je ne m'imagine pas le savoir. Mais qu'il soit honteux et
criminel de commettre une action injuste, et de manquer de soumission envers son supérieur, quel qu'il soit, homme ou dieu, voilà ce
que je sais avec certitude. Je ne pourrai donc jamais me résoudre à

θεοὺς εἶναι,	des dieux être,
ἀπειθῶν τῇ μαντείᾳ	désobéissant à l'oracle
καὶ δεδιὼς θάνατον	et craignant la mort
καὶ οἰόμενος εἶναι σοφός,	et pensant être sage,
οὐκ ὤν.	ne l'étant pas.
Τὸ γάρ τοι δεδιέναι θάνατον,	Car certes le craindre la mort,
ὦ ἄνδρες,	ô hommes,
ἐστὶν οὐδὲν ἄλλο	n'est rien autre chose
ἢ δοκεῖν εἶναι σοφὸν,	que paraître être sage,
μὴ ὄντα·	ne l'étant pas :
ἐστὶ γὰρ δοκεῖν εἰδέναι	car c'est paraître savoir
ἃ οὐκ οἶδεν.	les choses qu'on ne sait pas.
Οὐδεὶς γὰρ οἶδε τὸν θάνατον,	Car nul ne sait (connaît) la mort,
οὐδὲ εἰ τυγχάνει	pas-même si elle ne se-trouve pas
ὂν τῷ ἀνθρώπῳ	étant pour l'homme
μέγιστον πάντων τῶν ἀγαθῶν·	le plus grand de tous les biens :
δεδίασι δὲ	mais tous la craignent
ὡς εἰδότες εὖ	comme sachant bien
ὅτι ἐστὶ μέγιστον τῶν κακῶν.	qu'elle est le plus grand des maux.
Καὶ πῶς τοῦτο	Et comment cela
οὐκ ἔστιν ἀμαθία	n'est-il pas une ignorance
αὕτη ἡ ἐπονείδιστος,	même celle qui est répréhensible,
ἡ τοῦ οἴεσθαι εἰδέναι	celle du croire savoir
ἃ οὐκ οἶδεν;	les choses qu'on ne sait pas ?
Ἐγὼ δὲ, ὦ ἄνδρες,	Mais moi, ô hommes,
διαφέρω ἴσως	je diffère peut-être
τούτῳ καὶ ἐνταῦθα	en cela et ici
τῶν πολλῶν ἀνθρώπων,	du grand-nombre des hommes,
καὶ εἰ δὴ φαίην	et si certes je prétendais
εἶναι σοφώτερός του	être plus sage que quelqu'un
τῳ,	en quelque chose,
τούτῳ ἂν, ὅτι	ce serait en cela, que
οὐκ εἰδὼς ἱκανῶς	ne sachant pas suffisamment
περὶ τῶν ἐν Ἅιδου	sur ce-qui se passe dans l'enfer
οὕτω καὶ οἴομαι οὐκ εἰδέναι.	de-même aussi je crois ne pas savoir.
Τὸ δὲ ἀδικεῖν	Mais le être-injuste
καὶ ἀπειθεῖν τῷ βελτίονι,	et désobéir à celui qui est meilleur,
καὶ θεῷ καὶ ἀνθρώπῳ,	et dieu et homme,
οἶδα ὅτι ἐστὶ	je sais que cela est
κακὸν καὶ αἰσχρόν.	mauvais et honteux.

ὧν οἶδα ὅτι κακά ἐστιν, ἃ μὴ οἶδα εἰ ἀγαθὰ ὄντα τυγχάνει,
οὐδέποτε φοβηθήσομαι οὐδὲ φεύξομαι. Ὥστε οὐδ' εἴ με νῦν ὑμεῖς
ἀφίετε, Ἀνύτῳ ἀπιστήσαντες, ὃς ἔφη, ἢ τὴν ἀρχὴν οὐ δεῖν ἐμὲ
δεῦρο εἰσελθεῖν, ἤ, ἐπειδὴ εἰσῆλθον, οὐχ οἷόν τ' εἶναι τὸ μὴ
ἀποκτεῖναί με, λέγων πρὸς ὑμᾶς, ὡς, εἰ διαφευξοίμην, ἤδη ἂν
ὑμῶν οἱ υἱεῖς ἐπιτηδεύοντες ἃ Σωκράτης διδάσκει, πάντες παντάπασι διαφθαρήσονται, εἴ μοι πρὸς ταῦτα εἴποιτε· « Ὦ
Σώκρατες, νῦν μὲν Ἀνύτῳ οὐ πεισόμεθα, ἀλλ' ἀφίεμέν σε, ἐπὶ
τούτῳ μέντοι ἐφ' ᾧ τε[1] μηκέτι ἐν ταύτῃ τῇ ζητήσει διατρίβειν,
μηδὲ φιλοσοφεῖν· ἐὰν δὲ ἁλῷς ἔτι τοῦτο πράττων, ἀποθανεῖ· »
εἰ οὖν με, ὅπερ εἶπον, ἐπὶ τούτοις ἀφίοιτε, εἴποιμ' ἂν ὑμῖν,
ὅτι ἐγὼ ὑμᾶς, ὦ ἄνδρες Ἀθηναῖοι, ἀσπάζομαι μὲν καὶ φιλῶ,
πείσομαι δὲ μᾶλλον τῷ θεῷ ἢ ὑμῖν, καὶ ἕως περ ἂν ἐμπνέω καὶ

redouter et à fuir ce que je ne connais pas, et qui peut-être est un
bien, plutôt que les maux que je sais bien certainement être des maux.
Tellement que si dans cet instant vous consentiez à m'absoudre, reje-
tant l'avis d'Anytus, qui a prétendu qu'il fallait ou ne me pas faire
paraître devant ce tribunal, ou, puisque j'y ai paru, qu'il était indis-
pensable de me condamner à mort, par la raison, a-t-il dit, que, si
j'échappais, vos enfants, qui sont imbus de la doctrine de Socrate,
seraient bientôt tous corrompus sans exception, si, malgré cela, vous
me disiez : « Socrate, nous n'en croirons point Anytus, mais nous te
renverrons absous, à la condition cependant de ne point persévérer
dans les recherches qui t'ont occupé jusqu'ici, et de ne point t'appliquer à la philosophie ; mais en cas qu'on te surprenne à le faire encore, tu mourras ; » si donc vous consentiez, comme je viens de le
dire, à m'absoudre à cette condition, je vous dirais : Athéniens, je

Οὐδέποτε οὖν φοβηθήσομαι	Jamais donc je ne craindrai
οὐδὲ φεύξομαι	ni ne fuirai
ἃ μὴ οἶδα	les *choses* que je ne sais pas
εἰ τυγχάνει ὄντα ἀγαθὰ,	si elles se-trouvent étant des biens,
πρὸ τῶν κακῶν,	avant les maux,
ὧν οἶδα ὅτι ἐστὶ κακά.	lesquels je sais qu'ils sont des maux.
Ὥστε οὐδὲ	De-sorte-que pas-même
εἰ νῦν ὑμεῖς ἀφίετέ με,	si maintenant vous renvoyiez moi,
ἀπιστήσαντες Ἀνύτῳ,	n'-ayant-pas-cru Anytus,
ὃς ἔφη, ἢ οὐ δεῖν	qui prétendait, ou ne pas falloir
ἐμὲ τὴν ἀρχὴν	moi dans le principe
εἰσελθεῖν δεῦρο,	être venu ici,
ἢ, ἐπειδὴ εἰσῆλθον,	ou, puisque j'y étais venu,
τὸ μὴ ἀποκτεῖναί με	le ne pas faire-mourir moi
οὐκ εἶναι οἷόν τε,	n'être pas possible,
λέγων πρὸς ὑμᾶς,	disant à vous,
ὡς, εἰ διαφευξοίμην	que, si j'échappais,
ἤδη οἱ υἱεῖς ὑμῶν	dès-lors les fils de vous
ἐπιτηδεύοντες	s'-occupant
ἃ Σωκράτης διδάσκει,	des *doctrines* que Socrate enseigne,
ἂν διαφθαρήσονται	seraient corrompus
πάντες παντάπασι,	tous entièrement,
εἰ εἴποιτέ μοι πρὸς ταῦτα·	si vous disiez à moi après cela :
« Ὦ Σώκρατες,	« O Socrate,
νῦν μὲν	maintenant à-la-vérité
οὐ πεισόμεθα Ἀνύτῳ,	nous ne croirons pas Anytus,
ἀλλὰ ἀφίεμέν σε,	mais nous renvoyons toi,
ἐπὶ τούτῳ μέντοι	à cette *condition* toutefois
ἐπὶ ᾧ τε μηκέτι διατρίβειν	de ne-plus t'-appliquer
ἐν ταύτῃ τῇ ζητήσει,	à ce genre-de-recherches,
μηδὲ φιλοσοφεῖν·	et-de-ne-plus philosopher :
ἐὰν δὲ ἁλῷς πράττων ἔτι τοῦτο,	mais si tu es pris faisant encore cela
ἀποθανεῖ· »	tu mourras : »
εἰ οὖν, ὅπερ εἶπον,	si donc, ce-que j'ai dit,
ἀφίοιτέ με ἐπὶ τούτοις,	vous renvoyiez moi à ces *conditions*
εἴποιμι ἂν ὑμῖν, ὅτι	je dirais a vous, que
ἐγώ, ὦ ἄνδρες Ἀθηναῖοι,	moi, ô hommes Athéniens,
ἀσπάζομαι μὲν καὶ φιλῶ ὑμᾶς,	j'estime il-est-vrai et j'aime vous,
πείσομαι δὲ τῷ θεῷ	mais *que* j'obéirai au dieu
μᾶλλον ἢ ὑμῖν,	plutôt qu'à vous,

οἷός τε ὦ, οὐ μὴ παύσομαι φιλοσοφῶν καὶ ὑμῖν παρακελευόμενός
τε καὶ ἐνδεικνύμενος, ὅτῳ ἂν ἀεὶ ἐντυγχάνω ὑμῶν, λέγων οἷάπερ
εἴωθα, ὅτι, ὦ ἄριστε ἀνδρῶν, Ἀθηναῖος ὢν, πόλεως τῆς μεγί-
στης καὶ εὐδοκιμωτάτης εἰς σοφίαν καὶ ἰσχὺν, χρημάτων μὲν οὐκ
αἰσχύνει ἐπιμελόμενος, ὅπως σοι ἔσται ὡς πλεῖστα, καὶ δόξης
καὶ τιμῆς, φρονήσεως δὲ καὶ ἀληθείας καὶ τῆς ψυχῆς, ὅπως ὡς βελ-
τίστη ἔσται, οὐκ ἐπιμελεῖ οὐδὲ φροντίζεις; Καὶ ἐάν τις ὑμῶν
ἀμφισβητήσῃ, καὶ φῇ ἐπιμελεῖσθαι, οὐκ εὐθὺς ἀφήσω αὐτὸν οὐδ'
ἄπειμι, ἀλλ' ἐρήσομαι αὐτὸν καὶ ἐξετάσω καὶ ἐλέγξω, καὶ ἐάν
μοι μὴ δοκῇ κεκτῆσθαι ἀρετὴν, φάναι δὲ, ὀνειδιῶ, ὅτι τὰ πλεῖ-
στου ἄξια περὶ ἐλαχίστου ποιεῖται, τὰ δὲ φαυλότερα περὶ πλείο-
νος. Ταῦτα καὶ νεωτέρῳ καὶ πρεσβυτέρῳ ὅτῳ ἂν ἐντυγχάνω,

vous aime et je vous révère, mais j'obéirai plutôt au dieu qu'à vous;
et tant que je respirerai, et que cela sera en mon pouvoir, je ne cesserai jamais de m'appliquer à la philosophie, vous donnant sans cesse
des avertissements, et m'adressant à celui d'entre vous que je rencontrerai, je lui dirai, comme j'ai coutume de le faire : O le plus généreux
des hommes, est-il possible qu'étant Athénien, citoyen de la plus
grande ville et de la plus renommée par sa sagesse et sa puissance,
vous ne rougissiez pas de n'être occupé que des richesses et des moyens
d'en acquérir le plus que vous pourrez, sans vous inquiéter de la
gloire, de l'honneur, de la sagesse, de la vérité et de votre âme, et
sans vous occuper des moyens de la rendre la plus vertueuse qu'il soit
possible ? Et si quelqu'un de vous entreprend de me soutenir qu'il
s'en occupe, je ne le laisserai point aller à l'instant, mais je m'atta-
cherai à lui, je l'interrogerai, je tâcherai de l'éprouver et de le convaincre, et si je viens à reconnaître que n'ayant aucune vertu, il
prétend néanmoins passer pour vertueux, je l'accablerai de reproches,
je le ferai rougir de ce qu'il n'attache aucun intérêt aux choses les
plus précieuses, tandis qu'il met tant de prix aux choses les plus mé-
prisables. Voilà comment je ferai avec tous ceux que je rencontrerai,

καὶ ἕως περ ἐμπνέω ἂν	et tant-que je respirerai
καὶ ὦ οἷός τε,	et *que* je serai capable *d'agir*,
οὐ μὴ παύσομαι φιλοσοφῶν	je ne cesserai pas philosophant
καὶ παρακελευόμενός τε ὑμῖν	et exhortant vous aussi
καὶ ἐνδεικνύμενος,	et donnant-des-avis,
ὅτῳ ὑμῶν	à n'importe-qui de vous
ἐντυγχάνω ἂν ἀεὶ,	je rencontrerai au-fur-et-à-mesure,
λέγων οἱάπερ εἴωθα,	disant les *choses* que j'ai-coutume,
ὅτι,	*savoir*, que,
ὦ ἄριστε ἀνδρῶν,	ô le meilleur des hommes,
ὢν Ἀθηναῖος,	étant Athénien,
πόλεως τῆς μεγίστης	d'une cité la plus grande
καὶ εὐδοκιμωτάτης	et la plus renommée
εἰς σοφίαν καὶ ἰσχὺν,	pour la sagesse et la puissance,
οὐκ αἰσχύνει μὲν	ne rougis-tu pas d'une-part
ἐπιμελόμενος χρημάτων,	t'-occupant de richesses,
ὅπως ἔσται σοι	comment elles seront à toi
ὡς πλεῖστα,	les plus grandes-possible,
καὶ δόξης καὶ τιμῆς,	et de réputation et d'honneur,
οὐκ ἐπιμελεῖ δὲ	et ne t'-occupes-tu pas d'autre-part
οὐδὲ φροντίζεις φρονήσεως	et ne te-soucies-tu pas de sagesse
καὶ ἀληθείας καὶ τῆς ψυχῆς,	et de vérité et de *ton* âme,
ὅπως ἔσται	comment elle sera
ὡς βελτίστη;	la meilleure qu'*il est possible?*
Καὶ ἐάν τις ὑμῶν ἀμφισβητήσῃ,	Et si quelqu'un de vous conteste,
καὶ φῇ ἐπιμελεῖσθαι,	et prétend s'-*en*-occuper,
οὐκ ἀφήσω αὐτὸν εὐθὺς	je ne laisserai pas lui aussitôt
οὐδὲ ἄπειμι,	ni ne m'-en-irai,
ἀλλὰ ἐρήσομαι αὐτὸν	mais j'interrogerai lui
καὶ ἐξετάσω καὶ ἐλέγξω,	et je *l'*examinerai et je *le* confondrai,
καὶ ἐὰν μὴ δοκῇ μοι	et s'il ne paraît pas à moi
κεκτῆσθαι ἀρετὴν,	posséder la vertu,
φάναι δὲ,	mais *le* prétendre,
ὀνειδιῶ,	je *lui* reprocherai,
ὅτι ποιεῖται περὶ ἐλαχίστου	de-ce-que il fait le moins *de cas*
τὰ ἄξια πλείστου,	des *choses* dignes du plus *le prix*,
περὶ δὲ πλείονος	et un plus grand *cas*
τὰ φαυλότερα.	de celles *qui sont* plus méprisables.
Ποιήσω ταῦτα	Je ferai cela
καὶ νεωτέρῳ καὶ πρεσβυτέρῳ,	et au plus jeune et au plus âgé,

ποιήσω, καὶ ξένῳ καὶ ἀστῷ, μᾶλλον δὲ τοῖς ἀστοῖς, ὅσῳ μου ἐγ-
γυτέρω ἐστὲ γένει. Ταῦτα γὰρ κελεύει ὁ θεός, εὖ ἴστε. Καὶ ἐγὼ
οἴομαι οὐδέν πω ὑμῖν μεῖζον ἀγαθὸν γενέσθαι ἐν τῇ πόλει, ἢ τὴν
ἐμὴν τῷ θεῷ ὑπηρεσίαν. Οὐδὲν γὰρ ἄλλο πράττων ἐγὼ περιέρ-
χομαι, ἢ πείθων ὑμῶν καὶ νεωτέρους καὶ πρεσβυτέρους, μήτε
σωμάτων ἐπιμελεῖσθαι μήτε χρημάτων πρότερον μηδὲ οὕτω σφόδρα[1] ὡς τῆς ψυχῆς, ὅπως ὡς ἀρίστη ἔσται, λέγων ὅτι οὐκ ἐκ
χρημάτων ἀρετὴ γίγνεται, ἀλλ' ἐξ ἀρετῆς χρήματα καὶ τἄλλα
ἀγαθὰ τοῖς ἀνθρώποις ἅπαντα, καὶ ἰδίᾳ καὶ δημοσίᾳ. Εἰ μὲν
οὖν ταῦτα λέγων διαφθείρω τοὺς νέους, ταῦτ' ἂν εἴη βλαβερά·
εἰ δὲ τίς μέ φησιν ἄλλα λέγειν ἢ ταῦτα, οὐδὲν λέγει. Πρὸς
ταῦτα, φαίην ἂν, ὦ ἄνδρες Ἀθηναῖοι, ἢ πείθεσθε Ἀνύτῳ, ἢ μή,

jeunes ou vieux, étrangers ou citoyens, mais plus encore avec les
citoyens, d'autant qu'ils me tiennent de plus près par leur naissance.
Car c'est là, n'en doutez point, ce que me prescrit le dieu, et je suis
persuadé que rien ne peut être plus avantageux pour vous, dans la
république, que cette soumission et ce dévouement de ma part aux
ordres du dieu; puisque je ne fais autre chose en cela que vous persuader, jeunes et vieux, que ce ne sont pas les soins du corps,
l'amour des richesses ni de toute autre chose de ce genre, qui doivent
vous occuper d'abord, ou aussi fortement que le soin de votre âme,
et les moyens de l'orner de toutes les vertus; vous disant que les
richesses ne donnent pas la vertu, mais que la vertu procure aux
hommes la richesse, et qu'elle est pour eux la source de tous les biens
et de tous les avantages tant publics que particuliers. Si donc, en tenant
un pareil langage, je corromps la jeunesse, voilà ce qui serait véritablement bien fâcheux; mais si quelqu'un soutient que je dis autre
chose que cela, il dit un mensonge. Je vous dirai plus encore, Athéniens : croyez-en Anytus, ou ne le croyez pas, renvoyez-moi absous

ὅτῳ ἐντυγχάνω ἄν,	avec quiconque je me-rencontrerai,
καὶ ξένῳ καὶ ἀστῷ,	et étranger et citoyen,
μᾶλλον δὲ τοῖς ἀστοῖς,	mais plutôt aux citoyens,
ὅσῳ ἐστε	d'autant-que vous êtes
ἐγγυτέρω μου γένει.	plus près de moi par la naissance.
Ὁ γὰρ θεὸς κελεύει ταῦτα,	Car le dieu ordonne ces *choses*,
ἴστε εὖ.	sachez-*le* bien.
Καὶ ἐγὼ οἴομαι	Et moi je pense
οὐδὲν ἀγαθόν πω	aucun bien encore
γενέσθαι μεῖζον ὑμῖν	n'avoir été plus grand à vous
ἐν τῇ πόλει,	dans l'État,
ἢ τὴν ἐμὴν ὑπηρεσίαν τῷ θεῷ.	que ce mien ministère envers le dieu.
Ἐγὼ γὰρ περιέρχομαι	En effet moi je vais-de-tous-côtés
πράττων οὐδὲν ἄλλο,	ne faisant rien autre *chose*,
ἢ πείθων καὶ νεωτέρους	que persuadant et les plus jeunes
καὶ πρεσβυτέρους ὑμῶν.	et les plus vieux de vous,
ἐπιμελεῖσθαι μήτε σωμάτων	de ne s'-occuper ni des corps
μήτε χρημάτων	ni des richesses
πρότερον μηδὲ οὕτω σφόδρα	*ni* avant ni aussi fortement
ὡς τῆς ψυχῆς,	que de l'âme,
ὅπως ἔσται	comment elle sera
ὡς ἀρίστη,	la meilleure qu'*il est possible*,
λέγων ὅτι ἀρετὴ	disant que la vertu
οὐ γίγνεται ἐκ χρημάτων,	ne vient pas des richesses,
ἀλλὰ χρήματα	mais *que* les richesses
καὶ ἅπαντα τὰ ἄλλα ἀγαθὰ	et tous les autres biens
τοῖς ἀνθρώποις ἐξ ἀρετῆς,	*viennent* aux hommes de la vertu,
καὶ ἰδίᾳ καὶ δημοσίᾳ.	et en-particulier et en-public.
Εἰ μὲν οὖν λέγων ταῦτα	Si donc certes disant ces *choses*
διαφθείρω τοὺς νέους,	je corromps les jeunes-gens,
ταῦτα ἂν εἴη βλαβερά·	ces *choses* peuvent être nuisibles;
εἰ δέ τίς φησι	mais si quelqu'un prétend
με λέγειν ἄλλα ἢ ταῦτα,	moi dire autres *choses* que celles-là
λέγει οὐδέν.	il ne dit rien.
Πρὸς ταῦτα, φαίην ἄν,	Sur ce, dirais-je,
ὦ ἄνδρες Ἀθηναῖοι,	ô hommes Athéniens,
ἢ πείθεσθε Ἀνύτῳ,	ou obéissez à Anytus,
ἢ μή,	ou ne *lui* obéissez pas,
καὶ ἢ ἀφίετέ με,	et ou renvoyez moi,
ἢ μὴ ἀφίετε,	ou ne *me* renvoyez pas,

καὶ ἢ ἀφίετέ με, ἢ μὴ ἀφίετε, ὡς ἐμοῦ οὐκ ἂν ποιήσοντος ἄλλα,
οὐδ' εἰ μέλλω πολλάκις τεθνάναι.

XVIII. Μὴ θορυβεῖτε, ὦ ἄνδρες Ἀθηναῖοι, ἀλλ' ἐμμείνατε
μοι οἷς ἐδεήθην ὑμῶν, μὴ θορυβεῖν ἐφ' οἷς ἂν λέγω, ἀλλ'
ἀκούειν· καὶ γὰρ, ὡς ἐγὼ οἶμαι, ὀνήσεσθε ἀκούοντες. Μέλλω
γὰρ οὖν ἄττα ἐρεῖν ὑμῖν καὶ ἄλλα ἐφ' οἷς ἴσως βοήσεσθε· ἀλλὰ
μηδαμῶς ποιεῖτε τοῦτο. Εὖ γὰρ ἴστε, ἐὰν ἐμὲ ἀποκτείνητε τοιοῦτον ὄντα, οἷον ἐγὼ λέγω, οὐκ ἐμὲ μείζω βλάψετε ἢ ὑμᾶς αὐτούς.
Ἐμὲ μὲν γὰρ οὐδὲν ἂν βλάψειεν οὔτε Μέλητος οὔτε Ἄνυτος
Οὐδὲ γὰρ ἂν δύναιτο· οὐ γὰρ οἶμαι θεμιτὸν εἶναι ἀμείνονι
ἀνδρὶ ὑπὸ χείρονος βλάπτεσθαι. Ἀποκτείνειε μέντ' ἂν ἴσως, ἢ
ἐξελάσειεν, ἢ ἀτιμάσειεν. Ἀλλὰ ταῦτα οὗτος μὲν ἴσως οἴεται
καὶ ἄλλος τίς που μεγάλα κακά· ἐγὼ δ' οὐκ οἴομαι, ἀλλὰ πολὺ
μᾶλλον ποιεῖν, ἃ οὗτος νυνὶ ποιεῖ, ἄνδρα ἀδίκως ἐπιχειρεῖν

ou prononcez mon arrêt, jamais il ne me sera possible de changer de
conduite, dussé-je souffrir mille fois la mort.

XVIII. Ne murmurez point, Athéniens, mais accordez-moi la grâce
que je vous ai demandée, de contenir votre indignation sur ce que
j'avais à vous dire, et de m'entendre patiemment. Et en effet, il me
semble qu'il doit vous être avantageux de m'écouter avec calme. Je
vais dire encore d'autres choses capables peut-être d'exciter vos clameurs, mais ne vous abandonnez point à ce mouvement de colère.
Soyez bien sûrs que, si vous me condamnez à mort, étant tel que je
viens de le déclarer, vous me ferez moins de tort qu'à vous-mêmes;
car ni Mélitus ni Anytus ne sauraient me nuire, et je ne crois pas
qu'il soit au pouvoir des méchants de nuire à l'homme de bien. Peut-
être me feront-ils condamner à la mort, ou à l'exil, ou à perdre mes
droits de citoyen, peines que Mélitus et tel autre regardent comme
de grands maux, mais que je n'envisage point ainsi; ce qui me paraît
un mal véritable, c'est bien plutôt de faire ce qu'il fait aujourd'hui,

ὡς ἐμοῦ οὐκ ἂν ποιήσοντος   comme moi ne devant pas faire
ἀλλα,   d'autres *choses*,
οὐδὲ εἰ μέλλω   pas-même si je dois
τεθνάναι πολλάκις.   mourir plusieurs-fois.

XVIII. Μὴ θορυβεῖτε,   XVIII. Ne murmurez pas,
ὦ ἄνδρες Ἀθηναῖοι,   ô hommes Athéniens,
ἀλλὰ ἐμμείνατέ υοι   mais persistez à moi
οἷς ἐδεήθην ὑμῶν,   dans les *choses* dont j'ai prié vous,
υὴ θορυβεῖν   de ne pas murmurer
ἐπὶ οἷς λέγω ἂν,   aux *paroles* que je dirais,
ἀλλὰ ἀκούειν·   mais de *les* écouter :
καὶ γὰρ, ὡς ἐγὼ οἶμα.,   et en effet, comme moi je pense,
ὀνήσεσθε ἀκούοντες.   vous profiterez *les* écoutant.
Μέλλω γὰρ οὖν ἐρεῖν ὑμῖν   Car je dois certes dire à vous
ἄττα καὶ ἄλλα   certaines *paroles* et d'autres
ἐπὶ οἷς ἴσως   auxquelles peut-être
βοήσεσθε·   vous vous récrierez :
ἀλλὰ ποιεῖτε τοῦτο μηδαμῶς.   mais ne faites cela en-aucune-façon.
Ἴστε γὰρ εὖ,   Car sachez-*le* bien,
ἐὰν ἀποκτείνητε ἐμὲ   si vous faites-mourir moi
ὄντα τοιοῦτον, οἷον ἐγὼ λέγω,   étant tel, que moi je dis,
οὐ βλάψετε ἐμὲ   vous ne nuirez pas à moi
μεῖζω ἢ ὑμᾶς αὐτούς.   plus qu'à vous mêmes.
Οὔτε μὲν γὰρ Μέλητος,   En effet certes ni Mélitus,
οὔτε Ἄνυτος   ni Anytus
βλάψειεν ἂν ἐμὲ οὐδέν.   ne nuiraient à moi *en* rien.
Οὐδὲ γὰρ δύναιτο ἄν·   Car il ne *se* pourrait pas non-plus ;
οὐ γὰρ οἶμαι εἶναι θεμιτὸν   car je ne pense pas être possible
ἀνδρὶ ἀμείνονι   à un homme meilleur
βλάπτεσθαι ὑπὸ χείρονος.   d'être lésé par un plus mauvais.
Ἴσως μέντοι   Peut-être cependant
ἀποκτείνειεν ἂν,   ils *me* feraient-mourir,
ἢ ἐξελάσειεν,   ou *me* banniraient,
ἢ ἀτιμάσειεν.   ou *me* dégraderaient.
Ἀλλὰ οὗτος μὲν ἴσως   Or à-la-vérité celui-ci peut-être
καί τις ἄλλος που   et quelque autre par-hasard
οἴεται ταῦτα μεγάλα κακά·   pense ces *choses* de grands maux ;
ἐγὼ δὲ οὐκ οἴομαι,   mais moi je ne *le* pense pas,
ἀλλὰ πολὺ μᾶλλον   au-contraire *je crois* bien plutôt
ποιεῖν, ἃ οὗτος   *ur mal* de faire, ce-que celui-ci

ἀποκτιννύναι. Νῦν οὖν, ὦ ἄνδρες Ἀθηναῖοι, πολλοῦ δέω ἐγὼ
ὑπὲρ ἐμαυτοῦ ἀπολογεῖσθαι, ὥς τις ἂν οἴοιτο, ἀλλ' ὑπὲρ ὑμῶν,
μή τι ἐξαμάρτητε περὶ τὴν τοῦ θεοῦ δόσιν ὑμῖν, ἐμοῦ καταψηφισάμενοι. Ἐὰν γὰρ ἐμὲ ἀποκτείνητε, οὐ ῥᾳδίως ἄλλον τοιοῦτον εὑρήσετε, ἀτεχνῶς, εἰ καὶ γελοιότερον εἰπεῖν, προσκείμενον
τῇ πόλει ὑπὸ τοῦ θεοῦ, ὥσπερ ἵππῳ μεγάλῳ μὲν καὶ γενναίῳ,
ὑπὸ μεγέθους δὲ νωθεστέρῳ καὶ δεομένῳ ἐγείρεσθαι ὑπὸ μύωπός
τινος[1]· οἷον δή μοι δοκεῖ ὁ θεὸς ἐμὲ τῇ πόλει προστεθεικέναι
τοιοῦτόν τινα, ὃς ὑμᾶς ἐγείρων καὶ πείθων καὶ ὀνειδίζων ἕνα
ἕκαστον οὐδὲν παύομαι τὴν ἡμέραν ὅλην πανταχοῦ προσκαθίζων.
Τοιοῦτος οὖν ἄλλος οὐ ῥᾳδίως ὑμῖν γενήσεται, ὦ ἄνδρες, ἀλλ'
ἐὰν ἐμοὶ πείθησθε, φείσεσθέ μου. Ὑμεῖς δ' ἴσως τάχ' ἂν ἀχθόμενοι, ὥσπερ οἱ νυστάζοντες ἐγειρόμενοι, κρούσαντες ἄν με,

d'entreprendre de faire périr un homme injustement. Maintenant
donc, Athéniens, il s'en faut beaucoup que ce soit mon propre intérêt qui m'occupe, en faisant mon apologie, comme on pourrait le
croire, c'est le vôtre, c'est la crainte que vous ne méconnaissiez, en
me condamnant, le bienfait du dieu envers vous: car si vous me faites
mourir, vous ne trouverez pas facilement un autre homme tel que
moi, qu'il semble véritablement avoir attaché à cette ville (souffrez
cette comparaison peut-être un peu triviale) comme un éperon à un
coursier puissant et généreux, mais dont sa grandeur même ralentit
quelquefois les mouvements, et qui a besoin d'être aiguillonné. C'est
ainsi, à ce qu'il me semble, et c'est avec cette disposition d'esprit
que le dieu m'a placé dans cette ville pour vous aiguillonner en quelque sorte, vous persuader, et gourmander chacun de vous, sans cesse
et partout où je le rencontre. Un tel homme, Athéniens, ne sera pas
facile à retrouver; et, si vous voulez m'en croire, vous épargnerez
ma vie. Mais peut-être qu'importunés par mon zèle, comme des hommes assoupis qui frappent celui qui les réveille, et vous laissant aller

ποιεῖ νυνί,
ἐπιχειρεῖν ἀποκτιννύναι
ἄνδρα ἀδίκως.
Νῦν οὖν,
ὦ ἄνδρες Ἀθηναῖοι,
ἐγὼ δέω πολλοῦ
ἀπολογεῖσθαι ὑπὲρ ἐμαυτοῦ,
ὥς τις οἴοιτο ἂν,
ἀλλὰ ὑπὲρ ὑμῶν,
μὴ ἐξαμάρτητέ τι
περὶ τὴν δόσιν τοῦ θεοῦ ὑμῖν,
καταψηφισάμενοι ἐμοῦ.
Ἐὰν γὰρ ἀποκτείνητε ἐμὲ,
οὐχ εὑρήσετε ῥαδίως
ἄλλον τοιοῦτον,
προσκείμενον τῇ πόλει
ὑπὸ τοῦ θεοῦ ἀτεχνῶς,
εἰ καὶ γελοιότερον εἰπεῖν,
ὥσπερ ἵππῳ
μεγάλῳ μὲν καὶ γενναίῳ,
νωθεστέρῳ δὲ
ὑπὸ μεγέθους
καὶ δεομένῳ ἐγείρεσθαι
ὑπό τινος μύωπος·
οἷον δὴ ὁ θεὸς δοκεῖ μοι
προστεθεικέναι τῇ πόλει
ἐμέ τινα τοιοῦτον,
ὃς παύομαι οὐδὲν
προσκαθίζων πανταχοῦ
ὅλην τὴν ἡμέραν
ἐγείρων ὑμᾶς καὶ πείθων
καὶ ὀνειδίζων ἕνα ἕκαστον.
Ἄλλος οὖν τοιοῦτος
οὐ γενήσεται ὑμῖν ῥαδίως,
ὦ ἄνδρες,
ἀλλὰ ἐὰν πείθησθε ἐμοὶ,
φείσεσθέ μου.
Ὑμεῖς δὲ ἴσως ἀχθόμενοι ἂν,
ὥσπερ οἱ ἐγειρόμενοι
νυστάζοντες,

fait maintenant,
d'entreprendre de faire-mourir
un homme injustement.
Maintenant donc,
ô hommes Athéniens,
je suis-éloigné de beaucoup
de me-défendre pour moi-même,
comme quelqu'un le penserait,
mais pour vous,
pour que vous ne péchiez en rien
quant au présent du dieu à vous,
ayant condamné moi.
Car si vous faites-mourir moi,
vous ne trouverez pas facilement
un autre *homme* tel *que moi*,
attaché à la ville
par le dieu tout-simplement,
quoique *ce soit* trop-ridicule à dire,
comme à un cheval
grand il-est-vrai et généreux,
mais trop-lourd
par *l'effet de sa* grandeur
et ayant-besoin d'être réveillé
par quelque éperon :
par-exemple le dieu paraît à moi
avoir attaché à la ville
moi un tel *homme*,
qui ne cesse en rien
me-tenant-près *de vous* partout
toute la journée
éveillant vous et persuadant
et gourmandant un chacun.
Or un autre *homme* tel *que moi*
ne sera pas à vous facilement,
ô hommes.
mais si vous croyez moi,
vous épargnerez moi.
Mais vous peut-être fâchés,
comme ceux qui-sont-réveillés
quand-ils-s'endorment,

πειθόμενοι Ἀνύτῳ, ῥᾳδίως ἂν ἀποκτείναιτε· εἶτα τὸν λοιπὸν
βίον καθεύδοντες διατελοῖτ᾽ ἄν, εἰ μή τινα ἄλλον ὁ θεὸς
ὑμῖν ἐπιπέμψειε κηδόμενος ὑμῶν. Ὅτι δ᾽ ἐγὼ τυγχάνω ὢν
τοιοῦτος, οἷος ὑπὸ τοῦ θεοῦ τῇ πόλει δεδόσθαι[1], ἐνθένδε ἂν κατα-
νοήσαιτε· οὐ γὰρ ἀνθρωπίνῳ ἔοικε τὸ ἐμὲ τῶν μὲν ἐμαυτοῦ
ἁπάντων ἠμεληκέναι καὶ ἀνέχεσθαι τῶν οἰκείων ἀμελουμένων
τοσαῦτα ἤδη ἔτη, τὸ δὲ ὑμέτερον πράττειν ἀεὶ, ἰδίᾳ ἑκάστῳ
προσιόντα, ὥσπερ πατέρα ἢ ἀδελφὸν πρεσβύτερον, πείθοντα
ἐπιμελεῖσθαι ἀρετῆς. Καὶ εἰ μέντοι τι ἀπὸ τούτων ἀπέλαυον,
καὶ μισθὸν λαμβάνων ταῦτα παρεκελευόμην, εἶχον ἄν τινα λόγον·
νῦν δὲ ὁρᾶτε δὴ καὶ αὐτοὶ, ὅτι οἱ κατήγοροι, τἄλλα πάντα
ἀναισχύντως οὕτω κατηγοροῦντες, τοῦτό γε οὐχ οἷοί τε ἐγένοντο

aux insinuations de Mélitus, vous me ferez mourir sans scrupule, et
ensuite vous retomberez pour toujours dans vos langueurs léthargi-
ques, à moins que le dieu, touché de compassion pour vous, ne vous
envoie quelque citoyen qui me ressemble. Or, que je sois tel que je
vous le dis, et véritablement chargé d'accomplir les vues d'une divinité bienfaisante envers cette ville, c'est ce qu'il vous serait facile de
reconnaître à cette marque : en effet, ce n'est pas une chose bien
naturelle et bien commune parmi les hommes, que cette indifférence
absolue pour tout ce qui me touche, et l'insouciance que j'ai montrée
depuis tant d'années pour mes intérêts personnels, tandis que je m'oc-
cupais sans cesse des vôtres, abordant chacun de vous en particulier,
comme aurait pu le faire un père ou un frère aîné, et vous invitant à
vous appliquer à l'étude et à la pratique de la vertu ; et si du moins
j'avais retiré quelque fruit ou reçu quelque prix de mes soins et de
mes conseils, une pareille conduite paraîtrait avoir un motif : mais
vous le voyez vous-mêmes aujourd'hui, mes accusateurs, qui me
reprochent avec tant d'audace toute sorte d'autres crimes, n'ont pas
osé porter l'impudence au point de dire et de prouver par des témoins

κρούσαντες ἄν με,	ayant frappé moi,
πειθόμενοι Ἀνύτῳ,	en obéissant à Anytus,
ἄν ἀποκτείναιτε ῥαδίως·	vous me feriez-mourir sans-regret :
εἶτα διατελοῖτε ἂν	puis vous continueriez
καθεύδοντες τὸν λοιπὸν βίον,	dormant le reste de votre vie,
εἰ ὁ θεὸς κηδόμενος ὑμῶν	si le dieu s'-intéressant à vous
μὴ ἐπιπέμψειεν ὑμῖν	n'envoyait pas à vous
τινὰ ἄλλον.	quelque autre homme.
Κατανοήσαιτε δὲ ἂν	Or vous pourriez-reconnaître
ἐνθένδε,	d'-ici (par ce que je vais vous dire),
ὅτι ἐγὼ τυγχάνω ὢν τοιοῦτος,	que moi je me-trouve étant tel
οἷος δεδόσθαι τῇ πόλει	capable d'avoir été donné à la ville
ὑπὸ τοῦ θεοῦ·	par le dieu ;
οὐ γὰρ ἔοικεν	car cela ne ressemble pas
ἀνθρωπίνῳ	à un fait humain, savoir.
τὸ ἐμὲ μὲν ἠμεληκέναι	le moi d'-une-part avoir négligé
ἁπάντων τῶν ἐμαυτοῦ	toutes les affaires de moi-même
καὶ ἀνέχεσθαι	et me-résigner
ἤδη τοσαῦτα ἔτη,	déjà depuis tant d'années,
τῶν οἰκείων ἀμελουμένων,	mes propres affaires étant négligées,
πράττειν δὲ ἀεὶ	et d'autre-part faire toujours
τὸ ὑμέτερον,	votre affaire,
προσιόντα ὥσπερ πατέρα	m'-approchant comme un père
ἢ ἀδελφὸν πρεσβύτερον,	ou un frère aîné,
ἑκάστῳ ἰδίᾳ,	de chacun de vous en-particulier,
πείθοντα	vous persuadant
ἐπιμελεῖσθαι ἀρετῆς.	de vous-occuper de la vertu.
Καὶ μέντοι εἰ ἀπέλαυόν τι	Et certes si je tirais quelque profit
ἀπὸ τούτων,	de ces conseils,
καὶ παρεκελευόμην ταῦτα	et si je conseillais ces choses
λαμβάνων μισθὸν,	recevant un salaire,
εἶχον ἄν τινα λόγον·	j'aurais quelque motif :
νῦν δὲ ὁρᾶτε δὴ	mais maintenant vous voyez certes
καὶ αὐτοί,	et par vous-mêmes,
ὅτι οἱ κατήγοροι,	que les accusateurs,
κατηγοροῦντες	qui-m'accusent
πάντα τὰ ἄλλα	de toutes les autres choses
οὕτως ἀναισχύντως,	si impudemment,
οὐκ ἐγένοντό γε οἷοί τε	n'ont pas été du-moins capables
ἀπαναισχυντῆσαι τοῦτο,	de perdre-toute-pudeur en cela

ἀπαναισχυντῆσαι, παρασχόμενοι μάρτυρα, ὡς ἐγώ ποτέ τινα ἢ ἐπραξάμην μισθὸν ἢ ἥτησα. Ἱκανὸν γάρ, οἶμαι, ἐγὼ παρέχομαι τὸν μάρτυρα ὡς ἀληθῆ λέγω, τὴν πενίαν.

XIX. Ἴσως ἂν οὖν δόξειεν ἄτοπον εἶναι, ὅτι δὴ ἐγὼ ἰδίᾳ μὲν ταῦτα ξυμβουλεύω περιιὼν καὶ πολυπραγμονῶν, δημοσίᾳ δὲ οὐ τολμῶ ἀναβαίνων εἰς τὸ πλῆθος τὸ ὑμέτερον ξυμβουλεύειν τῇ πόλει. Τούτου δὲ αἴτιόν ἐστιν, ὃ ὑμεῖς ἐμοῦ πολλάκις ἀκηκόατε πολλαχοῦ λέγοντος, ὅτι μοι θεῖόν τι καὶ δαιμόνιον γίγνεται [φωνή], ὃ δὴ καὶ ἐν τῇ γραφῇ ἐπικωμῳδῶν Μέλητος ἐγράψατο. Ἐμοὶ δὲ τοῦτ' ἐστὶν ἐκ παιδὸς ἀρξάμενον, φωνή τις γιγνομένη, ἥ, ὅταν γένηται, ἀεὶ ἀποτρέπει με τούτου ὃ ἂν μέλλω πράττειν, προτρέπει δὲ οὔποτε[1]. Τοῦτ' ἐστίν, ὅ μοι ἐναντιοῦται τὰ πολιτικὰ πράττειν. Καὶ παγκάλως γ' ἐμοὶ δοκεῖ ἐναντιοῦσθαι· εὖ γὰρ

que j'aie jamais reçu ou demandé aucun salaire, et il me semble que ma pauvreté est une preuve sans réplique de la vérité de ce que j'avance.

XIX. Peut-être trouvera-t-on bien bizarre cet empressement et le soin que je prends de m'adresser à chacun de vous individuellement pour lui donner des conseils et des avertissements, tandis que je n'ai jamais eu le courage de me rendre à vos assemblées publiques, et d'ouvrir un avis sur les choses qui intéressent l'État. La cause de cette contradiction apparente est celle que vous m'avez souvent entendu dire, et dans mille endroits différents : c'est une voix intérieure. une inspiration divine en quelque sorte qui est en moi, que Mélitus a voulu tourner en ridicule, et dont il m'a fait un crime dans son accusation. Cependant cette voix s'est fait entendre à moi dès mon enfance, et ce fut toujours pour me détourner de quelque entreprise où j'allais m'engager, et jamais pour m'exciter à en poursuivre aucune : or cette voix s'oppose à ce que je me mêle en rien des affaires publiques; et

παρασχόμενοι μάρτυρα, — ayant produit un témoin,

ὡς ἐγώ ποτε ἢ ἐπραξάμην — que moi jamais ou j'exigeai

ἢ ᾔτησά τινα μισθόν. — ou je demandai quelque salaire.

Ἐγώ γάρ, οἶμαι, — Car moi, je *le* pense,

παρέχομαι τὸν μάρτυρα ἱκανὸν — je produis le (un) témoin suffisant

ὡς λέγω ἀληθῆ, — que je dis des *choses* vraies,

τὴν πενίαν. — *savoir,* ma pauvreté.

XIX. Ἴσως οὖν — XIX. Or peut-être

δόξειεν ἂν εἶναι ἄτοπον, — paraîtrait-il être étrange,

ὅτι δὴ ἐγὼ — que par-exemple moi

ξυμβουλεύω μὲν ταῦτα — d'une-part je conseille ces *choses*

ἰδίᾳ — en-particulier

περιὼν — allant-de-tous-côtés

καὶ πολυπραγμονῶν, — et me-mêlant-de-tout,

δημοσίᾳ δὲ οὐ τολμῶ — et *que* d'autre-part en-public je n'ose

ἀναβαίνων εἰς τὸ πλῆθος — m'-avançant devant la multitude

τὸ ὑμέτερον — celle de-vous

ξυμβουλεύειν τῇ πόλει. — donner-des-conseils à l'État.

Τούτου δὲ αἴτιόν ἐστιν, — Mais de cela la cause est,

ὃ ὑμεῖς πολλάκις — ce-que vous plusieurs-fois

ἀκηκόατε ἐμοῦ — avez entendu moi

λέγοντος πολλαχοῦ, — disant en plusieurs-endroits,

ὅτι γίγνεταί μοι — qu'il arrive à moi

τι θεῖον καὶ δαιμόνιον — quelque *chose* divin et surhumain

[φωνή], — [une voix],

ὃ δὴ καὶ ἐπικωμῳδῶν — ce-que même plaisantant

Μέλητος ἐγράψατο — Mélitus a écrit

ἐν τῇ γραφῇ. — dans *son* accusation.

Τοῦτο δὲ ἐστιν — Or ce *phénomène* est

ἀρξάμενον ἐμοὶ — ayant commencé en moi

ἐκ παιδὸς, — depuis *moi* enfant (mon enfance),

τις φωνὴ γιγνομένη, — une certaine voix survenant,

ἣ, ὅταν γένηται, — laquelle, lorsqu'elle survient,

ἀποτρέπει με ἀεὶ — détourne moi toujours

τούτου ὃ μέλλω ἂν πράττειν, — de ce que je vais faire,

προτρέπει δὲ οὔποτε. — mais ne m'excite jamais.

Τοῦτό ἐστιν, — Cela est,

ὃ ἐναντιοῦταί μοι πράττειν — ce-qui empêche moi de faire

τὰ πολιτικά. — les *affaires* de-la-république.

Καί γε δοκεῖ ἐμοὶ — Et certes *cela* semble à moi

ἴστε, ὦ ἄνδρες Ἀθηναῖοι, εἰ ἐγὼ πάλαι ἐπεχείρησα πράττειν
τὰ πολιτικὰ πράγματα, πάλαι ἂν ἀπολώλη[1], καὶ οὔτ᾽ ἂν ὑμᾶς
ὠφελήκη οὐδὲν, οὔτ᾽ ἂν ἐμαυτόν. Καί μοι μὴ ἄχθεσθε λέγοντι
τἀληθῆ· οὐ γὰρ ἔστιν ὅστις ἀνθρώπων σωθήσεται, οὔτε ὑμῖν
οὔτε ἄλλῳ πλήθει οὐδενὶ γνησίως ἐναντιούμενος, καὶ διακωλύων
πολλὰ ἄδικα καὶ παράνομα ἐν τῇ πόλει γίγνεσθαι, ἀλλ᾽ ἀναγ-
καῖόν ἐστι τὸν τῷ ὄντι μαχούμενον ὑπὲρ τοῦ δικαίου, καὶ εἰ
μέλλει ὀλίγον χρόνον σωθήσεσθαι, ἰδιωτεύειν, ἀλλὰ μὴ δημο-
σιεύειν.

XX. Μεγάλα δ᾽ ἔγωγε ὑμῖν τεκμήρια παρέξομαι τούτων, οὐ
λόγους, ἀλλ᾽ ὃ ὑμεῖς τιμᾶτε, ἔργα. Ἀκούσατε δή μου τὰ ἐμοὶ
ξυμβεβηκότα, ἵν᾽ εἴδητε ὅτι οὐδ᾽ ἂν ἑνὶ ὑπεικάθοιμι παρὰ τὸ
δίκαιον δείσας θάνατον, μὴ ὑπείκων δὲ ἅμ᾽ ἂν ἀπολοίμην. Ἐρῶ

certes cette opposition me paraît avoir été d'un grand avantage pour
moi. Car, soyez bien sûrs, Athéniens, que, si j'eusse entrepris dès le
commencement de m'immiscer dans les affaires de l'État, il y a longtemps que j'aurais perdu la vie, sans pouvoir en aucune manière vous
être utile, ni à moi-même. Et ne vous offensez pas, si je vous parle
avec franchise : tout homme qui entreprendra de vous résister avec
une généreuse fermeté, à vous et à tout autre peuple réuni en assemblée générale, tout homme qui voudra empêcher beaucoup d'infrac-
tions aux lois et d'injustices qui se commettent dans la république,
ne saurait éviter la mort ; ainsi, il faut nécessairement que celui qui
s'est consacré à la défense de la justice, s'il veut conserver ses jours,
au moins pendant quelque temps, reste dans une condition privée,
sans prendre aucune part au gouvernement.

XX. Je puis vous donner des preuves incontestables de ce que
j'avance, et ce ne seront pas de simples raisonnements, mais ce qui
vous impose le plus, c'est-à-dire des faits. Écoutez donc ce qui m'est
arrivé, afin de vous bien convaincre qu'il n'y a personne au monde
qui pût me déterminer, par la crainte même de la mort, à commettre

ἐναντιοῦσθαι παγκάλως·	m'en empêcher très-à-propos ;
ἴστε γὰρ εὖ,	car sachez-le bien,
ὦ ἄνδρες Ἀθηναῖοι,	ô hommes Athéniens,
εἰ ἐγὼ πάλαι	si moi depuis-longtemps
ἐπεχείρησα πράττειν	j'avais entrepris de faire
τὰ πράγματα πολιτικά,	les affaires de-la-république,
πάλαι ἂν ἀπολώλη,	depuis-longtemps j'aurais péri,
καὶ ἂν ὠφελήκη οὐδὲν	et je n'aurais servi en rien
οὔτε ὑμᾶς, οὔτε ἂν ἐμαυτόν.	ni vous, ni moi-même.
Καὶ μὴ ἄχθεσθέ μοι	Et ne vous-fâchez pas contre moi
λέγοντι τὰ ἀληθῆ·	qui-dis les choses vraies :
οὐ γὰρ ἔστιν ἀνθρώπων	car il n'est personne des hommes
ὅστις σωθήσεται,	qui sera sauvé,
ἐναντιούμενος γνησίως	s'-opposant franchement
οὔτε ὑμῖν	ou à vous
οὔτε οὐδενὶ ἄλλῳ πλήθει,	ou à quelque autre multitude,
καὶ διακωλύων	et empêchant
πολλὰ ἄδικα καὶ παράνομα	beaucoup-d'actes injustes et illégaux
γίγνεσθαι ἐν τῇ πόλει,	avoir-lieu dans l'État,
ἀλλὰ ἔστιν ἀναγκαῖον	mais il est nécessaire
τὸν μαχόμενον τῷ ὄντι	celui qui-combat dans la réalité
ὑπὲρ τοῦ δικαίου,	pour le juste,
καὶ εἰ μέλλει σωθήσεσθαι	même s'il veut être sauvé
ὀλίγον χρόνον,	pendant quelque temps,
ἰδιωτεύειν,	rester-simple-particulier,
ἀλλὰ μὴ	mais non
δημοσιεύειν.	s'occuper-d'affaires-publiques.
XX. Ἔγωγε δὲ	XX. Or moi-du-moins
παρέξομαι ὑμῖν	je produirai à vous
μεγάλα τεκμήρια τούτων,	de grandes preuves de ces paroles,
οὐ λόγους,	non des raisonnements,
ἀλλὰ ὃ ὑμεῖς τιμᾶτε,	mais ce-que vous, vous appréciez,
ἔργα.	des faits.
Ἀκούσατε δή μου	Écoutez donc de moi
τὰ ξυμβεβηκότα ἐμοὶ,	les choses étant arrivées à moi,
ἵνα εἰδῆτε	afin que vous sachiez
ὅτι οὐδὲ ὑπεικάθοιμι ἂν ἑνὶ	que je ne céderais pas à un-seul
δείσας θάνατον	ayant craint la mort
παρὰ τὸ δίκαιον,	contre le juste,
μὴ δὲ ὑπείκων	et que d'autre-part ne cédant pas

δὲ ὑμῖν φορτικὰ μὲν καὶ δικανικὰ, ἀληθῆ δέ. Ἐγὼ γάρ, ὦ ἄνδρες Ἀθηναῖοι, ἄλλην μὲν ἀρχὴν οὐδεμίαν πώποτε ἦρξα ἐν τῇ πόλει, ἐβούλευσα[1] δέ· καὶ ἔτυχεν ἡμῶν ἡ φυλὴ Ἀντιοχὶς πρυτανεύουσα, ὅτε ὑμεῖς τοὺς δέκα στρατηγοὺς[2], τοὺς οὐκ ἀνελομένους τοὺς ἐκ τῆς ναυμαχίας, ἐβουλεύσασθε ἀθρόους κρίνειν, παρανόμως, ὡς ἐν τῷ ὑστέρῳ χρόνῳ πᾶσιν ὑμῖν ἔδοξε. Τότ' ἐγὼ μόνος τῶν πρυτάνεων ἠναντιώθην ὑμῖν μηδὲν ποιεῖν παρὰ τοὺς νόμους, καὶ ἐναντία ἐψηφισάμην· καὶ ἑτοίμων ὄντων ἐνδεικνύναι με καὶ ἀπάγειν τῶν ῥητόρων, καὶ ὑμῶν κελευόντων καὶ βοώντων, μετὰ τοῦ νόμου καὶ τοῦ δικαίου ᾤμην μᾶλλόν με δεῖν διακινδυνεύειν, ἢ μεθ' ὑμῶν γενέσθαι, μὴ δίκαια βουλευομένων, φοβηθέντα δεσμὸν ἢ θάνατον. Καὶ ταῦτα μὲν ἦν ἔτι δημοκρατουμένης τῆς πόλεως. Ἐπειδὴ δὲ ὀλιγαρχία ἐγένετο, οἱ τριά-

ne action injuste. Peut-être trouverez-vous une sorte de jactance et de vanité insupportable dans ce que je vais vous dire, mais c'est la vérité. De fait, Athéniens, je n'ai jamais exercé aucune magistrature dans la république, mais j'ai été membre du sénat, et la tribu Antiochide, à laquelle j'appartiens, se trouvait en tour de prytanie, lorsque vous voulûtes condamner les dix généraux qui avaient négligé de faire ensevelir les morts après le combat naval des Arginuses; vous exigiez qu'on les condamnât tous en masse et indistinctement, chose tout à fait contraire aux lois, comme vous l'avez reconnu vous-mêmes dans la suite. A cette époque, je fus le seul des prytanes qui m'opposai cette violation de la justice, et qui osai émettre un sentiment contraire à votre volonté; et comme vos orateurs étaient prêts à me dénoncer et à me traduire devant votre tribunal, je crus devoir, malgré vos clameurs et vos ordres, m'exposer à perdre la vie, en me rangeant du parti de la justice et des lois, plutôt que de m'unir à vous, et de consentir par la crainte des fers ou de la mort à l'injustice que vous voulez commettre. Ce fait eut lieu dans le temps que le gouvernement démocratique subsistait encore. Quand l'oligarchie eut été établie, les

ἀπελοίμην ἂν ἅμα.	je périrais en-même-temps.
Ἐρῶ δὲ ὑμῖν	Mais je dirai à vous
φορτικὰ μὲν	des *choses* importunes sans-doute
καὶ δικανικά,	et dans-le-genre-des-plaidoiries,
ἀληθῆ δέ.	mais vraies.
Ἐγὼ γὰρ πώποτε μὲν,	En effet moi jamais à-la-vérité,
ὦ ἄνδρες Ἀθηναῖοι,	ô hommes Athéniens,
ἦρξα	je n'ai-été-en-charge
οὐδεμίαν ἄλλην ἀρχὴν	pour aucune autre charge
ἐν τῇ πόλει,	dans la république,
ἐβούλευσα δέ·	mais j'ai-été-sénateur :
καὶ ἡ φυλὴ Ἀντιοχὶς ἡμῶν	et la tribu Antiochide *celle* de nous
ἔτυχε πρυτανεύουσα,	se-trouva ayant-la-prytanie,
ὅτε ὑμεῖς ἐβουλεύσασθε	lorsque vous vous résolûtes
κρίνειν ἀθρόους	de juger réunis
τοὺς δέκα στρατηγούς,	les dix généraux,
τοὺς οὐκ ἀνελομένους	ceux qui-n'avaient-pas-enlevé
τοὺς ἐκ τῆς ναυμαχίας,	les *morts* du combat-naval,
παρανόμως,	*et cela* illégalement,
ὡς ἐν τῷ χρόνῳ ὑστέρῳ	comme dans le temps postérieur
ἔδοξεν ὑμῖν πᾶσι.	il parut à vous tous.
Τότε ἐγὼ μόνος τῶν πρυτάνεων	Alors moi seul des prytanes
ἠναντιώθην ὑμῖν	j'empêchai vous
ποιεῖν μηδὲν παρὰ τοὺς νόμους,	de faire rien contre les lois,
καὶ ἐψηφισάμην ἐναντία·	et je votai contrairement *à vous* :
καὶ τῶν ῥητόρων ὄντων ἑτοίμων	et les orateurs étant prêts
ἐνδεικνύναι με	à dénoncer moi
καὶ ἀπάγειν,	et à *me* citer-en-justice,
καὶ ὑμῶν κελευόντων	et vous *les* y encourageant
καὶ βοώντων,	et criant,
ᾤμην δεῖν με μᾶλλον	je pensai falloir moi plutôt
διακινδυνεύειν	courir-un-danger
μετὰ τοῦ νόμου καὶ τοῦ δικαίου,	avec la loi et *avec* le juste,
ἢ γενέσθαι μετὰ ὑμῶν	que d'aller avec vous
μὴ βουλευομένων δίκαια,	qui-ne-décrétiez pas le juste,
φοβηθέντα δεσμὸν ἢ θάνατον.	ayant craint les chaînes ou la mort.
Καὶ ταῦτα μὲν ἦν	Et ces *faits* certes étaient
τῆς πόλεως	de la république
ἔτι δημοκρατουμένης.	encore à-l'état-démocratique.
Ἐπειδὴ δὲ ὀλιγαρχία ἐγένετο,	Mais lorsque l'oligarchie fut venue,

χοντα αὖ μεταπεμψάμενοί με πέμπτον αὐτὸν εἰς τὴν Θόλον[1], προσέταξαν ἀγαγεῖν ἐκ Σαλαμῖνος Λέοντα[2] τὸν Σαλαμίνιον, ἵν' ἀποθάνοι· οἷα δὴ καὶ ἄλλοις ἐκεῖνοι πολλοῖς πολλὰ προσέταττον, βουλόμενοι ὡς πλείστους ἀναπλῆσαι αἰτιῶν. Τότε μέντοι ἐγὼ, οὐ λόγῳ, ἀλλ' ἔργῳ, αὖ ἐνεδειξάμην ὅτι ἐμοὶ θανάτου μὲν μέλει, εἰ μὴ ἀγροικότερον ἦν εἰπεῖν, οὐδ' ὁτιοῦν, τοῦ δὲ μηδὲν ἄδικον μηδ' ἀνόσιον ἐργάζεσθαι, τούτου δὲ τὸ πᾶν μέλει. Ἐμὲ γὰρ ἐκείνη ἡ ἀρχὴ οὐκ ἐξέπληξεν οὕτως ἰσχυρὰ οὖσα, ὥστε ἄδικόν τι ἐργάσασθαι· ἀλλ', ἐπειδὴ ἐκ τῆς Θόλου ἐξήλθομεν, οἱ μὲν τέτταρες ᾤχοντο εἰς Σαλαμῖνα, καὶ ἤγαγον Λέοντα, ἐγὼ δὲ ᾠχόμην ἀπιὼν οἴκαδε. Καὶ ἴσως ἂν διὰ ταῦτ' ἀπέθανον, εἰ μὴ ἡ ἀρχὴ διὰ ταχέων κατελύθη. Καὶ τούτων ὑμῖν ἔσονται πολλοὶ μάρτυρες.

trente m'ayant fait appeler au tholos avec quatre autres citoyens, ils nous ordonnèrent d'aller à Salamine arrêter Léon, qui était de cette île, et qu'ils voulaient faire mourir; c'est ainsi qu'ils donnaient des ordres à beaucoup d'autres Athéniens, afin de grossir le plus qu'ils pouvaient le nombre de leurs complices. Alors cependant je prouvai, non pas par des paroles, mais par le fait, que je regardais la mort comme rien, si vous me passez cette expression triviale, et que ce qui me paraissait le plus important, c'était de ne faire aucune action injuste ou impie. En effet, cette autorité, quelque puissante et terrible qu'elle fût, ne m'imposa pas au point de me faire commettre une injustice; ainsi lorsque nous fûmes sortis du tholos, les quatre autres partirent pour Salamine, d'où ils amenèrent Léon, et moi je retournai dans ma maison; et peut-être les trente m'auraient-ils fait mourir pour cela, si leur gouvernement n'eût été renversé peu de temps après : c'est ce que peuvent attester un grand nombre de témoins.

οἱ τριάκοντα μεταπεμψάμενοι	les Trente ayant mandé
αὖ με αὐτὸν πέμπτον	alors moi même cinquième
εἰς τὴν θόλον,	au tholos,
προσέταξαν	m'ordonnèrent
ἀγαγεῖν ἐκ Σαλαμῖνος	d'amener de Salamine
Λέοντα τὸν Σαλαμίνιον,	Léon le Salaminien.
ἵνα ἀποθάνοι·	afin qu'il mourût :
οἷα δὴ ἐκεῖνοι	ordres tels-que certes ceux-là
προσέταττον πολλὰ	en enjoignaient beaucoup
καὶ πολλοῖς ἄλλοις,	aussi à beaucoup d'autres,
βουλόμενοι ἀναπλῆσαι αἰτιῶν	voulant charger de griefs
ὡς πλείστους.	le plus-possible de gens.
Τότε μέντοι ἐγὼ	Alors pourtant moi
ἐνεδειξάμην αὖ,	je prouvai de-nouveau,
οὐ λόγῳ, ἀλλὰ ἔργῳ,	non par des paroles, mais par le fait,
ὅτι ἐμοὶ μὲν	que à moi certes
μέλει θανάτου	il ne me soucie de la mort
οὐδὲ ὁτιοῦν,	pas-même en-quoi-que-ce-soit,
εἰ μὴ ἦν ἀγροικότερον εἰπεῖν,	si cela n'était trop-grossier à dire,
τοῦ δὲ ἐργάζεσθαι	mais du ne faire
μηδὲν ἄδικον μηδὲ ἀνόσιον,	rien d'injuste ni d'impie,
τούτου δὲ τὸ πᾶν μέλει.	de cela d'autre-part le tout me-soucie,
Ἐκείνη γὰρ ἡ ἀρχὴ	Car cette puissance-là
οὖσα ἰσχυρὰ	quoique étant forte
οὐκ ἐξέπληξεν ἐμὲ οὕτως,	n'effraya pas moi tellement,
ὥστε ἐργάσασθαί τι	au-point d'avoir fait quelque chose
ἄδικον·	d'injuste :
ἀλλὰ, ἐπειδὴ ἐξήλθομεν	mais, lorsque nous fûmes sortis
ἐκ τῆς θόλου,	du tholos,
οἱ μὲν τέτταρες	d'une-part les quatre autres
ᾤχοντο εἰς Σαλαμῖνα,	s'en-allèrent à Salamine,
καὶ ἤγαγον Λέοντα,	et amenèrent Léon,
ἐγὼ δὲ ἀπιὼν	d'autre-part moi étant parti
ᾠχόμην οἴκαδε.	je m'en-allai à-la-maison.
Καὶ ἴσως ἂν ἀπέθανον	Et peut-être serais-je mort
διὰ ταῦτα,	à-cause-de cela,
εἰ ἡ ἀρχὴ μὴ κατελύθη	si cette puissance n'eût été dissoute
διὰ ταχέων.	bientôt.
Καὶ πολλοὶ μάρτυρες τούτων	Et beaucoup-de témoins de ces faits
ἔσονται ὑμῖν.	seront à vous.

XXI. Ἆρ' οὖν ἄν με οἴεσθε τοσάδε ἔτη διαγενέσθαι, εἰ ἔπραττον
τὰ δημόσια, καὶ πράττων ἀξίως ἀνδρὸς ἀγαθοῦ ἐβοήθουν τοῖς δικαίοις καὶ, ὥσπερ χρὴ, τοῦτο περὶ πλείστου ἐποιούμην; Πολλοῦ γε δεῖ, ὦ ἄνδρες Ἀθηναῖοι· οὐδὲ γὰρ ἂν ἄλλος ἀνθρώπων
οὐδείς. Ἀλλ' ἐγὼ διὰ παντὸς τοῦ βίου, δημοσίᾳ τε εἴ πού τι
ἔπραξα, τοιοῦτος φανοῦμαι, καὶ ἰδίᾳ ὁ αὐτὸς οὗτος, οὐδενὶ
πώποτε ξυγχωρήσας οὐδὲν παρὰ τὸ δίκαιον, οὔτε ἄλλῳ, οὔτε
τούτων οὐδενί, οὓς δὴ οἱ διαβάλλοντες ἐμέ φασιν ἐμοὺς μαθητὰς[1]
εἶναι. Ἐγὼ δὲ διδάσκαλος μὲν οὐδενὸς πώποτ' ἐγενόμην· εἰ δέ
τις ἐμοῦ λέγοντος καὶ τὰ ἐμαυτοῦ πράττοντος ἐπιθυμεῖ ἀκούειν,
εἴτε νεώτερος, εἴτε πρεσβύτερος, οὐδενὶ πώποτε ἐφθόνησα.
Οὐδὲ χρήματα μὲν λαμβάνων διαλέγομαι, μὴ λαμβάνων δ' οὔ[2].
ἀλλ' ὁμοίως καὶ πλουσίῳ καὶ πένητι παρέχω ἐμαυτὸν ἐρωτᾶν,
καὶ, ἐάν τις βούληται ἀποκρινόμενος ἀκούειν ὧν ἂν λέγω. Καὶ

XXI. Croyez-vous donc maintenant que j'eusse pu vivre autant
d'années, si j'avais exercé quelque fonction publique, et que pour
m'en acquitter dignement j'eusse défendu les intérêts de la justice,
et que j'y eusse, comme on doit le faire, attaché plus de prix qu'à
tout le reste? Certes, il s'en faut beaucoup, Athéniens; car aucun
autre homme ne pourrait échapper à la mort avec de pareils senti-
ments. Or, si, dans tout le cours de ma vie, j'ai eu part à quelque
affaire publique, tel on m'a trouvé alors, tel on me trouvera toujours
dans tous mes rapports particuliers, décidé à ne jamais me départir
en rien des principes de la justice en faveur de personne, non pas
même pour aucun de ceux que mes calomniateurs prétendent avoir
été mes disciples. Car je n'ai jamais été le maître de personne; mais
si quelqu'un, parmi les jeunes gens ou parmi les hommes d'un âge
plus avancé, désirait s'entretenir avec moi et voir comment je rem-
plissais ma mission, jamais je n'ai rejeté ni refusé personne, et l'on
ne peut pas dire que je m'entretienne avec ceux de qui je reçois de
'argent, et non avec ceux de qui je n'en reçois pas; au contraire, je
suis toujours prêt à répondre aux questions que chacun veut me faire,
riche ou pauvre, indifféremment; ou, si l'on aime mieux, on peut
répondre à mes questions, et entendre ce que j'ai à dire. Si donc Il

XXI. Ἄρα οὖν οἴεσθέ με   XXI. Or est-ce-que vous pensez moi
δὴν διαγενέσθαι   avoir pu continuer-de-vivre
τοσάδε ἔτη,   tant d'années,
εἰ ἔπραττον τὰ δημόσια,   si j'avais fait les *affaires* publiques,
καὶ πράττων ἀξίως   et *si les* faisant d'une-manière-digne
ἀνδρὸς ἀγαθοῦ   d'un homme de-bien
ἐβοήθουν τοῖς δικαίοις   j'étais venu-en-aide aux justes
καὶ, ὥσπερ χρή,   et, *si* comme il *le* faut,
ἐποιούμην τοῦτο   j'avais fait *de* cela
περὶ πλείστου;   le plus grand *cas ?*
Δεῖ γε πολλοῦ,   Il s'-en-faut certes de beaucoup
ὦ ἄνδρες Ἀθηναῖοι·   ô hommes Athéniens ;
οὐδεὶς γὰρ ἄλλος ἀνθρώπων   car aucun autre des hommes
οὐδὲ ἄν.   n'y *aurait réussi* non-plus.
Ἀλλὰ ἐγὼ διὰ παντὸς τοῦ βίου,   Mais moi pendant toute *ma* vie,
δημοσίᾳ τε εἴ που ἔπραξά τι,   et en-public si j'ai fait quelque *chose,*
φανοῦμαι τοιοῦτος,   je me-montrerai tel,
καὶ ἰδίᾳ οὗτος ὁ αὐτός,   et en-particulier ce même *homme,*
ξυγχωρήσας πώποτε   n'ayant cédé jamais
οὐδὲν οὐδενὶ παρὰ τὸ δίκαιον,   rien à personne contre le juste,
οὔτε ἄλλῳ, οὔτε οὐδενὶ τούτων,   ni à un autre, ni à aucun de ceux,
οὓς δὴ   lesquels par-exemple
οἱ διαβάλλοντες ἐμὲ   ceux qui-calomnient moi
φασὶν εἶναι ἐμοὺς μαθητάς.   prétendent être mes disciples.
Ἐγὼ δὲ ἐγενόμην μὲν πώποτε   Or moi je ne fus d'une-part jamais
διδάσκαλος οὐδενός·   le maître de personne ;
εἰ δέ τις,   d'autre-part si quelqu'un,
εἴτε νεώτερος, εἴτε πρεσβύτερος,   soit plus jeune, soit plus âgé
ἐπιθυμοῖ ἀκούειν ἐμοῦ λέγοντος   désirait écouter moi disant
καὶ πράττοντος τὰ ἐμαυτοῦ   et faisant les *choses* de moi-même,
πώποτε ἐφθόνησα οὐδενί.   jamais je ne *le* refusai à personne.
Οὐδὲ διαλέγομαι μὲν   Et je ne parle pas non-plus certes
λαμβάνων χρήματα,   recevant de l'argent,
μὴ λαμβάνων δὲ   et *il est faux que* n'en recevant pas
οὔ·   je ne *parle* pas :
ἀλλὰ παρέχω ἐμαυτὸν   mais je m'offre moi-même
ἐρωτᾶν ὁμοίως   à interroger pareillement
καὶ πλουσίῳ καὶ πένητι,   et au riche et au pauvre
καὶ, ἐάν τις   et, si quelqu'un
βούληται ἀποκρινόμενος   veut répondant

τούτων ἐγώ, εἴτε τις χρηστὸς γίγνεται, εἴτε μὴ, οὐκ ἂν δικαίως τὴν αἰτίαν ὑπέχοιμι, ὧν μήτε ὑπεσχόμην μηδενὶ μηδὲν πώποτε μάθημα, μήτε ἐδίδαξα. Εἰ δέ τίς φησι παρ' ἐμοῦ πώποτέ τι μαθεῖν ἢ ἀκοῦσαι ἰδίᾳ, ὅ τι μὴ καὶ οἱ ἄλλοι πάντες, εὖ ἴστε ὅτι οὐκ ἀληθῆ λέγει.

XXII. Ἀλλὰ διὰ τί δήποτε μετ' ἐμοῦ χαίρουσί τινες πολὺν χρόνον διατρίβοντες; Ἀκηκόατε, ὦ ἄνδρες Ἀθηναῖοι· πᾶσαν ὑμῖν τὴν ἀλήθειαν ἐγὼ εἶπον, ὅτι ἀκούοντες χαίρουσιν ἐξε- ταζομένοις τοῖς οἰομένοις μὲν εἶναι σοφοῖς, οὖσι δ' οὔ· ἔστι γὰρ οὐκ ἀηδές. Ἐμοὶ δὲ τοῦτο, ὡς ἐγώ φημι, προστέτα- κται ὑπὸ τοῦ θεοῦ πράττειν, καὶ ἐκ μαντείων, καὶ ἐξ ἐνυπνίων, καὶ παντὶ τρόπῳ, ᾧπέρ τίς ποτε καὶ ἄλλη θεία μοῖρα ἀνθρώπῳ καὶ ὁτιοῦν προσέταξε πράττειν. Ταῦτα, ὦ ἄνδρες Ἀθηναῖοι, καὶ

arrive que quelqu'un de ceux qui me fréquentent devienne plus ver- tueux, ou au contraire vienne à se corrompre, il ne serait pas juste de m'en attribuer la cause, puisque jamais je n'ai fait profession de rien enseigner, et qu'en effet je n'ai jamais rien enseigné à personne. Et s'il y a un seul homme qui prétende avoir entendu ou appris de moi en particulier autre chose que ce que je dis à tout le monde, soyez certains d'avance qu'il ne dit pas la vérité.

XXII. Au reste, Athéniens, vous avez entendu les faits tels qu'ils sont, et comment il arrive que quelques-uns aiment à passer beau- coup de temps dans mon entretien, c'est qu'ils sont bien aises de voir ces épreuves, d'entendre ces discussions dans lesquelles on examine ceux qui se croient sages, et qui en effet ne le sont pas; et au fond il y a bien quelque plaisir à cela. Or c'est, comme je vous l'ai dit, ce que le dieu m'a prescrit de faire par la voix des oracles, par celle des songes, en un mot par tous les moyens dont la volonté divine s'est jamais servie pour se manifester aux hommes et leur prescrire de dire quelque chose. Voilà, Athéniens, ce qu'il y a de vrai et ce qui

ἀκούειν ὧν ἂν λέγω.
écouter les *choses* que je puis-dire.

Καὶ, εἴτε τις
Et, soit-que quelqu'un

γίγνεται χρηστὸς,
devienne honnête,

εἴτε μὴ,
soit-qu'*il* ne le *devienne* pas,

ἐγὼ οὐκ ἂν ὑπέχοιμι δικαίως
moi je ne saurais-encourir justement

τὴν αἰτίαν τούτων,
l'accusation de ces *doctrines*,

ὧν μήτε ὑπεσχόμην πώποτε
dont ni je ne promis jamais

μηδενὶ μηδὲν μάθημα,
à personne aucune connaissance,

μήτε ἐδίδαξα.
et *que* je n'enseignai *jamais*.

Εἰ δέ τίς φησι
Mais si quelqu'un prétend

μαθεῖν ἢ ἀκοῦσαι πώποτε
avoir appris ou avoir entendu jamais

παρὰ ἐμοῦ ἰδίᾳ τι,
de moi en-particulier quelque *chose*,

ὅ τι μὴ καὶ
que n'*aient* pas *entendu* aussi

πάντες οἱ ἄλλοι,
tous les autres,

ἴστε εὖ ὅτι οὐ λέγει ἀληθῆ.
sachez bien qu'il ne dit pas vrai.

XXII. Ἀλλὰ διὰ τί δήποτε
XXII. Cependant pourquoi donc

τινὲς χαίρουσι
quelques-uns se-plaisent-ils

διατρίβοντες μετὰ ἐμοῦ
demeurant (à demeurer) avec moi

πολὺν χρόνον;
pendant un long temps?

Ἀκηκόατε,
Vous *l'*avez entendu,

ὦ ἄνδρες Ἀθηναῖοι·
ô hommes Athéniens :

ἐγὼ εἶπον ὑμῖν
moi j'ai dit à vous

πᾶσαν τὴν ἀλήθειαν,
toute la vérité,

ὅτι ἀκούοντες
c'est que *m'*entendant

χαίρουσιν ἐξεταζομένοις
ils se-plaisent *à voir* examines

τοῖς οἰομένοις μὲν
ceux qui-croient il-est-vrai

εἶναι σοφοῖς,
être sages,

οὐκ οὖσι δέ·
mais qui-ne-*le*-sont point :

ἔστι γὰρ οὐκ ἀηδές.
car *cela* n'est pas désagréable.

Προστέτακται δὲ ἐμοὶ
Or il a été ordonné à moi

ὑπὸ τοῦ θεοῦ, ὡς ἐγώ φημι,
par le dieu, comme je *le* dis,

πράττειν τοῦτο,
de faire cela,

καὶ ἐκ μαντειῶν,
et d'-après des oracles,

καὶ ἐξ ἐνυπνίων,
et d'-après des songes,

καὶ παντὶ τρόπῳ,
et par tout moyen,

ᾧπέρ ποτε
par lequel jamais

καί τις ἄλλη μοῖρα θεία
aussi quelque autre volonté divine

προσέταξε καὶ ἀνθρώπῳ
ordonna de-même à un homme

πράττειν ὁτιοῦν.
de-faire quoi-que-ce-soit.

Ταῦτα, ὦ ἄνδρες Ἀθηναῖοι,
Ces *paroles*, ô hommes Athéniens.

APOLOGIE DE SOCRATE

7

ἀληθῆ ἐστι καὶ εὐέλεγκτα. Εἰ γὰρ δὴ ἔγωγε τῶν νεωτέρων τοὺς
μὲν διαφθείρω, τοὺς δὲ διέφθαρκα, χρῆν[1] δήπου εἴτε τινὲς αὐτῶν
πρεσβύτεροι γενόμενοι ἔγνωσαν, ὅτι νέοις οὖσιν αὐτοῖς ἐγὼ κακὸν
πώποτέ τι ξυνεβούλευσα, νυνὶ αὐτοὺς ἀναβαίνοντας ἐμοῦ κατηγορεῖν καὶ τιμωρεῖσθαι· εἰ δὲ μὴ αὐτοὶ ἤθελον, τῶν οἰκείων τινὰς
τῶν ἐκείνων, πατέρας καὶ ἀδελφοὺς, καὶ ἄλλους τοὺς προσήκον-
τας, εἴπερ ὑπ' ἐμοῦ τι κακὸν ἐπεπόνθεσαν αὐτῶν οἱ οἰκεῖοι, νῦν
μεμνῆσθαι. Πάντως δὲ πάρεισιν αὐτῶν πολλοὶ ἐνταυθοῖ, οὓς ἐγὼ
ὁρῶ, πρῶτον μὲν Κρίτων οὑτοσὶ, ἐμὸς ἡλικιώτης καὶ δημότης,
Κριτοβούλου τοῦδε πατήρ· ἔπειτα Λυσανίας ὁ Σφήττιος[2], Αἰσχί-
νου τούτου πατήρ· ἔτι δ' Ἀντιφῶν ὁ Κηφισιεὺς[3] οὑτοσὶ, Ἐπι-
γένους πατήρ. Ἄλλοι τοίνυν οὗτοι, ὧν οἱ ἀδελφοὶ ἐν ταύτῃ τῇ
διατριβῇ γεγόνασι, Νικόστρατος ὁ Θεοσδοτίδου, ἀδελφὸς Θεο-
δότου (καὶ ὁ μὲν Θεόδοτος τετελεύτηκεν, ὥστε οὐκ ἂν ἐκεῖνός γε

serait bien facile à réfuter, si cela ne l'était pas. En effet, si parmi
les jeunes gens il y en a que je corrompe, et d'autres que j'aie déjà
corrompus, et si quelques-uns du moins parmi ces derniers avaient
reconnu en avançant en âge que je leur eusse jamais donné des conseils pernicieux, ceux-ci devraient aujourd'hui paraître ici, m'accuser
et poursuivre ma punition ; ou si eux-mêmes répugnaient à un pareil
rôle, du moins les personnes de leurs familles, leurs pères, leurs
frères et leurs autres parents, si j'avais fait quelque tort à ceux qui
leur appartiennent, devraient s'en ressouvenir aujourd'hui et sollici-
ter ma condamnation. Cependant j'en vois ici un très-grand nombre ;
et d'abord Criton, qui est de mon âge et du même bourg que moi,
avec Critobule, son fils ; ensuite Lysanias, du bourg de Sphettos,
père d'Eschine, que vous voyez ici ; Antiphon de Céphise, père
d'Épigène ; d'autres encore, dont les frères ont eu un commerce fré-
quent avec moi : Nicostrate, fils de Théosdotide et frère de Théodote ;
mais, à dire le vrai, Théodote n'a plus besoin de l'assistance de son

ἔστι καὶ ἀληθῆ καὶ εὐέλεγκτα.	sont et vraies et faciles-à-vérifier.
Εἰ γὰρ δὴ ἔγωγε	Car certes si moi-du-moins
διαφθείρω τοὺς μὲν,	je corromps les uns,
δ.έφθαρκα τοὺς δὲ	et que j'aie corrompu les autres
τῶν νεωτέρων,	des plus jeunes,
χρῆν δήπου	il fallait sans-doute
εἴτε τινὲς αὐτῶν	si quelques-uns d'eux
γενόμενοι πρεσβύτεροι	devenus plus âgés
ἔγνωσαν, ὅτι ἐγὼ	avaient reconnu, que moi
ξυνεβούλευσα πώποτε	je conseillai jamais
τί κακὸν αὐτοῖς οὖσι νέοις,	quelque mal à eux étant jeunes,
νυνὶ	il fallait maintenant
ἀναβαίνοντας αὐτοὺς	montant eux-mêmes ici
κατηγορεῖν ἐμοῦ	accuser moi
καὶ τιμωρεῖσθαι·	et me faire-punir :
εἰ δὲ μὴ ἤθελον αὐτοί,	et s'ils ne le voulaient pas eux-mêmes,
τινὰς τῶν οἰκείων	il fallait quelques-uns des proches
τῶν ἐκείνων,	de ceux-là,
πατέρας καὶ ἀδελφοὺς,	pères et frères,
καὶ τοὺς ἄλλους προσήκοντας	et les autres parents
μεμνῆσθαι νῦν,	s'-être souvenus maintenant,
εἴπερ οἱ οἰκεῖοι αὐτῶν	si-toutefois les proches d'eux
ἐπεπόνθεσαν ὑπὸ ἐμοῦ τι κακόν.	avaient enduré de moi quelque mal.
Πάντως δὲ πάρεισιν ἐνταυθοῖ	Or précisément sont-présents ici
πολλοὶ αὐτῶν, οὓς ἐγὼ ὁρῶ,	plusieurs d'eux, que moi je vois,
πρῶτον μὲν οὑτοσὶ Κρίτων,	d'abord d'une-part ce Criton,
ἐμὸς ἡλικιώτης	mon camarade de-même-âge
καὶ δημότης,	et de-même-bourg que moi,
πατὴρ τοῦδε Κριτοβούλου·	père de ce Critobule :
ἔπειτα Λυσανίας ὁ Σφήττιος,	puis Lysanias le citoyen de-Sphette.
πατὴρ τούτου Αἰσχίνου·	père de cet Eschine :
ἔτι δὲ οὑτοσὶ Ἀντιφῶν	encore d'autre-part cet Antiphon
ὁ Κηφισιεὺς,	le citoyen de-Céphise,
πατὴρ Ἐπιγένους.	père d'Épigène.
Οὗτοι τοίνυν ἄλλοι,	Et-certes ces autres,
ὧν οἱ ἀδελφοὶ γεγόνασιν	dont les frères ont été
ἐν ταύτῃ τῇ διατριβῇ,	dans ce commerce avec moi
Νικόστρατος ὁ Θεοσδοτίδου,	Nicostrate le fils de Théosdotide,
ἀδελφὸς Θεοδότου	frère de Théodote
— καὶ ὁ μὲν Θεόδοτος	— et Théodote il-est-vrai

αὐτοῦ καταδεηθείη), καὶ Πάραλος ὅδε ὁ Δημοδόκου, οὗ ἦν Θεά-
γης ἀδελφός· ὅδε τε Ἀδείμαντος, ὁ Ἀρίστωνος, οὗ ἀδελφὸς
οὑτοσὶ Πλάτων, καὶ Αἰαντόδωρος, οὗ Ἀπολλόδωρος ὅδε ἀδελφός.
Καὶ ἄλλους πολλοὺς ἐγὼ ἔχω ὑμῖν εἰπεῖν, ὧν τινα ἐχρῆν μάλιστα
μὲν ἐν τῷ ἑαυτοῦ λόγῳ παρασχέσθαι Μέλητον μάρτυρα· εἰ δὲ
τότε ἐπελάθετο, νῦν παρασχέσθω, ἐγὼ παραχωρῶ, καὶ λεγέτω,
εἴ τι ἔχει τοιοῦτον. Ἀλλὰ τούτου πᾶν τοὐναντίον εὑρήσετε, ὦ
ἄνδρες, πάντας ἐμοὶ βοηθεῖν ἑτοίμους τῷ διαφθείροντι, τῷ κακὰ
ἐργαζομένῳ τοὺς οἰκείους αὐτῶν, ὥς φασι Μέλητος καὶ Ἄνυτος.
Αὐτοὶ μὲν γὰρ οἱ διεφθαρμένοι τάχ' ἂν λόγον ἔχοιεν βοηθοῦντες·
οἱ δὲ ἀδιάφθαρτοι, πρεσβύτεροι ἤδη ἄνδρες, οἱ τούτων προσή-
κοντες, τίνα ἄλλον ἔχουσι λόγον βοηθοῦντες ἐμοί, ἀλλ' ἢ¹ τὸν

frère, puisqu'il est mort; Paralus, fils de Démodocus, et dont le
frère était Théagès; Adimante, fils d'Ariston, avec Platon son frère,
enfin Æantodore et son frère Apollodore. Je pourrais vous en citer
encore beaucoup d'autres, parmi lesquels Mélitus aurait bien dû au
moins trouver quelque témoin qui appuyât sa dénonciation. Si donc
il n'y pensa pas alors, qu'il le fasse à présent, je ne m'y oppose point,
et qu'il s'autorise, s'il le peut, de quelque preuve pareille. Mais vous
reconnaîtrez au contraire, Athéniens, que tous ces hommes ne sont
venus ici que pour me défendre, moi, leur corrupteur, et qui, à en
croire Anytus et Mélitus, n'ai fait que du mal à leurs parents. Il se
pourrait néanmoins que ceux mêmes qui ont été corrompus par moi
eussent quelques motifs pour me défendre; mais leurs parents, les
hommes d'un âge plus avancé, que je n'ai pu corrompre, quel autre
motif peut les porter à se déclarer mes défenseurs que mon bon droit,

τετελεύτηκεν,	est mort,
ὥστε ἐκεῖνός γε	au-point-que celui-là du-moins
οὐκ ἂν καταδεηθείη αὐτοῦ,—	ne saurait-avoir-besoin de lui,—
καὶ ὅδε Πάραλος ὁ Δημοδόκου,	et ce Paralus le *fils* de Démodocus,
οὗ Θεάγης ἦν ἀδελφός·	dont Théagès était frère :
ὅδε τε Ἀδείμαντος,	et cet Adimante,
ὁ Ἀρίστωνος,	le *fils* d'Ariston,
οὗ οὑτοσὶ Πλάτων ἀδελφὸς,	dont ce Platon *est* frère,
καὶ Αἰαντόδωρος,	et Æantodore,
οὗ ὅδε Ἀπολλόδωρος ἀδελφός.	dont cet Apollodore *est* frère.
Καὶ ἐγὼ ἔχω εἰπεῖν ὑμῖν	Et moi j'ai à dire à vous
πολλοὺς ἄλλους,	beaucoup d'autres,
ὧν ἐχρῆν Μέλητον	desquels il fallait Mélitus
παρασχέσθαι τινὰ μάρτυρα	présenter quelqu'un *comme* témoin
μάλιστα μὲν	surtout certes
ἐν τῷ λόγῳ ἑαυτοῦ·	dans la cause de lui :
εἰ δὲ ἐπελάθετο τότε,	mais s'il l'oublia alors,
νῦν παρασχέσθω,	que maintenant il *le* produise,
ἐγὼ παραχωρῶ,	moi j'y consens,
καὶ λεγέτω,	et qu'il dise,
εἰ ἔχει τι τοιοῦτον.	s'il a quelque *chose de* tel *à dire.*
Ἀλλὰ, ὦ ἄνδρες,	Mais, ô hommes,
εὑρήσετε πᾶν τὸ ἐναντίον	vous trouverez tout le contraire
τούτου,	de cela,
πάντας ἑτοίμους βοηθεῖν	tous prêts à défendre
ἐμοὶ τῷ διαφθείροντι,	moi celui qui-corrompais,
τῷ ἐργαζομένῳ κακὰ	celui qui-faisais du mal
τοὺς οἰκείους αὐτῶν,	aux proches d'eux,
ὥς φασι Μέλητος καὶ Ἄνυτος.	comme *le* disent Mélitus et Anytus.
Οἱ μὲν γὰρ	Car à-la-vérité ceux
διεφθαρμένοι αὐτοὶ	qui-ont-été-corrompus eux-mêmes
ἔχοιεν ἂν τάχα λόγον	auraient peut-être une raison
βοηθοῦντες·	*en me* défendant (de me défendre)
οἱ δὲ	mais ceux
ἀδιάφθαρτοι,	qui-n'ont-pas-été-corrompus,
ἤδη ἄνδρες πρεσβύτεροι,	déjà hommes plus âgés,
οἱ προσήκοντες τούτων,	les parents d'eux,
τίνα ἄλλον λόγον ἔχουσι	quelle autre raison ont-ils
βοηθοῦντες ἐμοὶ,	défendant moi,
ἀλλὰ ἢ τὸν ὀρθόν τε καὶ δίκαιον.	si ce n'est la *raison* droite et juste,

ὀρθόν τε καὶ δίκαιον, ὅτι ξυνίσασι Μελήτῳ μὲν ψευδομένῳ, ἐμοὶ δὲ ἀληθεύοντι;

XXIII. Εἶεν δὴ, ὦ ἄνδρες· ἃ μὲν ἐγὼ ἔχοιμ' ἂν ἀπολογεῖσθαι, σχεδόν τί ἐστι ταῦτα, καὶ ἄλλα ἴσως τοιαῦτα. Τάχα δ' ἂν τις ὑμῶν ἀγανακτήσειεν ἀναμνησθεὶς ἑαυτοῦ, εἰ ὁ μὲν καὶ ἐλάττω τουτουΐ τοῦ ἀγῶνος ἀγῶνα ἀγωνιζόμενος ἐδεήθη τε καὶ ἱκέτευσε τοὺς δικαστὰς μετὰ πολλῶν δακρύων, παιδία τε αὑτοῦ ἀναβιβασάμενος, ἵνα ὅτι μάλιστα ἐλεηθείη, καὶ ἄλλους τῶν οἰκείων καὶ φίλων πολλοὺς, ἐγὼ δὲ οὐδὲν ἄρα τούτων ποιήσω, καὶ ταῦτα[1] κινδυνεύων, ὡς ἂν δόξαιμι, τὸν ἔσχατον κίνδυνον. Τάχ' ἂν οὖν τις ταῦτα ἐννοήσας, αὐθαδέστερον ἂν πρός με σχοίη, καὶ ὀργισθεὶς αὐτοῖς τούτοις θεῖτο ἂν μετ' ὀργῆς τὴν ψῆφον. Εἰ δή τις ὑμῶν οὕτως ἔχει (οὐκ ἀξιῶ μὲν γὰρ ἔγωγε), εἰ δ' οὖν, ἐπιεικῆ ἄν μοι δοκῶ πρὸς τοῦτον λέγειν λόγον, ὅτι ἐμοὶ, ὦ ἄριστε, εἰσὶ

la justice de ma cause, et la persuasion intime où ils sont que Mélitus est un imposteur et que je dis la vérité ?

XXIII. En voilà assez, Athéniens : telles sont à peu près les raisons que je puis employer pour ma défense, et celles que je pourrais y ajouter seraient du même genre. Mais peut-être ici quelqu'un de vous s'indignera contre moi, en se rappelant que lui-même, dans quelque cause beaucoup moins grave que celle-ci, a supplié et conjuré les juges avec larmes, s'entourant, pour émouvoir leur compassion, de ses enfants, de ses parents, et du plus grand nombre de ses amis, tandis que moi je ne fais rien de tout cela, dans une circonstance où, suivant toutes les apparences, je me trouve exposé au plus grand danger. Il est donc possible que quelqu'un, en faisant cette réflexion, prenne de l'humeur contre moi, et, irrité de cette conduite même, se laisse aller à la colère en donnant son suffrage. Si quelqu'un parmi vous est dans ces dispositions (ce que je ne saurais croire), mais enfin dans cette supposition, il me semble que je pourrais lui dire avec beaucoup de raison : Mon ami, j'ai aussi des parents sans doute ; car

ὅτι ξυνίσασι	c'est qu'ils sont convaincus
Μελήτω μὲν ψευδομένῳ,	Mélitus d'une-part mentant,
ἐμοὶ δὲ ἀληθεύοντι;	moi d'autre-part disant-vrai ?
XXIII. Εἶεν δή, ὦ ἄνδρες·	XXIII. Soit donc, ô hommes :
ἃ μὲν ἐγὼ	les *raisons* que moi à-la-vérité
ἔχοιμι ἂν ἀπολογεῖσθαι,	j'aurais à donner-pour-*ma*-défense,
ἔστι σχεδόν τι ταῦτα,	sont à-peu près celles-ci,
καὶ ἄλλα ἴσως τοιαῦτα.	et d'autres peut-être telles.
Τάχα δέ τις ὑμῶν	Mais peut-être quelqu'un de vous
ἀγανακτήσειεν ἂν	s'-indignerait
ἀναμνησθεὶς ἑαυτοῦ,	s'-étant souvenu de lui-même,
εἰ ὁ μὲν ἀγωνιζόμενος	si d'une-part lui luttant
ἀγῶνα καὶ ἐλάττω	une lutte même moindre
τουτουὶ τοῦ ἀγῶνος	que cette lutte-*ci*
ἐδεήθη τε καὶ ἱκέτευσε	et a prié et a supplié
τοὺς δικαστὰς	les juges
μετὰ πολλῶν δακρύων,	avec beaucoup-de larmes,
ἀναβιβασάμενός τε	et ayant fait-comparaître
παιδία αὑτοῦ,	les petits-enfants de lui-même,
ἵνα ἐλεηθείη ὅτι μάλιστα,	afin qu'il fût plaint le plus-possible,
καὶ πολλοὺς ἄλλους	et beaucoup d'autres
τῶν οἰκείων καὶ φίλων,	de *ses* proches et de *ses* amis,
ἐγὼ δὲ ἄρα	si d'autre-part moi certes
ποιήσω οὐδὲν τούτων,	je ne ferai rien de cela,
καὶ ταῦτα κινδυνεύων,	et cela périclitant (courant),
ὡς ἂν δόξαιμι,	comme je *le* pourrais-croire,
τὸν ἔσχατον κίνδυνον.	le dernier danger.
Τάχα ἂν οὖν τις	Peut-être donc quelqu'un
ἐννοήσας ταῦτα,	ayant remarqué cela,
σχοίη ἂν πρός με	serait vis-à-vis-de moi
αὐθαδέστερον,	d'une-disposition-plus-arrogante,
καὶ ὀργισθεὶς τούτοις αὐτοῖς	et étant irrité de ces *choses* mêmes
θεῖτο ἂν τὴν ψῆφον μετὰ ὀργῆς.	donnerait *son* suffrage avec colère.
Εἰ δή τις ὑμῶν ἔχει οὕτως	Or si quelqu'un de vous est ainsi
— ἔγωγε μὲν γὰρ	— car moi-du-moins certes
οὐκ ἀξιῶ,—	je ne *le* pense pas,—
εἰ δὲ οὖν,	mais enfin si *cela est*,
δοκῶ μοι ἂν λέγειν	je semble à moi devoir-dire
πρὸς τοῦτον	à cet *homme*
λόγον ἐπιεικῆ,	une raison convenable.

μέν πού τινες καὶ οἰκεῖοι. Καὶ γὰρ τοῦτο αὐτὸ τὸ τοῦ Ὁμήρου[1], οὐδ' ἐγὼ ἀπὸ δρυὸς, οὐδ' ἀπὸ πέτρης πέφυκα, ἀλλ' ἐξ ἀνθρώπων, ὥστε καὶ οἰκεῖοί μοί εἰσι καὶ υἱεῖς γε, ὦ ἄνδρες Ἀθηναῖοι, τρεῖς[2], εἷς μὲν μειράκιον ἤδη, δύο δὲ παιδία. Ἀλλ' ὅμως οὐδέν' αὐτῶν δεῦρο ἀναβιβασάμενος δεήσομαι ὑμῶν ἀποψηφίσασθαι. Τί δὴ οὖν οὐδὲν τούτων ποιήσω; Οὐκ αὐθαδιζόμενος, ὦ ἄνδρες Ἀθηναῖοι, οὐδ' ὑμᾶς ἀτιμάζων· ἀλλ' εἰ μὲν θαρραλέως ἐγὼ ἔχω πρὸς θάνατον, ἢ μὴ, ἄλλος λόγος· πρὸς δ' οὖν δόξαν, καὶ ἐμοὶ, καὶ ὑμῖν, καὶ ὅλῃ τῇ πόλει, οὔ μοι δοκεῖ καλὸν εἶναι, ἐμὲ τούτων οὐδὲν ποιεῖν, καὶ τηλικόνδε ὄντα, καὶ τοῦτο τοὔνομα ἔχοντα, εἴτ' οὖν ἀληθὲς, εἴτ' οὖν ψεῦδος· ἀλλ' οὖν δεδογμένον γέ ἐστι, τὸν Σωκράτην διαφέρειν τινὶ τῶν πολλῶν ἀνθρώπων. Εἰ οὖν ὑμῶν οἱ δοκοῦντες διαφέρειν, εἴτε σοφίᾳ, εἴτε ἀνδρείᾳ, εἴτε ἄλλῃ ἡτι

pour parler le langage d'Homère, je ne suis point né d'un chêne ou d'un rocher, mais je suis enfant des hommes; ainsi j'ai des parents, et même des fils; j'en ai trois, un déjà dans l'adolescence, et deux encore en bas âge; cependant je ne les amènerai point ici pour vous conjurer de me faire grâce. Et pourquoi donc ne ferai-je rien de tout cela? Assurément, Athéniens, ce n'est pas par un excès d'arrogance, ni par un manque de respect pour vous; d'ailleurs, il n'est pas question ici de savoir si je suis capable ou non de braver la mort; mais, eu égard à l'opinion qu'une pareille démarche donnerait de vous, de moi et de la république entière, je ne crois pas qu'il soit décent qu'à l'âge où me voilà, et avec la réputation que je me suis faite, méritée ou non, je fasse rien de semblable, puisque enfin c'est une opinion généralement reçue que Socrate a quelques qualités qui le rendent supérieur à la plupart des hommes. En vérité, il serait honteux que

ὅτι ἐμοὶ μέν που,	c'est que à moi certes,
ὦ ἄριστε,	ὁ très-bon (mon cher),
εἰσὶ καί τινες οἰκεῖοι.	sont aussi quelques proches.
Καὶ γὰρ τοῦτο αὐτὸ	Et en effet *selon* ce *passage* même
τὸ τοῦ Ὁμήρου,	celui d'Homère,
ἐγὼ πέφυκα	moi je ne suis né
οὐδὲ ἀπὸ δρυὸς, οὐδὲ ἀπὸ πέτρης,	ni d'un chêne, ni d'un rocher,
ἀλλὰ ἐξ ἀνθρώπων,	mais d'hommes,
ὥστε καί μοί εἰσιν	de-sorte-que à moi aussi sont
οἰκεῖοι, καὶ υἱεῖς γε,	des proches, et des fils même,
ὦ ἄνδρες Ἀθηναῖοι,	ὁ hommes Athéniens,
τρεῖς, εἷς μὲν ἤδη μειράκιον,	trois, *l'*un d'-un-côté déjà adolescent.
δύο δὲ παιδία.	deux d'-un-autre petits-enfants.
Ἀλλὰ ὅμως	Mais cependant
δεήσομαι ὑμῶν	je *ne* prierai *pas* vous
ἀποψηφίσασθαι	de donner-un-suffrage-négatif
ἀναβιβασάμενος δεῦρο	ayant fait-comparaître ici
οὐδένα αὐτῶν.	aucun d'eux.
Τί δὴ οὖν ποιήσω οὐδὲν τούτων;	Or pourquoi donc ne ferai-je rien de [cela?
Οὐκ αὐθαδιζόμενος,	Non étant-orgueilleux,
ὦ ἄνδρες Ἀθηναῖοι,	ὁ hommes Athéniens,
οὐδὲ ἀτιμάζων ὑμᾶς·	ni méprisant vous :
ἀλλὰ εἰ μὲν ἐγὼ ἔχω ἢ μὴ	mais si moi certes je suis ou non
θαρραλέως πρὸς θάνατον,	de-cœur-brave en-face-de la mort,
ἄλλος λόγος·	c'est une autre question ;
πρὸς δὲ οὖν δόξαν,	mais enfin pour la réputation,
οὐ δοκεῖ μοι εἶναι καλὸν	il ne semble pas à moi être beau
καὶ ἐμοί, καὶ ὑμῖν,	et pour moi, et pour vous,
καὶ ὅλῃ τῇ πόλει,	et pour toute la république,
ἐμὲ ποιεῖν οὐδὲν τούτων,	moi faire rien de cela,
καὶ ὄντα τηλικόνδε,	et étant de-cet-âge,
καὶ ἔχοντα τοῦτο τὸ ὄνομα,	et ayant ce renom *que j'ai*,
εἴτε οὖν ἀληθὲς,	soit enfin *qu'il soit* vrai,
εἴτε οὖν ψεῦδος·	soit enfin *qu'il soit* mensonge ;
ἀλλὰ οὖν γέ ἐστι δεδογμένον,	mais pourtant il est convenu,
τὸν Σωκράτην διαφέρειν τινὶ	Socrate l'-emporter en quelque *chose*
τῶν πολλῶν ἀνθρώπων.	sur le grand-nombre des hommes.
Εἴη ἂν οὖν αἰσχρὸν,	Il serait donc honteux,
εἰ οἱ ὑμῶν	si ceux de vous
δοκοῦντες διαφέρειν,	qui-paraissent l'-emporter,

νιοῦν ἀρετῇ, τοιοῦτοι ἔσονται, αἰσχρὸν ἂν εἴη, οἷουσπερ ἐγὼ
πολλάκις ἑώρακά τινας, ὅταν κρίνωνται, δοκοῦντας μέν τι εἶναι,
θαυμάσια δὲ ἐργαζομένους, ὡς δεινόν τι οἰομένους πείσεσθαι,
εἰ ἀποθανοῦνται, ὥσπερ ἀθανάτων ἐσομένων, ἐὰν ὑμεῖς αὐτοὺς
μὴ ἀποκτείνητε· οἳ ἐμοὶ δοκοῦσιν αἰσχύνην τῇ πόλει περιά-
πτειν, ὥστ' ἄν τινα καὶ τῶν ξένων ὑπολαβεῖν, ὅτι οἱ διαφέ-
ροντες Ἀθηναίων εἰς ἀρετὴν, οὓς αὐτοὶ ἑαυτῶν ἔν τε ταῖς
ἀρχαῖς καὶ ταῖς ἄλλαις τιμαῖς προκρίνουσιν, οὗτοι γυναικῶν
οὐδὲν διαφέρουσι. Ταῦτα γὰρ, ὦ ἄνδρες Ἀθηναῖοι, οὔτε ἡμᾶς
χρὴ ποιεῖν τοὺς δοκοῦντας καὶ ὁπητιοῦν τι εἶναι, οὔτ', ἂν ἡμεῖς
ποιῶμεν, ὑμᾶς ἐπιτρέπειν, ἀλλὰ τοῦτο αὐτὸ ἐνδείκνυσθαι,
ὅτι πολὺ μᾶλλον καταψηφιεῖσθε τοῦ τὰ ἐλεεινὰ ταῦτα δράματα
εἰσάγοντος καὶ καταγέλαστον τὴν πόλιν ποιοῦντος, ἢ τοῦ ἡσυχίαν ἄγοντος.

ceux qui parmi vous semblent se distinguer, soit par leur sagesse, soit
par leur courage, soit par quelque autre qualité éminente, ressem-
blassent à tant de gens que j'ai vu jouissant de la considération publique, mais, lorsqu'ils étaient appelés en jugement, descendant à un
excès de lâcheté inconcevable : comme si la mort qu'ils allaient souffrir était un grand mal, comme s'ils s'étaient imaginé ne devoir jamais
mourir, si vous ne les eussiez condamnés à perdre la vie! De tels
hommes, à mon avis, déshonorent leur patrie, au point que les étrangers sont en droit de conclure de leur conduite, que ceux qui, parmi
les Athéniens, se distinguent par leur vertu, ceux que les citoyens
préfèrent à eux-mêmes pour les élever aux magistratures et aux honneurs, ne diffèrent en rien des femmes. Or, Athéniens, voilà ce que
vous ne devez jamais faire, vous qui vous flattez de mériter quelque
estime et quelque gloire ; et si nous étions tentés d'agir ainsi, vous
ne devriez pas le souffrir. Faites voir hautement, au contraire, que
vous condamnerez bien plutôt ceux qui affectent de vous donner de
ces scènes pitoyables et par là couvrent votre ville d'un ridicule humi-
liant, que ceux qui savent garder le silence en pareille occasion.

εἴτε σοφίᾳ, εἴτε ἀνδρείᾳ,	soit en sagesse, soit en courage,
εἴτε ἄλλῃ ἀρετῇ ἡτινιοῦν,	soit par une autre vertu quelconque,
ἔσονται τοιοῦτοι,	seront (sont) tels,
οἵουσπερ ἐγὼ ἑώρακα	que moi j'ai vu
πολλάκις τινὰς,	souvent quelques-uns *d'eux*,
ὅταν κρίνωνται,	lorsqu'ils sont mis-en-jugement,
δοκοῦντας μὲν	paraissant il-est-vrai
εἶναί τι,	être quelque *chose*,
ἐργαζομένους δὲ θαυμάσια,	mais faisant des *choses* étonnantes,
ὡς οἰομένους πείσεσθαι	comme croyant devoir souffrir
τὶ δεινὸν, εἰ ἀποθανοῦνται,	quelque *mal* terrible, s'ils meurent,
ὥσπερ ἐσομένων ἀθανάτων,	comme *eux* devant être immortels,
ἐὰν ὑμεῖς	si vous
μὴ ἀποκτείνητε αὐτούς	vous ne faites-pas-mourir eux :
οἳ δοκοῦσιν ἐμοὶ	lesquels paraissent à moi
περιάπτειν αἰσχύνην τῇ πόλει,	attacher de la honte à la république,
ὥστε τινὰ	au-point quelqu'un
καὶ τῶν ξένων	même des étrangers
ἂν ὑπολαβεῖν,	pouvoir-penser,
ὅτι οἱ Ἀθηναίων	que ceux des Athéniens
διαφέροντες εἰς ἀρετὴν,	qui-l'emportent en vertu,
οὓς αὐτοὶ	ceux-que eux
προκρίνουσιν ἑαυτῶν	préfèrent à eux-mêmes
ἔν τε ταῖς ἀρχαῖς	et dans les magistratures
καὶ ταῖς ἄλλαις τιμαῖς,	et dans les autres honneurs,
οὗτοι διαφέρουσιν οὐδὲν	ceux-là ne l'emportent *en* rien
γυναικῶν.	sur des femmes.
Χρὴ γὰρ, ὦ ἄνδρες Ἀθηναῖοι,	Car il ne faut, ô hommes Athéniens,
οὔτε ἡμᾶς τοὺς δοκοῦντας καὶ	ni nous ceux qui-paraissent aussi
εἶναί τι ὁπητιοῦν	être quelque *chose* quoi que-ce-soit
ποιεῖν ταῦτα,	faire cela,
οὔτε, ἂν ἡμεῖς ποιῶμεν,	ni, si nous, nous *le* faisons,
ὑμᾶς ἐπιτρέπειν,	vous *le* permettre,
ἀλλὰ ἐνδείκνυσθαι τοῦτο αὐτὸ,	mais montrer cela même,
ὅτι καταψηφιεῖσθε πολὺ μᾶλλον	que vous condamnerez bien plutôt
τοῦ εἰσάγοντος	celui qui-introduit
ταῦτα τὰ δράματα ἐλεεινὰ	ces scènes attendrissantes
καὶ ποιοῦντος τὴν πόλιν	et qui-fait la république
καταγέλαστον,	ridicule,
ἢ τοῦ ἄγοντος ἡσυχίαν.	que celui qui-garde le repos.

XXIV. Χωρὶς δὲ τῆς δόξης, ὦ ἄνδρες, οὐδὲ δίκαιόν μοι δοκεῖ
εἶναι δεῖσθαι τοῦ δικαστοῦ, οὐδὲ δεόμενον ἀποφεύγειν, ἀλλὰ
διδάσκειν καὶ πείθειν. Οὐ γὰρ ἐπὶ τούτῳ κάθηται ὁ δικαστὴς,
ἐπὶ τῷ καταχαρίζεσθαι τὰ δίκαια[1], ἀλλ' ἐπὶ τῷ κρίνειν ταῦτα·
καὶ ὀμώμοκεν οὐ χαριεῖσθαι οἷς ἂν δοκῇ αὐτῷ, ἀλλὰ δικάσειν
κατὰ τοὺς νόμους. Οὔκουν χρὴ, οὔτε ἡμᾶς ἐθίζειν ὑμᾶς ἐπιορκεῖν, οὔθ' ὑμᾶς ἐθίζεσθαι· οὐδέτεροι γὰρ ἂν ἡμῶν εὐσεβοῖεν. Μὴ
οὖν ἀξιοῦτέ με, ὦ ἄνδρες Ἀθηναῖοι, τοιαῦτα δεῖν πρὸς ὑμᾶς
πράττειν, ἃ μήτε ἡγοῦμαι καλὰ εἶναι, μήτε δίκαια, μήτε ὅσια,
ἄλλως τε πάντως, νὴ Δία, μάλιστα μέντοι καὶ[2] ἀσεβείας φεύγοντα
ὑπὸ Μελήτου τουτουί. Σαφῶς γὰρ ἂν, εἰ πείθοιμι ὑμᾶς, καὶ τῷ
δεῖσθαι βιαζοίμην ὀμωμοκότας, θεοὺς ἂν διδάσκοιμι μὴ ἡγεῖσθαι
ὑμᾶς εἶναι, καὶ ἀτεχνῶς ἀπολογούμενος κατηγοροίην ἂν ἐμαυτοῦ,
ὡς θεοὺς οὐ νομίζω. Ἀλλὰ πολλοῦ δεῖ οὕτως ἔχειν· νομίζω τε

XXIV. Mais, indépendamment de l'opinion défavorable qui résulte de cet usage, il me semble, Athéniens, que c'est une chose contraire à la justice que de supplier son juge et de s'en faire absoudre à force de sollicitations ; il me semble qu'on doit se borner à l'instruire et à le convaincre ; car ce n'est pas pour sacrifier la justice à la faveur et au désir de plaire, qu'un juge est élevé à cette fonction, c'est pour démêler le juste de ce qui ne l'est pas, et il s'est engagé par serment, non pas à faire grâce à qui bon lui semblerait, mais à juger suivant les lois. Ainsi donc vous ne devez point souffrir que nous vous accoutumions au parjure, ni vous y accoutumer vous-mêmes ; car nous serions les uns et les autres coupables d'impiété. Ne vous imaginez donc point, Athéniens, que j'aille faire auprès de vous des démarches qui ne me paraissent ni honnêtes, ni justes, ni conformes au respect dû aux dieux, et surtout dans cette circonstance où j'ai à repousser l'accusation d'impiété intentée contre moi par Mélitus ici présent. Car il est bien évident que si je parvenais à vous persuader, et, à force de prières et de sollicitations, à vous faire violer votre serment, ce serait vous enseigner à ne pas croire à l'existence des dieux, et fournir par mon apologie la preuve bien claire que je n'y crois pas moi-même. Mais certes il s'en faut beaucoup que la chose

XXIV. Χωρὶς δὲ τῆς δόξης,
ὦ ἄνδρες,
οὐδὲ δοκεῖ μοι εἶναι δίκαιον
δεῖσθαι τοῦ δικαστοῦ,
οὐδὲ ἀποφεύγειν δεόμενον,
ἀλλὰ διδάσκειν καὶ πείθειν.
Ὁ γὰρ δικαστὴς
οὐ κάθηται ἐπὶ τούτῳ,
ἐπὶ τῷ καταχαρίζεσθαι
τὰ δίκαια,
ἀλλὰ ἐπὶ τῷ κρίνειν ταῦτα·
καὶ ὀμώμοκεν οὐ χαριεῖσθαι
οἷς δοκῇ ἂν αὐτῷ,
ἀλλὰ δικάσειν κατὰ τοὺς νόμους.
Οὔκουν χρὴ,
οὔτε ἡμᾶς ἐθίζειν ὑμᾶς
ἐπιορκεῖν,
οὔτε ὑμᾶς ἐθίζεσθαι·
οὐδέτεροι γὰρ ἡμῶν
εὐσεβοῖεν ἄν.
Μὴ οὖν ἀξιοῦτε,
ὦ ἄνδρες Ἀθηναῖοι,
δεῖν με πράττειν πρὸς ὑμᾶς
τοιαῦτα, ἃ ἡγοῦμαι
εἶναι μήτε καλὰ,
μήτε δίκαια, μήτε ὅσια,
ἄλλως τε πάντως,
νὴ Δία,
μάλιστα μέντοι καὶ φεύγοντα
ἀσεβείας
ὑπὸ τουτουὶ Μελήτου.
Εἰ γὰρ ἂν πείθοιμι ὑμᾶς,
καὶ βιαζοίμην τῷ δεῖσθαι
ὀμωμοκότας,
διδάσκοιμι ἂν σαφῶς ὑμᾶς
μὴ ἡγεῖσθαι θεοὺς εἶναι,
καὶ ἀτεχνῶς ἀπολογούμενος
κατηγοροίην ἂν ἐμαυτοῦ,
ὡς οὐ νομίζω θεούς.
Ἀλλὰ δεῖ πολλοῦ

XXIV. Mais à-part la réputation,
ô hommes,
il ne me semble pas être juste
de prier le juge,
ni d'échapper *en* priant,
mais d'instruire et de persuader.
Car le juge
ne siége pas pour cela,
pour le sacrifier-à-la-faveur
les *choses* justes,
mais pour le discerner elles :
et il a juré non de devoir faire-faveur
à *ceux* à qui il semblera-bon à lui,
mais de devoir juger selon les lois.
Il ne faut donc,
ni nous accoutumer vous
à *vous*-parjurer,
ni vous vous-y-accoutumer :
car ni-les-uns-ni-les-autres de nous
n'agiraient-pieusement.
Ne pensez donc pas,
ô hommes Athéniens,
falloir moi faire devant vous
des *choses* telles, lesquelles je pense
n'être ni belles,
ni justes, ni saintes,
et d'ailleurs principalement,
par Jupiter,
surtout certes même *moi* fuyant
l'accusation d'impiété
de-la-part-de ce Mélitus.
Car si je pouvais persuader vous,
et *si* je forçais par le prier
vous qui-avez-juré,
j'enseignerais évidemment à vous
à ne pas croire des dieux exister,
et véritablement *en* me-défendant
je *m*'accuserais moi-même,
que je ne reconnais point de dieux.
Mais il s'-en-faut de beaucoup

γὰρ, ὦ ἄνδρες Ἀθηναῖοι, ὡς οὐδεὶς τῶν ἐμῶν κατηγόρων, καὶ
ὑμῖν ἐπιτρέπω καὶ τῷ θεῷ κρῖναι περὶ ἐμοῦ ὅπῃ μέλλει ἐμοί τε
ἄριστα εἶναι καὶ ὑμῖν.

XXV. Τὸ μὲν μὴ ἀγανακτεῖν, ὦ ἄνδρες Ἀθηναῖοι, ἐπὶ
τούτῳ τῷ γεγονότι, ὅτι μου κατεψηφίσασθε, ἄλλα τέ μοι πολλὰ
ξυμβάλλεται, καὶ οὐκ ἀνέλπιστόν μοι γέγονε τὸ γεγονὸς τοῦτο·
ἀλλὰ πολὺ μᾶλλον θαυμάζω ἑκατέρων τῶν ψήφων τὸν γεγονότα
ἀριθμόν. Οὐ γὰρ ᾤμην ἔγωγε οὕτω παρ' ὀλίγον ἔσεσθαι, ἀλλὰ
παρὰ πολύ· νῦν δὲ, ὡς ἔοικεν, εἰ τρεῖς μόναι μετέπεσον[1] τῶν
ψήφων, ἀποπεφεύγη ἄν. Μέλητον μὲν οὖν, ὡς ἐμοὶ δοκῶ, καὶ
νῦν ἀποπέφευγα, καὶ οὐ μόνον ἀποπέφευγα, ἀλλὰ παντὶ δῆλον
τοῦτό γε, ὅτι, εἰ μὴ ἀνέβη Ἄνυτος καὶ Λύκων κατηγορήσοντες
ἐμοῦ, κἂν ὦφλε χιλίας δραχμὰς, οὐ μεταλαβὼν τὸ πέμπτον μέρος τῶν ψήφων[2].

XXVI. Τιμᾶται δ' οὖν μοι ὁ ἀνὴρ θανάτου. Εἶεν. Ἐγὼ δὲ

soit ainsi : car je suis convaincu de leur existence plus qu'aucun de
mes accusateurs. Oui, Athéniens, je suis dans la ferme confiance,
tant par rapport à eux que par rapport à vous, que le jugement, quel
qu'il soit, qui va être prononcé sur moi, sera ce qu'il peut y avoir de
plus véritablement avantageux pour moi et pour vous.

[Ici les juges ayant été aux voix et leurs suffrages ayant été recueillis, la majo-
rité déclare que Socrate est coupable. Il continue :]

XXV. Ce qui vient de se passer, Athéniens, ne saurait m'émouvoir
bien vivement; beaucoup de motifs contribuent à me le faire envisa-
ger avec calme, et d'ailleurs je m'y étais attendu. Ce qui m'étonne, au
contraire, c'est le nombre des suffrages émis pour et contre moi dans
cette circonstance : car j'étais loin de croire qu'il s'y trouverait si peu
de différence, et j'avais pensé qu'elle serait beaucoup plus considérable. En effet, il paraît qu'il n'aurait fallu que trois voix de plus en
ma faveur, pour que je fusse absous. Je puis donc me flatter d'avoir
échappé à Mélitus; et non-seulement je lui ai échappé, mais il n'y a
personne qui ne voie clairement que si Anytus et Lycon ne s'étaient
joints à lui pour m'accuser, il aurait dû être condamné à une amende
de mille drachmes, comme n'ayant pas obtenu la cinquième partie des
suffrages.

XXVI. C'est donc la peine de mort que cet homme provoque contre

ἔχειν οὕτω·
νομίζω τε γὰρ,
ὦ ἄνδρες Ἀθηναῖοι,
ὡς οὐδεὶς τῶν ἐμῶν κατηγόρων,
καὶ ἐπιτρέπω ὑμῖν καὶ τῷ θεῷ
κρῖναι περὶ ἐμοῦ
ὅπῃ μέλλει εἶναι ἄριστα
ἐμοί τε καὶ ὑμῖν.

en être (qu'il en soit) ainsi .
en effet et je reconnais *des dieux,*
ό hommes Athéniens,
comme pas-un de mes accusateur
et je remets à vous et au dieu
de juger sur moi
comme il doit être le mieux
et pour moi et pour vous.

XXV. Πολλά τε ἄλλα
ξυμβάλλεται μέν μοι,
ὦ ἄνδρες Ἀθηναῖοι,
τὸ μὴ ἀγανακτεῖν
ἐπὶ τούτῳ τῷ γεγονότι,
ὅτι μου κατεψηφίσασθε,
καὶ τοῦτο τὸ γεγονὸς
γέγονέ μοι οὐκ ἀνέλπιστον·
ἀλλὰ θαυμάζω πολὺ μᾶλλον
τὸν ἀριθμὸν γεγονότα
τῶν ψήφων ἑκατέρων.
Ἔγωγε γὰρ οὐκ ᾤμην
ἔσεσθαι οὕτω παρὰ ὀλίγον,
ἀλλὰ παρὰ πολύ·
νῦν δὲ, ὡς ἔοικεν,
εἰ τρεῖς μόναι τῶν ψήφων
μετέπεσον,
ἂν ἀποπεφεύγη.
Νῦν μὲν οὖν,
ὡς δοκῶ ἐμοὶ,
καὶ ἀποπέφευγα Μέλητον,
καὶ οὐ μόνον ἀποπέφευγα,
ἀλλά γε τοῦτο δῆλον
παντὶ,
ὅτι, εἰ Ἄνυτος μὴ ἀνέβη
καὶ Λύκων
κατηγορήσοντες ἐμοῦ,
οὐ μεταλαβὼν
τὸ πέμπτον μέρος τῶν ψήφων,
καὶ ἂν ὦφλε χιλίας δραχμάς.

XXV. Et bien d'autres *raisons*
concourent il-est-vrai à moi,
ό hommes Athéniens,
pour le ne pas m'-indigner
de ce qui-est-arrivé,
savoir, que vous m'avez condamné,
et ce qui-est-arrivé
est arrivé à moi non inattendu :
mais j'admire beaucoup plus
le nombre qui-s'est-trouvé
des suffrages des-deux-partis.
En effet moi-certes je ne pensais pas
devoir être ainsi à peu *près,*
mais à beaucoup *près :*
or maintenant, comme il *me* semble,
si trois seuls des suffrages
étaient tombés-d'un-autre-côté,
j'aurais échappé.
Maintenant donc à-la-vérité,
comme je parais à moi,
et j'ai échappé à Mélitus .
et non seulement je *lui* ai échappé
mais certes cela *est* évident
à tout *homme,*
que, si Anytus ne se-fût pas levé
ainsi-que Lycon
devant accuser moi,
Mélitus n'ayant pas obtenu
la cinquième partie des suffrages,
même il aurait dû mille drachmes.

XXVI. Ὁ ἀνὴρ δὲ οὖν

XXVI. Or *cet* homme donc

δὴ τίνος ὑμῖν ἀντιτιμήσομαι[1], ὦ ἄνδρες Ἀθηναῖοι; ἢ δῆλον ὅτι
τῆς ἀξίας; Τί οὖν; τί ἄξιός εἰμι παθεῖν, ἢ ἀποτίσαι, ὅ τι μαθὼν[2]
ἐν τῷ βίῳ οὐχ ἡσυχίαν ἦγον, ἀλλ᾽ ἀμελήσας, ὧνπερ οἱ πολλοὶ[3],
χρηματισμοῦ τε, καὶ οἰκονομίας, καὶ στρατηγιῶν, καὶ δημηγοριῶν, καὶ τῶν ἄλλων ἀρχῶν, καὶ ξυνωμοσιῶν, καὶ στάσεων τῶν
ἐν τῇ πόλει γιγνομένων, ἡγησάμενος ἐμαυτὸν τῷ ὄντι ἐπιεικέστερον εἶναι, ἢ ὥστε εἰς ταῦτ᾽ ἰόντα σώζεσθαι, ἐνταῦθα μὲν οὐκ
ἦα, οἷ ἐλθὼν μήτε ὑμῖν μήτε ἐμαυτῷ ἔμελλον μηδὲν ὄφελος
εἶναι, ἐπὶ δὲ τὸ ἰδίᾳ ἕκαστον ἰὼν εὐεργετεῖν τὴν μεγίστην εὐεργεσίαν, ὡς ἐγώ φημι, ἐνταῦθα ᾖα, ἐπιχειρῶν ἕκαστον ὑμῶν πείθειν, μὴ πρότερον μήτε τῶν ἑαυτοῦ μηδενὸς ἐπιμελεῖσθαι, πρὶν
ἑαυτοῦ ἐπιμεληθείη, ὅπως ὡς βέλτιστος καὶ φρονιμώτατος ἔσοιτο,

moi ; à a bonne heure : mais moi, Athéniens, quelle peine choisirai-
je ? Il est clair que ce doit être celle que je mérite. Or à quelle peine
afflictive ou à quelle amende ai-je donc mérité d'être condamné ? Si,
négligeant pendant toute ma vie le soin de mes propres affaires, j'ai
dédaigné ce qui excite le plus l'ambition de la plupart des hommes,
les moyens d'amasser des richesses, l'administration des biens domes-
tiques, le commandement des armées, les fonctions d'orateur et les
autres magistratures ; si jamais je n'ai pris part aux conjurations et
aux cabales, qui ont été si fréquentes dans la république, persuadé
que j'étais trop honnête pour ne pas risquer d'y perdre la vie sans
pouvoir être utile ni à vous, ni à moi-même ; si, d'un autre côté, j'ai
adopté de préférence un genre de vie qui me fournissait plus de moyens
de rendre à chacun de vous le plus précieux de tous les services, en
m'attachant à vous bien convaincre chacun en particulier que rien de
ce qui vous appartient ne devait vous intéresser plus que vous-mêmes, et que l'étude et la recherche de tout ce qui était capable de
vous rendre le plus vertueux et le plus sages qu'il était possible ;

Εἶεν.

Ἐγὼ δὲ δὴ
τίνος ἀντιτιμήσομαι ὑμῖν,
ὦ ἄνδρες Ἀθηναῖοι;
ἢ δῆλον
ὅτι τῆς ἀξίας;
Τί οὖν; τί εἰμι ἄξιος
παθεῖν, ἢ ἀποτίσαι,
ὅ τι μαθὼν
οὐκ ἦγον ἡσυχίαν ἐν τῷ βίῳ,
ἀλλὰ ἀμελήσας
ὧνπερ οἱ πολλοί,
χρηματισμοῦ τε,
καὶ οἰκονομίας,
καὶ στρατηγιῶν,
καὶ δημηγοριῶν,
καὶ τῶν ἄλλων ἀρχῶν,
καὶ ξυνωμοσιῶν, καὶ στάσεων
τῶν γιγνομένων ἐν τῇ πόλει,
ἡγησάμενος ἐμαυτὸν·
εἶναι τῷ ὄντι ἐπιεικέστερον,
ἢ ὥστε σώζεσθαι
ἰόντα εἰς ταῦτα,
οὐκ ᾖα μὲν ἐνταῦθα,
οἷ ἐλθὼν ἔμελλον
εἶναι μηδὲν ὄφελος
μήτε ὑμῖν μήτε ἐμαυτῷ,
ᾖα δὲ ἐνταῦθα,
ὡς ἐγώ φημι,
ἐπὶ τὸ ἰὼν
εὐεργετεῖν ἕκαστον ἰδίᾳ
τὴν μεγίστην εὐεργεσίαν,
ἐπιχειρῶν πείθειν
ἕκαστον ὑμῶν,
μὴ ἐπιμελεῖσθαι
μήτε μηδενὸς τῶν ἑαυτοῦ
πρότερον, πρὶν
ἐπιμεληθείη ἑαυτοῦ,
ὅπως ἔσοιτο ὡς βέλτιστος
καὶ φρονιμώτατος,

Soit.

Mais moi certes
que requerrai-je-à-mon-tour de vous,
ô hommes Athéniens?
ou *n'est-il pas* évident
que *je requerrai* ce qui-m'est-dû?
Quoi donc? que suis-je digne
de souffrir, ou de payer,
comme quoi (parce que) ayant appris
je *n'ai* pas gardé la paix en *ma* vie,
mais ayant négligé *les choses*
que la plupart *recherchent*,
et le moyen-de-gagner-de-l'argent,
et la direction-d'une-maison,
et les commandements-d'armées,
et les discours-au-peuple,
et les autres emplois,
et les conjurations, et les factions
qui ont-lieu dans la ville,
ayant pensé moi-même
être dans la réalité plus modéré
qu'*il ne faut* pour me sauver
en allant à ces *affaires*,
d'une-part je ne suis pas allé là
où étant allé je devais
n'être *d'*aucune utilité
ni pour vous ni pour moi-même,
d'autre-part je suis allé là,
comme moi je *le* dis,
pour le *y* allant
servir chacun en-particulier
du plus grand service,
entreprenant de persuader
chacun de vous,
de ne s'-occuper
ni de rien des *choses* de soi
avant que
il *ne* se-fût occupé de soi-même,
comment il serait le meilleur
et le plus sage qu'*il est possible*,

μήτε τῶν τῆς πόλεως, πρὶν αὐτῆς τῆς πόλεως, τῶν τε ἄλλων
οὕτω κατὰ τὸν αὐτὸν τρόπον ἐπιμελεῖσθαι. Τί οὖν εἰμι ἄξιος
παθεῖν, τοιοῦτος ὤν; Ἀγαθόν τι, ὦ ἄνδρες Ἀθηναῖοι, εἰ δεῖ γε
κατὰ τὴν ἀξίαν τῇ ἀληθείᾳ τιμᾶσθαι· καὶ ταῦτά γε ἀγαθὸν τοιοῦτον, ὅ τι ἂν πρέποι ἐμοί. Τί οὖν πρέπει ἀνδρὶ πένητι εὐεργέτῃ,
δεομένῳ ἄγειν σχολὴν ἐπὶ τῇ ὑμετέρᾳ παρακελεύσει; οὐκ ἔσθ' ὅ
τι μᾶλλον, ὦ ἄνδρες Ἀθηναῖοι, πρέπει οὕτως, ὡς[1] τὸν τοιοῦτον
ἄνδρα ἐν πρυτανείῳ σιτεῖσθαι[2], πολύ γε μᾶλλον ἢ εἴ τις ὑμῶν
ἵππῳ, ἢ ξυνωρίδι, ἢ ζεύγει[3] νενίκηκεν Ὀλυμπιάσιν. Ὁ μὲν γὰρ
ὑμᾶς ποιεῖ εὐδαίμονας δοκεῖν εἶναι, ἐγὼ δὲ εἶναι· καὶ ὁ μὲν
τροφῆς οὐδὲν δεῖται, ἐγὼ δὲ δέομαι. Εἰ οὖν δεῖ με κατὰ τὸ
δίκαιον τῆς ἀξίας τιμᾶσθαι, τούτου τιμῶμαι, ἐν πρυτανείῳ σιτήσεως.

XXVII. Ἴσως οὖν ὑμῖν καὶ ταυτὶ λέγων παραπλησίως δοκῶ
λέγειν, ὥσπερ περὶ τοῦ οἴκτου καὶ τῆς ἀντιβολήσεως, ἀπαυθα-

qu'on ne doit point donner ses soins aux choses de la république plutôt qu'à la république elle-même, et qu'il en est ainsi de tout le reste;
si, dis-je, telle a été ma conduite dans tous les temps, que mérité-
je pour cela? Je ne craindrai pas de le dire, Athéniens, c'est une
récompense que vous me devez, du moins si vous voulez me traiter
selon mon mérite, et même une récompense qui puisse me convenir.
Or qu'est-ce qui peut convenir à un homme pauvre, votre bienfaiteur,
et qui a besoin d'avoir du loisir, pour ne songer qu'aux conseils utiles
qu'il doit vous donner? Il n'y a rien, Athéniens, qui pût mieux lui
convenir que d'être nourri dans le Prytanée, aux dépens du public,
et assurément il mérite de beaucoup la préférence à cet égard sur tel
ou tel qui aura remporté le prix aux jeux olympiques, soit de la
course à cheval, soit de celle des chars à deux ou à trois et quatre
chevaux; car celui-ci ne vous rend heureux qu'en apparence, moi,
je vous enseigne à l'être en effet; celui-ci a suffisamment de quoi
vivre, et moi je n'ai rien. Si donc vous voulez que je déclare quel
traitement je mérite, selon la justice, je vous l'ai dit, c'est d'être
nourri dans le Prytanée.

XXVII. Peut-être ne verrez-vous dans ce langage, comme dans ce
que j'ai dit précédemment au sujet des supplications ou des sollicita-

μήτε τῶν τῆς πόλεως,   ni des *affaires* de l'État,

πρὶν τῆς πόλεως αὐτῆς,   avant *de s'occuper* de l'État même,

ἐπιμελεῖσθαί τε τῶν ἄλλων   et de s'-occuper des autres *intérêts*

οὕτω κατὰ τὸν αὐτὸν τρόπον.   ainsi de la même manière.

Τί οὖν εἰμι ἄξιος παθεῖν,   Quoi donc suis-je digne de souffrir,

ὢν τοιοῦτος;   étant tel ?

Τὶ ἀγαθὸν,   Quelque bien,

ὦ ἄνδρες Ἀθηναῖοι,   ô hommes Athéniens,

εἴ γε δεῖ τιμᾶσθαι   si du-moins il faut requérir

τῇ ἀληθείᾳ   dans la vérité

κατὰ τὴν ἀξίαν·   selon ce qui-*m'*est-dû :

καὶ ταῦτά γε ἀγαθὸν τοιοῦτον,   et cela certes un bien tel,

ὅ τι ἂν πρέποι ἐμοί.   qui puisse-convenir à moi.

Τί οὖν πρέπει   Quoi donc convient

ἀνδρὶ πένητι εὐεργέτῃ,   à un homme pauvre bienfaiteur,

δεομένῳ ἄγειν σχολὴν   qui-a-besoin d'avoir du loisir

ἐπὶ τῇ ὑμετέρᾳ παρακελεύσει,   pour votre conseil (vous conseiller)?

οὐκ ἔστιν ὅ τι πρέπει μᾶλλον,   il n'est *rien* qui convienne plus,

ὦ ἄνδρες Ἀθηναῖοι,   ô hommes Athéniens,

οὕτως, ὡς τοιοῦτον ἄνδρα   ainsi, comme un tel homme

σιτεῖσθαι ἐν πρυτανείῳ,   être nourri au prytanée,

πολύ γε μᾶλλον   et *cela lui convient* beaucoup plus

ἢ εἴ τις ὑμῶν   que si quelqu'un de vous

νενίκηκεν ἵππῳ,   avait vaincu à cheval,

ἢ ξυνωρίδι,   ou avec un char-à-deux-chevaux,

ἢ ζεύγει   ou avec un attelage *plus grand*

Ὀλυμπιάσιν.   aux jeux-olympiques.

Ὁ μὲν γὰρ ποιεῖ ὑμᾶς   En effet celui-ci fait vous

δοκεῖν εἶναι εὐδαίμονας,   paraître être heureux,

ἐγὼ δὲ εἶναι·   mais moi *je fais vous* être *heureux*

καὶ ὁ μὲν οὐδὲν δεῖται τροφῆς,   et lui n'a pas besoin de nourriture,

ἐγὼ δὲ δέομαι.   mais moi j'*en* ai-besoin.

Εἰ οὖν δεῖ με τιμᾶσθαι   Si donc il faut moi requérir

κατὰ τὸ δίκαιον τῆς ἀξίας,   selon le juste ce qui-*m'*est-dû

τιμῶμαι τούτου,   je requiers ceci,

σιτήσεως ἐν πρυτανείῳ.   *ma* nourriture au prytanée.

XXVII. Ἴσως οὖν λέγων ταυτὶ   XXVII. Or peut-être *en* disant cela

δοκῶ ὑμῖν λέγειν   je parais à vous parler

καὶ παραπλησίω;   semblablement aussi

ἀπαυθαδιζόμενος.   étant-arrogant,

οἰζόμενος· τὸ δὲ οὐκ ἔστιν, ὦ ἄνδρες Ἀθηναῖοι, τοιοῦτεν, ἀλλὰ
τοιόνδε μᾶλλον. Πέπεισμαι ἐγὼ ἑκὼν εἶναι[1] μηδένα ἀδικεῖν ἀνθρώπων, ἀλλὰ ὑμᾶς τοῦτο οὐ πείθω· ὀλίγον γὰρ χρόνον ἀλλήλοις
διειλέγμεθα· ἐπεὶ, ὡς ἐγῷμαι, εἰ ἦν ὑμῖν νόμος, ὥσπερ καὶ
ἄλλοις ἀνθρώποις, περὶ θανάτου μὴ μίαν ἡμέραν μόνην κρίνειν,
ἀλλὰ πολλὰς, ἐπείσθητε ἄν· νῦν δ' οὐ ῥᾴδιον ἐν χρόνῳ ὀλίγῳ
μεγάλας διαβολὰς ἀπολύεσθαι. Πεπεισμένος δὴ ἐγὼ μηδένα ἀδικεῖν, πολλοῦ δέω ἐμαυτόν γε ἀδικήσειν, καὶ κατ' ἐμαυτοῦ ἐρεῖν
αὐτὸς, ὡς ἄξιός εἰμί του κακοῦ, καὶ τιμήσεσθαι τοιούτου τινὸς
ἐμαυτῷ. Τί δείσας; Ἦ μὴ πάθω τοῦτο, οὗ Μέλητός μοι τιμᾶται,
ὃ φημι οὐκ εἰδέναι οὔτ' εἰ ἀγαθὸν οὔτ' εἰ κακόν ἐστιν; ἀντὶ τούτου δὴ ἕλωμαί τι ὧν εὖ οἶδ' ὅτι κακῶν ὄντων[2], τούτου τιμησά-

tions, que l'effet d'une arrogance excessive; mais ce n'est pas cela,
Athéniens; voici plutôt mon véritable motif. Je suis dans la ferme
persuasion que je n'ai jamais commis une injustice envers qui que ce
soit; cependant vous aurez bien de la peine à me croire, car il n'y a
que quelques instants que nous nous entretenons ensemble, au lieu
que, si la loi ordonnait ici, comme elle fait chez beaucoup d'autres
peuples, de ne pas prononcer dans un seul jour sur le sort d'un
accusé, mais de différer de plusieurs jours sa condamnation, peut-
être vous laisseriez-vous persuader, tandis qu'il est difficile de détruire
en si peu de temps des calomnies si invétérées. Quoi qu'il en soit,
persuadé que je n'ai jamais été injuste envers personne, je suis bien
éloigné de vouloir 'être envers moi-même, de déclarer que je mérite
de souffrir quelque mal, et de prononcer contre moi-même une semblable peine. Quoi donc! dans la crainte de cette peine provoquée
contre moi par Mélitus, et de laquelle j'ai dit que je ne sais pas si
elle est un bien ou un mal, irai-je choisir de préférence quelqu'une de

ὥσπερ περὶ τοῦ οἴκτου	comme au-sujet-de la pitié
καὶ τῆς ἀντιβολήσεως·	et des supplications :
τὸ δὲ, ὦ ἄνδρες Ἀθηναῖο:,	mais la *chose*, ô hommes Athéniens,
οὐκ ἔστι τοιοῦτον,	n'est point telle,
ἀλλὰ μᾶλλον τοιόνδε.	mais plutôt telle *que voici*.
Ἐγὼ πέπεισμαι	Moi je suis convaincu
ἀδικεῖν	n'être-coupable-envers
μηδένα ἀνθρώπων	aucun des hommes
εἶναι ἑκὼν,	*de manière à l'*être de-plein-gré.
ἀλλὰ οὐ πείθω τοῦτο ὑμᾶς	mais je ne persuade pas cela à vou
διειλέγμεθα γὰρ	car nous-nous-sommes-entretenus
ὀλίγον χρόνον	peu-de temps
ἀλλήλοις·	les-uns-avec-les-autres :
ἐπεὶ, ὡς ἐγὼ οἶμαι,	puisque, comme moi je *le* pense,
εἰ νόμος ἦν ὑμῖν,	si une loi était à vous,
ὥσπερ καὶ ἄλλοις ἀνθρώποις,	comme aussi à d'autres hommes,
κρίνειν περὶ θανάτου	de juger à mort
μὴ μίαν μόνην ἡμέραν,	non en un seul jour,
ἀλλὰ πολλὰς,	mais en plusieurs,
ἂν ἐπείσθητε·	vous auriez été persuadés :
νῦν δὲ οὐ ῥάδιον	mais maintenant *il* n'est pas facile
ἀπολύεσθαι ἐν ὀλίγῳ χρόνῳ	de détruire en peu-de temps
μεγάλας διαβολάς.	de grandes calomnies.
Ἐγὼ δὴ πεπεισμένος	Or moi étant convaincu
ἀδικεῖν μηδένα,	n'être-coupable-envers personne,
δέω πολλοῦ γε	je suis-éloigné de beaucoup certes
ἀδικήσειν ἐμαυτὸν,	de devoir être-coupable-envers moi,
καὶ ἐρεῖν αὐτὸς	et de devoir dire moi-même
κατὰ ἐμαυτοῦ,	contre moi-même,
ὡς εἰμι ἄξιός του κακοῦ,	que je suis digne de quelque mal,
καὶ τιμήσεσθαι	et de devoir infliger
ἐμαυτῷ τινος τοιούτόν.	à moi-même quelque *chose de* tel.
Τί δείσας;	Quoi ayant craint *le ferais-je?*
Ἢ μὴ πάθω	Est-ce pour que je ne souffre pas
τοῦτο, οὗ Μέλητος τιμᾶταί μοι,	cela, que Mélitus requiert contre moi
ὅ φημι οὐκ εἰδέναι	ce-que je dis ne pas savoir
οὔτε εἰ ἐστιν ἀγαθὸν	ni si c'est un bien
οὔτε εἰ κακόν;	ni si c'est un mal?
ἀντὶ τούτου δὴ	or au-lieu de cela
ἕλωμαί τι	choisirais-je quelqu'une

μενος; Πότερον δεσμοῦ; καὶ τί με δεῖ ζῆν ἐν δεσμωτηρίῳ, δου-
λεύοντα τῇ ἀεὶ καθισταμένῃ ἀρχῇ [τοῖς Ἕνδεκα]¹; Ἀλλὰ χρημάτων, καὶ δεδέσθαι ἕως ἂν ἐκτίσω; ἀλλὰ ταὐτόν μοί ἐστιν
ὅπερ νῦν δὴ ἔλεγον· οὐ γὰρ ἔστι μοι χρήματα ὁπόθεν ἐκτίσω.
Ἀλλὰ δὴ φυγῆς τιμήσομαι; ἴσως γὰρ ἄν μοι τούτου τιμήσαιτε.
Πολλὴ μέντ' ἄν με φιλοψυχία ἔχοι, ὦ ἄνδρες Ἀθηναῖοι, εἰ οὕτως
ἀλόγιστός εἰμι, ὥστε μὴ δύνασθαι λογίζεσθαι ὅτι ὑμεῖς μὲν ὄντες
πολῖταί μου οὐχ οἷοί τε ἐγένεσθε ἐνεγκεῖν τὰς ἐμὰς διατριβὰς καὶ
τοὺς λόγους, ἀλλ' ὑμῖν βαρύτεραι γεγόνασι καὶ ἐπιφθονώτεραι,
ὥστε ζητεῖτε αὐτῶν νυνὶ ἀπαλλαγῆναι· ἄλλοι δὲ ἄρα αὐτὰς
οἴσουσι ῥαδίως. Πολλοῦ γε δεῖ, ὦ ἄνδρες Ἀθηναῖοι. Καλὸς οὖν
ἄν μοι ὁ βίος εἴη, ἐξελθόντι τηλικῷδε ἀνθρώπῳ, ἄλλην ἐξ
ἄλλης πόλιν πόλεως ἀμειβομένῳ καὶ ἐξελαυνομένῳ ζῆν. Εὖ γὰρ

celles que je sais très-certainement être des maux, et m'y condamner
moi-même ? Choisirai-je la prison, par exemple, et la perspective de
vivre chargé de fers, sans cesse esclave du pouvoir des Onze, soit
ceux d'aujourd'hui, soit ceux qui leur succéderont ? Ou bien choisirai-je plutôt de payer une somme d'argent, et la prison jusqu'à ce
que j'aie payé ? Mais c'est encore le même inconvénient que je disais
tout à l'heure, puisque je n'ai point d'argent pour payer. Enfin me
condamnerai-je au bannissement ? car peut-être est-ce là ce à quoi
vous consentirez. Mais ne faudrait-il pas, Athéniens, que je fusse bien
obstinément attaché à la vie et étrangement dépourvu de raison pour
ne pas comprendre que si vous, qui êtes mes concitoyens, n'avez pas
pu supporter ma conversation et mes discours, si même ils vous sont
devenus importuns et odieux au point que vous cherchez aujourd'hui
à vous en affranchir, d'autres auront encore plus de peine à les endurer ? Non, Athéniens, je ne suis pas assez insensé ; d'ailleurs ne serait-
ce pas une vie bien honorable pour moi, vieux comme je le suis, que
d'aller errant de ville en ville, banni de toutes, comme je l'aurais été

ὧν οἶδα εὖ ὅτι	des *choses* que je sais bien que
ὄντων κακῶν,	étant (elles sont) mauvaises,
τιμησάμενος τούτου;	ayant requis cette *chose ?*
Πότερον δεσμοῦ;	Est-ce-que *je requerrai* les fers ?
καὶ τί δεῖ με	et pourquoi faut-il moi
ζῆν ἐν δεσμωτηρίῳ,	vivre en prison,
δουλεύοντα τῇ ἀρχῇ	étant-esclave du pouvoir
καθισταμένῃ ἀεὶ	qui-s'-établit successivement,
[τοῖς Ἕνδεκα];	[des Onze] ?
Ἀλλὰ χρημάτων,	Mais *requerrai-je* de l'argent *à payer,*
καὶ δεδέσθαι	et d'être enchaîné
ἕως ἐκτίσω ἄν;	jusqu'à-ce-que j'aie payé?
ἀλλά ἐστί μοι τὸ αὐτὸ	mais c'est pour moi la même *chose*
ὅπερ νῦν δὴ ἔλεγον·	que tout-à-l'heure certes je disais :
χρήματα γὰρ οὐκ ἔστι μοι	car de l'argent n'est pas à moi
ὁπόθεν ἐκτίσω.	d'où je puisse-payer.
Ἀλλὰ δὴ τιμήσομαι φυγῆς,	Mais certes requerrai-je l'exil?
ἴσως γὰρ	peut-être en effet
ἂν τιμήσαιτέ μοι τούτου.	voudrez-vous condamner moi à cela.
Πολλὴ μέντοι φιλοψυχία	Mais un grand amour-de-la-vie
ἔχοι ἄν με, ὦ ἄνδρες Ἀθηναῖοι,	tiendrait moi, ô hommes Athéniens,
εἰ εἰμι οὕτως ἀλόγιστος,	si je suis tellement irréfléchi,
ὥστε μὴ δύνασθαι λογίζεσθαι	au-point-de ne pouvoir songer
ὅτι ὑμεῖς μὲν	que vous d'une-part
ὄντες πολῖταί μου	étant concitoyens de moi
οὐκ ἐγένεσθε οἷοί τε	n'avez pas été capables
ἐνεγκεῖν τὰς ἐμὰς διατριβὰς	de supporter mes entretiens
καὶ τοὺς λόγους,	et *mes* discours,
ἀλλὰ γεγόνασιν ὑμῖν	mais qu'ils sont devenus à vous
βαρύτεραι καὶ ἐπιφθονώτεραι,	trop importuns et trop odieux,
ὥστε ζητεῖτε	au-point-que vous cherchez
ἀπαλλαγῆναι αὐτῶν νυνί·	à vous débarrasser d'eux maintenant;
ἄλλοι δὲ ἄρα	et *que* d'autre-part certes d'autres
οἴσουσι αὐτὰς ῥᾳδίως·	supporteront eux plus facilement.
Δεῖ γε πολλοῦ,	Certes il s'-en-faut de beaucoup,
ὦ ἄνδρες Ἀθηναῖοι.	ô hommes Athéniens.
Ὁ οὖν βίος εἴη ἂν καλός μοι,	La vie donc serait belle à moi,
ζῆν ἐξελθόντι	de vivre étant sorti-d'*Athènes*,
ἀνθρώπῳ τηλικῷδε,	*moi* homme de-cet-âge,
ἀμειβομένῳ ἄλλην πόλιν	passant dans une autre ville

οἶδ' ὅτι, ὅποι ἂν ἔλθω, λέγοντος ἐμοῦ ἀκροάσονται οἱ νέοι,
ὥσπερ ἐνθάδε. Κἂν μὲν τούτους ἀπελαύνω, οὗτοι ἐμὲ αὐτοὶ ἐξελῶσι[1], πείθοντες τοὺς πρεσβυτέρους· ἐὰν δὲ μὴ ἀπελαύνω, οἱ
τούτων πατέρες τε καὶ οἰκεῖοι δι' αὐτοὺς τούτους.

XXVIII. Ἴσως οὖν ἄν τις εἴποι· Σιγῶν δὲ καὶ ἡσυχίαν ἄγων,
ὦ Σώκρατες, οὐχ οἷός τ' ἔσει ἡμῖν ἐξελθὼν ζῆν; Τουτὶ δή ἐστι
πάντων χαλεπώτατον πεῖσαί τινας ὑμῶν. Ἐάν τε γὰρ λέγω ὅτι
τῷ θεῷ ἀπειθεῖν τοῦτ' ἐστί, καὶ διὰ τοῦτ' ἀδύνατον ἡσυχίαν
ἄγειν, οὐ πείσεσθέ μοι, ὡς εἰρωνευομένῳ· ἐάν τ' αὖ λέγω ὅτι καὶ
τυγχάνει μέγιστον ἀγαθὸν ὂν ἀνθρώπῳ τοῦτο, ἑκάστης ἡμέρας
περὶ ἀρετῆς τοὺς λόγους ποιεῖσθαι, καὶ τῶν ἄλλων περὶ ὧν ὑμεῖς
ἐμοῦ ἀκούετε διαλεγομένου, καὶ ἐμαυτὸν καὶ ἄλλους ἐξετάζοντος,
ὁ δὲ ἀνεξέταστος βίος οὐ βιωτὸς ἀνθρώπῳ, ταῦτα δ' ἔτι ἧττον

de celle-ci ? Car, je ne l'ignore pas, partout où j'irai, les jeunes gens
s'empresseront de m'entendre comme ils l'ont fait ici ; et, si je veux
les éloigner de moi, ils persuaderont aux hommes plus âgés de me
bannir ; si je ne les éloigne pas, ce seront leurs pères et leurs parents
qui me banniront à cause d'eux.

XXVIII. Et ici quelqu'un me dira peut-être : Mais, Socrate, une
fois sorti de cette ville, est-ce qu'il ne te serait pas possible de vivre
en gardant le silence et en ne te mêlant de rien ? Voilà ce qu'il y a au
monde de plus difficile à persuader à quelques-uns d'entre vous. Car
si je dis que ce serait désobéir au dieu, et que par conséquent il m'est
impossible de garder le silence, vous ne me croirez pas, et vous pen-
serez que je ne parle pas sérieusement ; et, d'un autre côté, si je dis
que ce qu'il y a de plus essentiel pour l'homme, c'est de méditer et
de discourir chaque jour sur la vertu et sur les autres objets dont vous
m'avez entendu vous entretenir, s'examinant et soi-même et les autres ; qu'une vie où l'on néglige ce soin n'est véritablement pas digne

ἐξ ἄλλης πόλεως	au-sortir d'une autre ville
καὶ ἐξελαυνομένω.	et étant chassé.
Οἶδα γὰρ εὖ ὅτι,	Car je sais bien que,
ὅποι ἔλθω ἂν,	partout-où j'irai,
οἱ νέοι ἀκροάσονται·	les jeunes-gens écouteront
ἐμοῦ λέγοντος,	moi parlant,
ὥσπερ ἐνθάδε.	comme ici.
Καὶ μὲν εἂν ἀπελαύνω τούτους,	Et d'une-part si je chasse eux
οὗτοι αὐτοὶ ἐξελῶσιν ἐμὲ,	eux mêmes chasseront moi,
πείθοντες τοὺς πρεσβυτέρους·	persuadant les plus âgés ;
ἐὰν δὲ μὴ ἀπελαύνω,	d'autre-part si je ne *les* chasse pas,
οἱ πατέρες τε καὶ οἰκεῖοι τούτων	et les pères et les parents d'eux
διὰ τούτους αὐτούς.	*me chasseront* à-cause d'eux mêmes.
XXVIII. Ἴσως οὖν τις	XXVIII. Peut-être donc quelqu'un
ἂν εἴποι·	pourra-dire :
Ἐξελθὼν δὲ, ὦ Σώκρατες,	« Mais étant sorti *d'ici*, ô Socrate,
οὐκ ἔσει οἷός τε ἡμῖν	ne seras-tu pas capable à nous
ζῆν σιγῶν	de vivre te-taisant
καὶ ἄγων ἡσυχίαν;	et gardant le repos ?
Τουτὶ δή ἐστι	Certes cette *chose* est
χαλεπώτατον πάντων	la plus difficile de toutes
πεῖσαί τινας ὑμῶν.	à persuader à quelques-uns de vous.
Ἐάν τε γὰρ λέγω	Car et si je dis
ὅτι τοῦτό ἐστιν ἀπειθεῖν τῷ θεῷ,	que cela est désobéir au dieu,
καὶ διὰ τοῦτο	et *que* par cette *raison*
ἄγειν ἡσυχίαν ἀδύνατον,	garder le repos *m'est* impossible.
οὐ πείσεσθέ μοι,	vous ne croirez pas moi,
ὡς εἰρωνευομένῳ·	comme parlant-avec-ironie :
ἐάν τε αὖ λέγω	et si au-contraire je dis
ὅτι καὶ τοῦτο	que même cela
τυγχάνει ὂν ἀνθρώπῳ	se-trouve étant pour l'homme
μέγιστον ἀγαθὸν,	le plus grand bien,
ποιεῖσθαι ἑκάστης ἡμέρας	de faire chaque jour
τοὺς λόγους περὶ ἀρετῆς,	des discours sur la vertu,
καὶ τῶν ἄλλων	et *sur* les autres *sujets*
περὶ ὧν ὑμεῖς	sur lesquels vous
ἀκούετε ἐμοῦ διαλεγομένου,	vous entendez moi m'-entretenant,
καὶ ἐξετάζοντος	et examinant
ἐμαυτὸν καὶ ἄλλους,	moi-même et les autres,
ὁ δὲ βίος ἀνεξέταστος	or la vie non-examinée

πείσεσθέ μοι λέγοντι. Τὰ δὲ ἔχει μὲν οὕτως, ὡς ἐγώ φημι, ὦ ἄνδρες, πείθειν δὲ οὐ ῥάδια. Καὶ ἐγὼ ἅμ’ οὐκ εἴθισμαι ἐμαυτὸν
ἀξιοῦν κακοῦ οὐδενός. Εἰ μὲν γὰρ ἦν μοι χρήματα, ἐτιμησάμην
ἂν χρημάτων, ὅσα ἔμελλον ἐκτίσειν· οὐδὲν γὰρ ἂν ἐβλάβην· νῦν
δέ [1].... οὐ γὰρ ἔστιν, εἰ μὴ ἄρα ὅσον ἂν ἐγὼ δυναίμην ἐκτῖσαι,
τοσούτου βούλεσθέ μοι τιμῆσαι. Ἴσως δ’ ἂν δυναίμην ἐκτῖσαι
ὑμῖν που μνᾶν ἀργυρίου· τοσούτου οὖν τιμῶμαι. Πλάτων δὲ ὅδε,
ὦ ἄνδρες Ἀθηναῖοι, καὶ Κρίτων, καὶ Κριτόβουλος, καὶ Ἀπολλόδωρος κελεύουσί με τριάκοντα μνῶν τιμήσασθαι, αὐτοὶ δ’ ἐγγυᾶσθαι [2]· τιμῶμαι οὖν τοσούτου· ἐγγυηταὶ δ’ ὑμῖν ἔσονται τοῦ
ἀργυρίου οὗτοι ἀξιόχρεω.

  XXIX. Οὐ πολλοῦ γ’ ἕνεκα χρόνου, ὦ ἄνδρες Ἀθηναῖοι,
ὄνομα ἕξετε καὶ αἰτίαν ὑπὸ τῶν βουλομένων τὴν πόλιν λοιδορεῖν,

de l’homme, vous me croirez encore bien moins. Ce que je vous dis
ici, Athéniens, c’est pourtant la vérité ; mais cela n’est pas facile à
persuader : au reste, je ne suis pas accoutumé à me juger digne de
souffrir aucun mal. Si je possédais des richesses, je me condamnerais
volontiers à payer une amende ; car cela ne me causerait aucun dommage, mais dans la circonstance présente.... car enfin je n’ai rien....
à moins que vous ne consentiez à m’imposer l’amende que je suis en
état de payer, et cela pourrait bien aller à la valeur d’une mine : c’est
donc à cette somme que je me condamne. Cependant, Athéniens,
Platon que vous voyez ici, Criton, Critobule et Apollodore veulent
que je consente à payer trente mines, et ils s’offrent pour être mes
garants ; c’est donc en dernier lieu l’amende à laquelle je me condamne, et assurément les cautions que je vous présente sont très-sol-
vables.

  [Ici les juges vont aux voix pour la seconde fois, et la peine de mort est pro-
noncée contre Socrate. Il poursuit :]

  XXIX. Pour n’avoir pas eu la patience d’attendre un peu de temps,
Athéniens, vous vous verrez en butte aux reproches et aux diffama-

οὐ βιωτὸς ἀνθρώπῳ,	n'*est* pas a-vivre pour l'homme,
πείσεσθε δὲ ἔτι ἧττόν μοι	mais vous croirez encore moins moi
λέγοντι ταῦτα.	disant cela.
Τὰ δὲ ἔχει μὲν οὕτως,	Or ces *choses* sont il-est-vrai ainsi,
ὡς ἐγώ φημι, ὦ ἄνδρες,	que moi je dis, ô hommes,
οὐ δὲ ῥᾴδια πείθειν.	mais non faciles à persuader.
Καὶ ἐγὼ ἅμα	Et moi en-même-temps
οὐκ εἴθισμαι	je n'ai point été-habitué
ἀξιοῦν ἐμαυτὸν	à *me* juger-digne moi-même
οὐδενὸς κακοῦ.	d'aucun mal.
Εἰ μὲν γὰρ χρήματα	En effet à-la-vérité si de l'argent
ἦν μοι,	était à moi,
ἂν ἐτιμησάμην χρημάτων.	j'aurais requis de l'argent *à payer*,
ὅσα ἔμελλον ἐκτίσειν·	autant-que j'*en* pourrais payer ;
ἂν ἐβλάβην γὰρ οὐδέν·	car je n'aurais été lésé *en* rien ;
νῦν δέ....	mais maintenant....
οὐ γὰρ ἔστιν,	en effet *de l'argent* n'est pas *à moi*,
εἰ μὴ ἄρα βούλεσθε	à moins que vous ne vouliez donc
τιμῆσαί μοι τοσούτου,	imposer à moi autant *d'argent*,
ὅσον ἐγὼ δυναίμην ἂν ἐκτῖσαι.	que moi je pourrais *en* payer.
Ἴσως δὲ δυναίμην ἂν	Mais peut-être pourrais-je
ἐκτῖσαι ὑμῖν που	payer à vous environ
μνᾶν ἀργυρίου·	une mine d'argent :
τιμῶμαι οὖν τοσούτου.	je requiers donc autant.
Ὅδε δὲ Πλάτων,	Mais ce Platon-*ci*,
ὦ ἄνδρες Ἀθηναῖοι,	ô hommes Athéniens,
καὶ Κρίτων, καὶ Κριτόβουλος,	et Criton, et Critobule,
καὶ Ἀπολλόδωρος	et Apollodore
κελεύουσί με τιμήσασθαι	engagent moi à requérir
τριάκοντα μνῶν,	*une amende* de trente mines,
αὐτοὶ δὲ ἐγγυᾶσθαι·	et eux-mêmes *disent en* répondre :
τιμῶμαι οὖν τοσούτου·	je requiers donc autant :
οὗτοι δὲ ἔσονται ὑμῖν	or ceux-ci seront pour vous
ἐγγυηταὶ ἀξιόχρεῳ	des répondants solvables
τοῦ ἀργυρίου.	de l'argent.
XXIX. Ἕνεκά γε χρόνου	XXIX. Certes pour un temps
οὐ πολλοῦ,	non long,
ὦ ἄνδρες Ἀθηναῖοι,	ô hommes Athéniens,
ἕξετε ὄνομα καὶ αἰτίαν	vous aurez renom et accusation
ὑπὸ τῶν βουλομένων	de-la-part de ceux qui-veulent

ὡς Σωκράτην ἀπεκτόνατε, ἄνδρα σοφόν · φήσουσι γὰρ δή με σοφον
εἶναι, εἰ καὶ μὴ εἰμί, οἱ βουλόμενοι ὑμῖν ὀνειδίζειν. Εἰ γοῦν περιεμείνατε ὀλίγον χρόνον, ἀπὸ τοῦ αὐτομάτου ἂν ὑμῖν τοῦτο ἐγένετο[1]· ὁρᾶτε γὰρ δὴ τὴν ἡλικίαν, ὅτι πόρρω ἤδη ἐστὶ τοῦ βίου,
θανάτου δὲ ἐγγύς. Λέγω δὲ τοῦτο οὐ πρὸς πάντας ὑμᾶς, ἀλλὰ
πρὸς τοὺς ἐμοῦ καταψηφισαμένους θάνατον. Λέγω δὲ καὶ τόδε
πρὸς τοὺς αὐτοὺς τούτους. Ἴσως με οἴεσθε, ὦ ἄνδρες, ἀπορίᾳ
λόγων ἑαλωκέναι τοιούτων, οἷς ἂν ὑμᾶς ἔπεισα, εἰ ᾤμην δεῖν
ἅπαντα ποιεῖν[2] καὶ λέγειν, ὥστε ἀποφυγεῖν τὴν δίκην. Πολλοῦ
γε δεῖ. Ἀλλ' ἀπορίᾳ μὲν ἑάλωκα, οὐ μέντοι λόγων, ἀλλὰ τόλμης καὶ ἀναισχυντίας καὶ τοῦ μὴ ἐθέλειν λέγειν πρὸς ὑμᾶς
τοιαῦτα, οἷ' ἂν ὑμῖν μὲν ἥδιστ' ἦν ἀκούειν, θρηνοῦντός τ' ἐμοῦ
καὶ ὀδυρομένου καὶ ἄλλα ποιοῦντος καὶ λέγοντος πολλὰ καὶ ἀνά-

tions de ceux qui voudront insulter cette ville ; ils diront que vous
avez fait périr le sage Socrate ; car, pour vous outrager, ils m'appel-
leront sage, bien que je ne le sois point. Cependant si vous aviez
attendu encore un peu de temps, cet événement serait arrivé de lui-
même. Considérez en effet la vieillesse où je suis parvenu, si avancée
dans la vie, si voisine de la mort. Ce n'est point à vous tous que je
tiens ce langage, c'est à ceux qui m'ont condamné, c'est à eux encore
que j'adresserai ces paroles. Vous croyez peut-être, Athéniens, que
j'ai succombé, faute de pouvoir trouver des raisons propres à vous
persuader, si j'avais cru qu'il me fût permis de tout dire et de tout
faire pour échapper à ma condamnation; vous vous trompez ; si j'ai
succombé, ce n'est pas faute de raisons légitimes, c'est faute d'audace
et d'impudence ; c'est que je n'ai pu consentir à vous dire les choses
qu'il vous eût été le plus agréable d'entendre, à gémir, à pleurer, en
un mot, a faire et à dire plusieurs choses indignes de moi, comme je

λοιδορεῖν τὴν πόλιν,   calomnier la république,
ὡς ἀπεκτόνατε Σωκράτην,   de-ce-que vous avez tué Socrate,
ἄνδρα σοφόν·   homme sage :
οἱ γὰρ βουλόμενοι   car ceux qui-veulent
ὀνειδίζειν ὑμῖν   faire-des-reproches à vous
φήσουσι δή με εἶναι σοφὸν,   diront certes moi être sage,
εἰ καὶ μὴ εἰμί.   quoique je ne *le* suis (sois) pas.
Εἰ γοῦν περιεμείνατε   Si par-exemple vous aviez attendu
χρόνον ὀλίγον,   un temps court,
τοῦτο ἂν ἐγένετο ὑμῖν   cela serait arrivé à vous
ἀπὸ τοῦ αὐτομάτου·   de soi-même ;
ὁρᾶτε γὰρ δὴ τὴν ἡλικίαν,   car certes vous voyez *mon* âge,
ὅτι ἤδη ἐστὶ πόρρω τοῦ βίου,   que déjà il est fort-avant dans la vie,
ἐγγὺς δὲ θανάτου.   et près de la mort.
Λέγω δὲ τοῦτο   Mais je dis cela
οὐ πρὸς ὑμᾶς πάντας,   non à vous tous,
ἀλλὰ πρὸς τοὺς   mais à ceux
καταψηφισαμένους ἐμοῦ   qui-ont-condamné moi
θάνατον.   à la mort.
Λέγω δὲ καὶ τόδε   Or je dis aussi ceci
πρὸς τούτους τοὺς αὐτούς.   à ces mêmes *hommes.*
Ἴσως οἴεσθέ με,   Peut-être pensez-vous moi,
ὦ ἄνδρες, ἑαλωκέναι   ô hommes, avoir été pris
ἀπορίᾳ λόγων τοιούτων,   par le manque de paroles telles,
οἷς ἂν ἔπεισα ὑμᾶς,   par lesquelles j'aurais persuadé vous,
εἰ ᾤμην δεῖν   si je pensais falloir
ποιεῖν καὶ λέγειν ἅπαντα,   faire et dire tout,
ὥστε ἀποφυγεῖν τὴν δίκην.   de-manière-à échapper au châtiment
Δεῖ γε πολλοῦ.   Certes il s'-en-faut de beaucoup.
Ἀλλὰ ἑάλωκα μὲν   Mais j'ai été pris il-est-vrai
ἀπορίᾳ,   par le manque,
οὐ μέντοι λόγων,   non certes de paroles,
ἀλλὰ τόλμης καὶ ἀναισχυντίας· mais d'audace et d'impudence
καὶ τοῦ μὴ ἐθέλειν   et du non vouloir
λέγειν πρὸς ὑμᾶς τοιαῦτα,   dire à vous des *choses* telles,
οἷα μὲν ἦν ἂν ὑμῖν   que sans-doute elles seraient à vous
ἥδιστα ἀκούειν,   très-agréables à entendre,
ἐμοῦ θρηνοῦντός τε   moi et pleurant
καὶ ὀδυρομένου   et me-lamentant
καὶ ποιοῦντος καὶ λέγοντος   et faisant et disant

ξια ἐμοῦ, ὡς ἐγώ φημι· οἷα δὴ καὶ εἴθισθε ὑμεῖς τῶν ἄλλων
ἀκούειν. Ἀλλ᾽ οὔτε τότε ᾠήθην δεῖν ἕνεκα τοῦ κινδύνου πρᾶξαι
οὐδὲν ἀνελεύθερον, οὔτε νῦν μοι μεταμέλει οὕτως ἀπολογησα-
μένῳ, ἀλλὰ πολὺ μᾶλλον αἱροῦμαι ὧδε ἀπολογησάμενος τεθνάναι,
ἢ ἐκείνως ζῆν· οὔτε γὰρ ἐν δίκῃ, οὔτ᾽ ἐν πολέμῳ, οὔτ᾽ ἐμὲ, οὔτε
ἄλλον οὐδένα δεῖ τοῦτο μηχανᾶσθαι, ὅπως ἀποφεύξεται πᾶν
ποιῶν θάνατον. Καὶ γὰρ ἐν ταῖς μάχαις πολλάκις δῆλον γίγνεται,
ὅτι τό γε ἀποθανεῖν ἄν τις ἐκφύγοι, καὶ ὅπλα ἀφεὶς, καὶ ἐφ᾽ ἱκε-
τείαν τραπόμενος τῶν διωκόντων· καὶ ἄλλαι μηχαναὶ πολλαί
εἰσιν ἐν ἑκάστοις τοῖς κινδύνοις, ὥστε διαφεύγειν θάνατον, ἐάν
τις τολμᾷ πᾶν ποιεῖν καὶ λέγειν. Ἀλλὰ μὴ οὐ τοῦτ᾽ ᾖ χαλεπὸν,
ὦ ἄνδρες, θάνατον ἐκφυγεῖν, ἀλλὰ πολὺ χαλεπώτερον πονηρίαν
θᾶττον γὰρ θανάτου θεῖ. Καὶ νῦν ἐγὼ μὲν, ἅτε βραδὺς ὢν καὶ

l'ai déjà dit, et que vous êtes accoutumés à voir ou à entendre de la
part des autres accusés. Mais alors malgré le péril qui me menaçait,
je n'ai pas cru devoir faire aucune démarche qui pût m'avilir, et dans
ce moment même je ne saurais me repentir de la manière dont j'ai
parlé pour ma défense ; au contraire, j'aime beaucoup mieux mourir
après une pareille apologie, que de devoir la vie à ces moyens vils et
lâches. Car, ni devant les tribunaux, ni dans les combats, il ne peut
être permis ni à moi, ni à aucun autre, d'employer indifféremment
toutes sortes de moyens pour sauver sa vie ; et en effet, qui ne sait
que dans les combats on éviterait souvent la mort, en jetant ses armes,
et en demandant lâchement la vie à l'ennemi qui vous poursuit ; enfin,
que dans toute espèce de dangers il y a mille moyens d'échapper à la
mort, si l'on consent à tout dire et à tout faire pour cela ? Ainsi il
n'est pas difficile d'éviter la mort, mais il l'est bien plus d'éviter le
crime ; il court plus vite que la mort. Et moi-même aujourd'hui je

ἄλλα πολλὰ	d'autres *choses* nombreuses
καὶ ἀνάξια ἐμοῦ,	et indignes de moi,
ὡς ἐγώ φημι·	comme moi je *le* dis :
οἷα δὴ καὶ ὑμεῖς	telles-que certes vous aussi
εἴθισθε ἀκούειν	vous êtes-habitués à *en* entendre
τῶν ἄλλων.	des autres.
Ἀλλὰ οὔτε τότε ᾠήθην	Mais ni alors je n'ai pensé
δεῖν ἕνεκα τοῦ κινδύνου	falloir à-cause du danger
πρᾶξαι οὐδὲν	faire rien
ἀνελεύθερον,	d'indigne-d'un-homme-libre,
οὔτε νῦν μεταμέλει μοι	ni maintenant repentir-n'est à moi
ἀπολογησαμένῳ οὕτως,	m'-étant défendu ainsi,
ἀλλὰ αἱροῦμαι πολὺ μᾶλλον	au-contraire je choisis beaucoup plus
τεθνάναι ἀπολογησάμενος ὧδε,	de mourir m'-étant défendu ainsi,
ἢ ζῆν ἐκείνως·	que de vivre de-cette-manière-*là* :
οὔτε γὰρ ἐν δίκῃ,	car ni dans un procès,
οὔτε ἐν πολέμῳ,	ni dans une guerre,
δεῖ οὔτε ἐμὲ, οὔτε οὐδένα ἄλλον	il ne faut ni moi, ni personne autre
μηχανᾶσθαι τοῦτο,	préparer-avec-adresse cela,
ὅπως ποιῶν πᾶν	comment faisant tout
ἀποφεύξεται θάνατον.	il échappera à la mort.
Καὶ γὰρ ἐν ταῖς μάχαις	Et en effet dans les combats
γίγνεται πολλάκις δῆλον,	il devient souvent évident,
ὅτι τίς γε ἂν ἐκφύγοι	que quelqu'un certes aurait évité
τὸ ἀποθανεῖν,	le mourir,
καὶ ἀφεὶς ὅπλα,	et *en* jetant *ses* armes,
καὶ τραπόμενος ἐπὶ ἱκετείαν	et *en* se-tournant à la prière
τῶν διωκόντων·	envers ceux qui-*le*-poursuivaient :
καὶ πολλαὶ ἄλλαι μηχαναί εἰσιν	et beaucoup d'autres moyens sont
ἐν ἑκάστοις τοῖς κινδύνοις,	dans chaque danger,
ὥστε διαφεύγειν θάνατον,	de-manière-à éviter la mort,
ἐάν τις τολμᾷ	si quelqu'un ose
ποιεῖν καὶ λέγειν πᾶν.	faire et dire tout.
Ἀλλὰ μὴ οὐ	Mais *je* ne *dis* pas
τοῦτο ᾖ χαλεπόν, ὦ ἄνδρες,	que cela soit difficile, ô hommes,
ἐκφυγεῖν θάνατον,	d'éviter la mort,
ἀλλὰ πολὺ χαλεπώτερον	mais *il est* beaucoup plus difficil
πονηρίαν·	d'*éviter* le crime :
θεῖ γὰρ θᾶττον θανάτου.	car Il court plus vite que la mort.
Καὶ νῦν ἐγὼ μὲν	Et maintenant moi d'une-part,

πρεσβύτης, ὑπὸ τοῦ βραδυτέρου ἑάλων· οἱ δ' ἐμοὶ κατήγοροι, ἅτε δεινοὶ καὶ ὀξεῖς ὄντες, ὑπὸ τοῦ θάττονος, τῆς κακίας. Καὶ νῦν ἐγὼ μὲν ἄπειμι ὑφ' ὑμῶν θανάτου δίκην ὀφλών, οὗτοι δ' ὑπὸ τῆς ἀληθείας ὠφληκότες μοχθηρίαν καὶ ἀδικίαν[1]· καὶ ἐγώ τε τῷ τιμήματι ἐμμένω. καὶ οὗτοι. Ταῦτα μὲν οὖν που ἴσως οὕτω καὶ ἔδει σχεῖν, καὶ οἶμαι αὐτὰ μετρίως ἔχειν.

XXX. Τὸ δὲ δὴ μετὰ τοῦτο ἐπιθυμῶ ὑμῖν χρησμῳδῆσαι, ὦ καταψηφισάμενοί μου· καὶ γάρ εἰμι ἤδη ἐνταῦθα, ἐν ᾧ μάλιστ' ἄνθρωποι χρησμῳδοῦσιν[2], ὅταν μέλλωσιν ἀποθανεῖσθαι. Φημὶ γάρ, ὦ ἄνδρες, οἳ ἐμὲ ἀπεκτόνατε, τιμωρίαν ὑμῖν ἥξειν εὐθὺς μετὰ τὸν ἐμὸν θάνατον πολὺ χαλεπωτέραν, νὴ Δί', ἢ οἵαν ἐμὲ ἀπεκτόνατε. Νῦν γὰρ τοῦτο εἴργασθε, οἰόμενοι ἀπαλλάξεσθαι τοῦ διδόναι ἔλεγχον τοῦ βίου· τὸ δὲ ὑμῖ· πολὺ ἐναντίον ἀποβή- σεται, ὡς ἐγώ φημι. Πλείους ἔσονται ὑμᾶς οἱ ἐλέγχοντες, οὓς

suis tombé sous les coups du plus lent de ces deux ennemis, comme étant appesanti par l'âge et n'ayant plus la force de courir, tandis que mes accusateurs, qui ont la vigueur et la légèreté de la jeunesse, sont tombés au pouvoir de celui qui est plus agile, le crime. Je m'en vais donc subir la mort à laquelle vous m'avez condamné ; et eux, l'ini- quité et l'infamie à laquelle la vérité les condamne. Pour moi, je m'en tiens à ma peine, et eux à la leur. Et peut-être qu'en effet les choses devaient à certains égards se passer ainsi ; il me semble au moins que jusque-là tout va bien.

XXX. Voici encore une chose que j'ose vous prédire, ô vous qui m'avez condamné ; et en effet je suis précisément dans la circonstance où les hommes acquièrent la faculté de voir dans l'avenir, lorsqu'ils approchent du terme de la vie. Je vous dis donc que, si vous me faites périr, vous subirez aussitôt après ma mort un supplice bien plus cruel que celui par lequel vous m'aurez ôté la vie. Car vous ne com- mettez cette injustice que pour vous débarrasser d'un censeur impor- tun de vos actions ; et il vous arrivera tout le contraire de ce que vous désirez, comme je vous le prédis ; il se trouvera un plus grand nombre de gens attachés à vous observer et à vous démasquer. C'était moi qui

ἅτε ὢν βραδὺς καὶ πρεσβύτης,	comme étant lent et vieux,
ἑάλων ὑπὸ τοῦ βραδυτέρου·	j'ai été pris par le plus lent *des deux* :
οἱ δὲ ἐμοὶ κατήγοροι,	d'autre-part mes accusateurs,
ἅτε ὄντες δεινοὶ καὶ ὀξεῖς,	comme étant forts et légers,
ὑπὸ τοῦ θάττονος,	*ont été pris* par le plus agile,
τῆς κακίας.	*par* le crime.
Καὶ νῦν ἐγὼ μὲν	Et maintenant moi il-est-vrai
ἄπειμι	je m'-en-vais
ὀφλὼν δίκην θανάτου	devant peine de mort
ὑπὸ ὑμῶν,	*infligée* par vous,
οὗτοι δὲ ὠφληκότες	mais ceux-ci devant
μοχθηρίαν καὶ ἀδικίαν	infamie et injustice
ὑπὸ τῆς ἀληθείας·	*infligée* par la vérité :
καὶ ἐγώ τε ἐμμένω τῷ τιμήματι,	et moi je m'en-tiens à *ma* peine,
καὶ οὗτοι.	et eux *à la leur.*
Καὶ μὲν οὖν που ἴσως	Et certes donc peut-être
ἔδει ταῦτα σχεῖν οὕτω,	il fallait ces *choses* être ainsi
καὶ οἶμαι αὐτὰ ἔχειν με·ρίως.	et je pense elles être comme-il-faut.
XXX. Τὸ δὲ δὴ μετ τοῦτο	XXX. Or donc *pour* ce qui *est* après
ἐπιθυμῶ χρησμῳδῆσαι. ὑμῖν,	je désire prophétiser cela à vous,
ὦ καταψηφισάμενοί μου·	ô *vous* qui-avez-condamné moi :
καὶ γάρ εἰμι ἤδη	en effet je suis déjà
ἐνταῦθα, ἐν ᾧ μάλιστα	à-ce-moment, dans lequel surtout
ἄνθρωποί χρησμῳδοῦσιν,	les hommes prophétisent.
ὅταν μέλλωσιν ἀποθανεῖσθαι.	lorsqu'ils vont mourir.
Φημὶ γάρ, ὦ ἄνδρες,	Car je dis, ô hommes,
οἵ ἀπεκτόνατε ἐμὲ,	qui avez mis-à-mort moi,
ἥξειν ὑμῖν	devoir arriver à vous
εὐθὺς μετὰ τὸν ἐμὸν θάνατον	aussitôt après ma mort
τιμωρίαν πολὺ χαλεπωτέραν,	une peine beaucoup plus cruelle,
νὴ Δία, ἢ οἵαν	par Jupiter, que *celle par* laquelle
ἀπεκτόνατε ἐμέ.	vous avez mis-à-mort moi.
Νῦν γὰρ εἴργασθε τοῦτο,	Car maintenant vous avez fait cela
οἰόμενοι ἀπαλλάξεσθαι	pensant devoir vous-délivrer
τοῦ διδόναι ἔλεγχον τοῦ βίου·	du rendre compte de *votre* vie :
τὸ δὲ ἀποβήσεται ὑμῖν	mais cela arrivera à vous
πολὺ ἐναντίον,	bien contraire,
ὡς ἐγώ φημι.	comme moi je *le* dis.
Πλείους ἔσονται	Plus nombreux seront
οἱ ἐλέγχοντες ὑμᾶς,	ceux qui-blâment vous

νῦν ἐγὼ κατεῖχον, ὑμεῖς δὲ οὐκ ᾐσθάνεσθε· καὶ χαλεπώτεροι
ἔσονται, ὅσῳ νεώτεροί εἰσι, καὶ ὑμεῖς μᾶλλον ἀγανακτήσετε. Εἰ
γὰρ οἴεσθε, ἀποκτείνοντες ἀνθρώπους, ἐπισχήσειν τοῦ ὀνειδίζειν
τινὰ ὑμῖν ὅτι οὐκ ὀρθῶς ζῆτε, οὐ καλῶς διανοεῖσθε· οὐ γάρ ἐσθ᾽
αὕτη ἡ ἀπαλλαγή, οὔτε πάνυ δυνατή, οὔτε καλή, ἀλλ᾽ ἐκείνη
καὶ καλλίστη, καὶ ῥάστη, μὴ τοὺς ἄλλους κολούειν, ἀλλ᾽ ἑαυτὸν
παρασκευάζειν, ὅπως ἔσται ὡς βέλτιστος. Ταῦτα μὲν οὖν ὑμῖν
τοῖς καταψηφισαμένοις μαντευσάμενος ἀπαλλάττομαι.

XXXI. Τοῖς δὲ ἀποψηφισαμένοις ἡδέως ἂν διαλεχθείην ὑπὲρ
τοῦ γεγονότος τουτουΐ πράγματος, ἐν ᾧ οἱ ἄρχοντες ἀσχολίαν
ἄγουσι[1], καὶ οὔπω ἔρχομαι οἷ ἐλθόντα με δεῖ τεθνάναι[2]. Ἀλλά
μοι, ὦ ἄνδρες, παραμείνατε τοσοῦτον χρόνον· οὐδὲν γὰρ κωλύει
διαμυθολογῆσαι πρὸς ἀλλήλους, ἕως ἔξεστιν. Ὑμῖν γὰρ ὡς φίλοις
οὖσιν ἐπιδεῖξαι ἐθέλω τὸ νυνί μοι ξυμβεβηκός, τί ποτε νοεῖ.

les contenais jusqu'à présent ; mais vous les trouverez d'autant plus
sévères qu'ils sont plus jeunes, et vous n'en serez que plus irrités. Car
si vous vous imaginez qu'en envoyant les hommes au supplice vous en
imposerez à quiconque oserait vous reprocher de mal vivre , c'est une
pensée bien peu estimable ; et d'ailleurs ce moyen de se mettre à
l'abri de la censure n'est ni honnête ni possible ; celui qui serait tout
à la fois le plus facile et le plus honorable, ce n'est pas de mettre les
autres dans l'impossibilité de parler, c'est de régler sa vie de manière
à se rendre le plus vertueux possible. Voilà ce que je vous prédis en
vous quittant, vous qui avez prononcé l'arrêt de ma mort.

XXXI. Quant à ceux qui m'ont absous par leurs suffrages, il me
serait doux de leur adresser quelques paroles sur l'événement qui
vient de se passer, tandis que les Onze sont encore occupés, et ne me
font pas conduire encore dans le lieu où je dois mourir. Demeurez
donc encore quelques instants, Athéniens, puisque rien ne nous empêche d'employer à converser ensemble le temps qu'on me laisse.
C'est à vous, qui vous êtes montrés bienveillants et amis, que je veux
faire connaître ce que présage l'événement qui m'arrive aujourd'hui.

οὓς νῦν ἐγὼ κατεῖχον,   lesquels maintenant je contenais ,
ὑμεῖς δὲ οὐκ ἠσθάνεσθε·   mais vous, vous ne le remarquiez pas:
καὶ ἔσονται χαλεπώτεροι,   et ils seront plus difficiles
ὅσῳ νεώτεροί εἰσι,   d'autant plus jeunes ils sont ,
καὶ ὑμεῖς ἀγανακτήσετε μᾶλλον.   et vous, vous vous-indignerez plus.
Εἰ γὰρ οἴεσθε ,   Car si vous pensez ,
ἀποκτείνοντες ἀνθρώπους,   mettant-à-mort les gens ,
ἐπισχήσειν τινὰ   devoir empêcher quelqu'un
τοῦ ὀνειδίζειν ὑμῖν   de reprocher à vous
ὅτι οὐ ζῆτε ὀρθῶς,   que vous ne vivez pas bien ,
οὐ διανοεῖσθε καλῶς·   vous ne pensez pas convenablement :
αὕτη γὰρ ἡ ἀπαλλαγὴ   en effet cette manière-de-se-délivrer
οὐκ ἔστιν οὔτε πάνυ δυνατὴ,   n'est ni du-tout possible ,
οὔτε καλὴ,   ni honnête ,
ἀλλὰ ἐκείνη καὶ καλλίστη ,   mais celle-là est et la plus honnête ,
καὶ ῥᾴστη ,   et la plus facile ,
μὴ κολούειν τοὺς ἄλλους,   de ne pas réprimer les autres ,
ἀλλὰ παρασκευάζειν ἑαυτὸν ,   mais de se préparer soi-même ,
ὅπως ἔσται ὡς βέλτιστος.   pour être le meilleur-possible.
Μαντευσάμενος μὲν οὖν ταῦτα   Donc ayant prédit cela
ὑμῖν τοῖς καταψηφισαμένοις   à vous qui-m'avez-condamné
ἀπαλλάττομαι.   je m'éloigne.

    XXXI. Διαλεχθείην δὲ ἂν ἡδέως   XXXI. Et je causerais volontiers
ὑπὲρ τουτουὶ πράγματος   sur cette affaire
τοῦ γεγονότος   celle qui-a-eu-lieu
τοῖς ἀποψηφισαμένοις,   avec ceux qui-m'ont-absous,
ἐν ᾧ οἱ ἄρχοντες   pendant que les magistrats
ἄγουσιν ἀσχολίαν ,   ont de l'occupation ,
καὶ ἔρχομαι οὔπω   et que je ne vais pas-encore
οἷ δεῖ με ἐλθόντα τεθνάναι.   où il faut moi étant allé mourir.
Ἀλλὰ, ὦ ἄνδρες ,   Donc, ô hommes ,
παραμείνατέ μοι   restez à moi (auprès de moi)
τοσοῦτον χρόνον·   autant-de temps :
οὐδὲν γὰρ κωλύει   car rien ne nous empêche
διαμυθολογῆσαι πρὸς ἀλλήλους , de converser les-uns-avec-les-autres,
ἕως ἔξεστιν.   tant-qu'il est-permis.
Ἐθέλω γὰρ ἐπιδεῖξαι ὑμῖν   En effet je veux montrer à vous
ὡς οὖσι φίλοις   comme étant mes amis
τὸ ξυμβεβηκός μοι νυνὶ ,   ce qui-est-arrivé à moi maintenant ,
τί ποτε νοεῖ.   quoi donc il signifie.

Ἐμοὶ γὰρ, ὦ ἄνδρες δικασταὶ (ὑμᾶς γὰρ δικαστὰς καλῶν, ὀρθῶς
ἂν καλοίην), θαυμάσιόν τι γέγονεν. Ἡ γὰρ εἰωθυῖά μοι μαντικὴ, ἡ τοῦ δαιμονίου, ἐν μὲν τῷ πρόσθεν χρόνῳ παντὶ πάνυ
πυκνὴ ἀεὶ ἦν, καὶ πάνυ ἐπὶ σμικροῖς ἐναντιουμένη, εἴ τι μέλλοιμι μὴ ὀρθῶς πράξειν· νυνὶ δὲ ξυμβέβηκέ μοι, ἅπερ ὁρᾶτε καὶ
αὐτοὶ, ταυτὶ, ἅ γε δὴ οἰηθείη ἄν τις καὶ νομίζεται ἔσχατα κακῶν
εἶναι. Ἐμοὶ δὲ οὔτε ἐξιόντι ἔωθεν οἴκοθεν ἠναντιώθη τὸ τοῦ θεοῦ
σημεῖον, οὔτε ἡνίκα ἀνέβαινον ἐνταυθοῖ ἐπὶ τὸ δικαστήριον, οὔτ'
ἐν τῷ λόγῳ οὐδαμοῦ, μέλλοντί τι ἐρεῖν· καί τοι ἐν ἄλλοις λόγοις
πολλαχοῦ δή με ἐπέσχε λέγοντα μεταξύ. Νυνὶ δὲ οὐδαμοῦ περὶ
ταύτην τὴν πρᾶξιν, οὔτ' ἐν ἔργῳ οὐδενὶ, οὔτ' ἐν λόγῳ ἠναντίωταί
μοι. Τί οὖν αἴτιον εἶναι ὑπολαμβάνω; Ἐγὼ ὑμῖν ἐρῶ· κινδυνεύει
γάρ μοι τὸ ξυμβεβηκὸς τοῦτο ἀγαθὸν γεγονέναι, καὶ οὐκ ἔσθ'
ὅπως ἡμεῖς ὀρθῶς ὑπολαμβάνομεν, ὅσοι οἰόμεθα κακὸν εἶναι τὸ

Oui, juges (car on peut justement vous appeler de ce nom), il
s'est passé à mon égard quelque chose de bien extraordinaire. En
effet, cette voix mystérieuse et divine, qui naguère se faisait si fré-
quemment entendre à moi, qui, dans les circonstances les moins im-
portantes, m'avertissait intérieurement, lorsque j'étais prêt à faire
quelque chose qui n'était pas bien, aujourd'hui qu'il m'arrive, comme
vous le voyez vous-mêmes, ce qu'on regarderait et ce qu'on regarde
en effet comme le plus grand des malheurs, eh bien! ni ce matin,
quand je suis sorti de ma maison, ni quand je suis venu ici devant ce
tribunal, ni tandis que je parlais, au moment où j'allais dire quelque
chose, cette voix ne m'a pas arrêté. Et pourtant, dans mille autres circonstances, elle vint tout à coup m'imposer silence et m'interrompre
au milieu de mes discours; mais ici, dans tout ce qui a eu rapport à
cet événement, soit dans mes actions, soit dans mes paroles, aucun
avis secret de la divinité n'est venu me détourner ou m'interrompre.
A quoi donc dois-je l'attribuer? Je m'en vais vous le dire: c'est qu'en
effet ce qui m'arrive aujourd'hui paraît ne devoir être qu'avantageux
pour moi; et il est bien certain que nous ne jugeons pas sainement

Ἐμοὶ γὰρ, ὦ ἄνδρες δικασταὶ, Car à moi, ô hommes juges,
— καλῶν γὰρ ὑμᾶς δικαστάς, — en effet appelant vous juges,
καλοίην ἂν ὀρθῶς, — je *vous* appellerais bien, —
γέγονέν τι θαυμάσιον. est arrivé quelque *chose* d'étonnant.
Ἡ γὰρ μαντικὴ En effet la voix-prophétique
εἰωθυῖά μοι, accoutumée à moi,
ἡ τοῦ δαιμονίου, celle de la divinité,
ἐν μὲν παντὶ τῷ χρόνῳ πρόσθεν et dans tout le temps d'auparavant
ἦν ἀεὶ πάνυ πυκνὴ, était toujours tout-à-fait fréquente
καὶ ἐναντιουμένη et s'-opposant
ἐπὶ πάνυ σμικροῖς, sur des *choses* tout-à-fait petites,
εἰ μέλλοιμι si j'étais-sur-le-point-de
πράξειν τι μὴ ὀρθῶς· faire quelque *chose* non bien :
νυνὶ δὲ ξυμβέβηκέ μοι mais maintenant est arrivé à moi
ταυτὶ, ἅπερ ὁρᾶτε καὶ αὐτοὶ, ce que vous voyez aussi vous-mêmes,
ἅ γε δή τις οἰηθείη ἂν ce-que certes quelqu'un croirait
καὶ νομίζεται εἶναι et *qui* est jugé être
ἔσχατα κακῶν. le dernier des maux.
Τὸ δὲ σημεῖον τοῦ θεοῦ Or le signe du dieu
ἠναντιώθη ἐμοὶ ne s'-est opposé à moi
οὔτε ἐξιόντι ἕωθεν οἴκοθεν, ni sortant dès-le-matin du-logis,
οὔτε ἡνίκα ἀνέβαινον ἐνταυθοῖ ni lorsque je montais ici
ἐπὶ τὸ δικαστήριον, devant le tribunal,
οὔτε ἐν τῷ λόγῳ οὐδαμοῦ, ni dans le discours en-nulle-part,
μέλλοντι ἐρεῖν τι· quand-j'allais dire quelque *chose :*
καί τοι δὴ ἐν ἄλλοις λόγοις et pourtant dans d'autres discours
πολλαχοῦ ἐπέσχε plusieurs-fois il arrêta
μεταξύ με λέγοντα. au-milieu moi parlant.
Νυνὶ δὲ Mais maintenant
οὐδαμοῦ ἠναντίωταί μοι nulle-part il ne s'-est opposé à moi
περὶ ταύτην τὴν πρᾶξιν, au-sujet-de *cette* affaire,
οὔτε ἐν οὐδενὶ ἔργῳ, ni dans aucune action,
οὔτε ἐν λόγῳ. ni dans *aucune* parole.
Τί οὖν ὑπολαμβάνω Quoi donc pensé-je
εἶναι αἴτιον; *en* être cause ?
Ἐγὼ ἐρῶ ὑμῖν· Moi je *le* dirai à vous :
τοῦτο γὰρ τὸ ξυμβεβηκός μοι car cela ce qui-est arrivé à moi
κινδυνεύει γεγονέναι ἀγαθὸν, risque d'être un bien,
καὶ οὐκ ἔστιν ὅπως ἡμεῖς et il n'est pas que nous
ὑπολαμβάνομεν ὀρθῶς, nous pensions bien,

τεθνάναι. Μέγα μοι τεκμήριον τούτου γέγονεν· οὐ γὰρ ἔσθ' ὅπως οὐχ ἠναντιώθη ἄν μοι τὸ εἰωθὸς σημεῖον, εἰ μή τι ἔμελλον ἐγὼ ἀγαθὸν πράξειν.

XXXII. Ἐννοήσωμεν δὲ καὶ τῆδε, ὡς πολλὴ ἐλπίς ἐστιν[1] ἀγαθὸν αὐτὸ εἶναι. Δυοῖν γὰρ θάτερόν ἐστι τὸ τεθνάναι· ἢ γὰρ οἷον μηδὲν εἶναι[2], μηδ' αἴσθησιν μηδεμίαν μηδενὸς ἔχειν τὸν τεθνεῶτα, ἢ κατὰ τὰ λεγόμενα μεταβολή τις τυγχάνει οὖσα καὶ μετοίκησις τῆς ψυχῆς τοῦ τόπου τοῦ ἐνθένδε εἰς ἄλλον τόπον. Καὶ εἴτε δὴ μηδεμία αἴσθησίς ἐστιν, ἀλλ' οἷον ὕπνος, ἐπειδάν τις καθεύδων μηδ' ὄναρ μηδὲν ὁρᾷ, θαυμάσιον κέρδος ἂν εἴη ὁ θάνατος. Ἐγὼ γὰρ ἂν οἶμαι, εἴ τινα ἐκλεξάμενον δέοι ταύτην τὴν νύκτα, ἐν ᾗ οὕτω κατέδαρθεν, ὥστε μηδ' ὄναρ ἰδεῖν, καὶ τὰς ἄλλας νύκτας τε καὶ ἡμέρας, τὰς τοῦ βίου τοῦ ἑαυτοῦ ἀντιπαρα-

des choses, quand nous regardons la mort comme un mal. Ce qui s'est passé à mon égard en est une preuve frappante; car assurément si j'eusse dû faire quelque chose de mal, la voix intérieure et divine qui a coutume de m'avertir, n'aurait pas manqué de m'en détourner.

XXXII. Voici encore quelques réflexions propres à nous convaincre que la mort est un bien. En effet, il doit nécessairement arriver par notre mort de deux choses l'une: ou celui qui meurt devient un pur néant, privé pour jamais de tout sentiment quelconque, ou, comme on le dit communément, l'âme subit un changement, et passe de ce séjour terrestre en d'autres lieux. Et d'abord, si la mort est la privation absolue de tout sentiment, si elle est comme un profond sommeil que ne trouble aucun songe, quel précieux avantage n'apporte-t-elle pas avec elle? Car je suis bien persuadé qu'un homme qui se rappellerait ce qu'il aurait éprouvé pendant une nuit où il aurait dormi ainsi d'un sommeil paisible, sans avoir aucun songe, qui la comparerait à toutes les autres nuits et à tous les jours qui ont

ὅσοι οἰόμεθα	*nous* tous-qui pensons
τὸ τεθνάναι εἶναι κακόν.	le mourir être un mal.
Μέγα τεχμήριεν τούτου	Une grande preuve de cela
γέγονέ μοι·	est à moi :
οὐ γὰρ ἔστιν ὅπως	car il n'est pas que
τὸ σημεῖον εἰωθός	le signe accoutumé
οὐκ ἂν ἠναντιώθη μοι,	ne se-fût opposé à moi,
εἰ ἐγὼ μὴ ἔμελλον	si moi je n'eusse dû
πράξειν τι ἀγαθόν.	faire quelque *chose de* bien.
XXXII. Ἐννοήσωμεν δὲ	XXXII. Mais réfléchissons
καὶ τῇδε,	aussi de-cette-manière,
ὡς πολλὴ ἐλπίς ἐστιν	combien grande espérance est
αὐτὸ εἶναι ἀγαθόν.	cela être un bien.
Τὸ γὰρ τεθνάναι	Car le mourir
ἔστι θάτερον δυοῖν·	est l'une de deux *choses :*
ἢ γὰρ τὸν τεθνεῶτα	en effet ou *il faut* celui étant mort
εἶναι οἷον μηδὲν,	être comme rien,
μηδὲ ἔχειν	et n'avoir
μηδεμίαν αἴσθησιν μηδενός,	aucune conscience de rien,
ἢ κατὰ τὰ λεγόμενα	ou selon les *choses* qui-se-disent
τυγχάνει οὖσα	se-trouve ayant-lieu
τις μεταβολὴ	quelque changement
καὶ μετοίκησις τῆς ψυχῆς	et passage de l'âme
τοῦ τόπου τοῦ ἐνθένδε	du lieu celui d'-ici
εἰς ἄλλον τόπον.	dans un autre lieu.
Καὶ εἴτε δὴ	Et certes si d'une-part
μηδεμία αἴσθησίς ἐστιν,	aucune conscience n'est *alors*,
ἀλλὰ οἷον ὕπνος,	mais *si c'est* comme un sommeil,
ἐπειδάν τις καθεύδων	lorsque quelqu'un dormant
ὁρᾷ μηδὲν μηδὲ ὄναρ,	ne voit rien pas-même *en* songe,
ὁ θάνατος εἴη ἂν	la mort serait
κέρδος θαυμάσιον.	un gain merveilleux.
Ἐγὼ γὰρ οἶμαι ἂν,	Car moi je penserai *volontiers*,
εἰ δέοι τινὰ	s'il fallait quelqu'un
ἐκλεξάμενον ταύτην τὴν νύκτα,	ayant choisi cette nuit-*là*,
ἐν ᾗ κατέδαρθεν οὕτως,	dans laquelle il s'-est endormi ainsi,
ὥστε ἰδεῖν μηδὲ ὄναρ,	au-point-de ne voir pas-même *en*
καὶ ἀντιπαραβέντα	et ayant comparé [songe
τὰς ἄλλας νύκτας τε	et les autres nuits
καὶ ἡμέρας,	et *les autres* jours,

θέντα ταύτῃ τῇ νυκτὶ, δέοι στεψάμενον εἰπεῖν, πόσας ἄμεινον
καὶ ἥδιον ἡμέρας καὶ νύκτας ταύτης τῆς νυκτὸς βεβίωκεν ἐν τῷ
ἑαυτοῦ βίῳ, οἶμαι ἂν μὴ ὅτι[1] ἰδιώτην τινὰ, ἀλλὰ τὸν μέγαν βα-
σιλέα εὐαριθμήτους[2] ἂν εὑρεῖν αὐτὸν ταύτας πρὸς τὰς ἄλλας
ἡμέρας καὶ νύκτας. Εἰ οὖν τοιοῦτον ὁ θάνατός ἐστι, κέρδος ἔγωγε
λέγω· καὶ γὰρ οὐδὲν πλείων ὁ πᾶς χρόνος φαίνεται οὕτω δὴ εἶναι,
ἢ μία νύξ. Εἰ δ' αὖ οἷον ἀποδημῆσαί ἐστιν ὁ θάνατος ἐνθένδε εἰς
ἄλλον τόπον, καὶ ἀληθῆ ἐστι τὰ λεγόμενα, ὡς ἄρα ἐκεῖ εἰσὶν
ἄπαντες οἱ τεθνεῶτες, τί μεῖζον ἀγαθὸν τούτου εἴη ἂν, ὦ ἄνδρες
δικασταί; εἰ γάρ τις ἀφικόμενος εἰς Ἅιδου, ἀπαλλαγεὶς τουτωνὶ
τῶν φασκόντων δικαστῶν εἶναι, εὑρήσει τοὺς ὡς ἀληθῶς δικαστὰς, οἵπερ καὶ λέγονται ἐκεῖ δικάζειν, Μίνως τε, καὶ Ῥαδάμαν-
θυς, καὶ Αἰακὸς, καὶ Τριπτόλεμος, καὶ ἄλλοι, ὅσοι τῶν ἡμιθέων

rempli le cours entier de sa vie; et qu'on inviterait à dire, après y
avoir réfléchi, combien de jours et de nuits il a passés dans toute sa
vie, qui fussent plus agréables et plus délicieux que cette nuit-là: je
suis convaincu, dis-je, non-seulement qu'un simple particulier, mais
que le grand roi lui-même trouverait bien peu d'autres jours ou
d'autres nuits qui fussent comparables à celle-là. Si donc la mort est
quelque chose de semblable à cela, je dis qu'elle est un gain réel et
un avantage précieux; car alors la durée tout entière ne paraît plus
ainsi qu'une seule nuit. Au contraire, si la mort n'est que le passage
des lieux que nous habitons dans un autre séjour, et, s'il est vrai
comme on le dit, que tous ceux qui ont quitté la vie s'y trouvent ras-
semblés, quel plus grand bien pourrait-on désirer? Car enfin, si en
pénétrant dans le royaume de Pluton, affranchi du pouvoir de ceux
qui se prétendent ici nos juges, on y trouve les vrais juges, ceux qui
passent pour être là-bas les dispensateurs de la justice, Minos, Rhadamanthe, Éaque, Triptolème et tant d'autres demi-dieux, qui furent

τὰς τοῦ βίου τοῦ ἑαυτοῦ	ceux de la vie de lui-même
ταύτῃ τῇ νυκτί,	à cette nuit-*là*,
δέοι σκεψάμενον εἰπεῖν,	s'il fallait *lui* ayant réfléchi dire,
πόσας ἡμέρας καὶ νύκτας	combien-de jours et de nuits
ἐν τῷ βίῳ ἑαυτοῦ	dans la vie de lui-même
βεβίωκεν ἄμεινον καὶ ἥδιον	il a vécu mieux et plus doucement
ταύτης τῆς νυκτὸς,	que cette nuit-*là*,
οἶμαι ἂν μὴ ὅτι	je penserai non-pas *seulement* que
τινὰ ἰδιώτην,	quelque particulier,
ἀλλὰ τὸν μέγαν βασιλέα αὐτὸν	mais le grand roi lui-même
ἂν εὑρεῖν εὐαριθμήτους	devra trouver faciles-à-compter
ταύτας ἡμέρας καὶ νύκτας	ces jours et *ces* nuits
πρὸς τὰς ἄλλας.	en-comparaison des autres.
Εἰ οὖν ὁ θάνατός ἐστι τοιοῦτον,	Si donc la mort est une *chose* telle,
ἔγωγε λέγω κέρδος·	moi-du-moins je dis *elle* un gain :
καὶ γὰρ δὴ οὕτως	et en effet certes de-cette-manière
ὁ πᾶς χρόνος φαίνεται	tout le temps paraît
εἶναι οὐδὲν πλείων	n'être *en* rien plus long
ἢ μία νύξ.	que une-seule nuit.
Εἰ δὲ αὖ ὁ θάνατός ἐστιν	Mais si au-contraire la mort est
οἷον ἀποδημῆσαι	comme émigrer
ἐνθένδε εἰς ἄλλον τόπον,	d'-ici dans un autre lieu,
καὶ τὰ λεγόμενα	et *si* les *choses* qui-se-disent
ἐστὶν ἀληθῆ,	sont vraies,
ὡς ἄρα εἰσὶν ἐκεῖ	à-savoir que sont là
ἅπαντες οἱ τεθνεῶτες,	tous ceux qui-sont-morts,
τί ἀγαθὸν εἴη ἂν	quel bien serait
μεῖζον τούτου,	plus grand que celui-ci,
ὦ ἄνδρες δικασταί,	ô hommes juges ?
εἰ γάρ τις ἀφικόμενος	car si quelqu'un étant arrivé
εἰς Ἅιδου,	dans *la demeure* de Pluton,
ἀπαλλαγεὶς τουτωνὶ	délivré de ces *gens*-ci
τῶν φασκόντων εἶναι δικαστῶν,	ceux qui-prétendent être juges,
εὑρήσει	doit trouver
τοὺς ὡς ἀληθῶς δικαστὰς,	les véritablement juges,
οἵπερ καὶ λέγονται	lesquels aussi sont dits
δικάζειν ἐκεῖ,	juger là,
Μίνως τε, καὶ Ῥαδάμανθυς,	et Minos, et Rhadamanthe,
καὶ Αἰακὸς, καὶ Τριπτόλεμος,	et Éaque, et Triptolème,
καὶ ἄλλοι, ὅσοι	et les autres, tous-ceux-qui

δίκαιοι ἐγένοντο ἐν τῷ ἑαυτῶν βίῳ, ἄρα φαύλη ἂν εἴη ἡ ἀποδη-
μία; ἢ αὖ Ὀρφεῖ ξυγγενέσθαι, καὶ Μουσαίῳ, καὶ Ἡσιόδῳ, καὶ
Ὁμήρῳ, ἐπὶ πόσῳ ἄν τις δέξαιτ' ἂν ὑμῶν; ἐγὼ μὲν γὰρ πολλάκις ἐθέλω τεθνάναι, εἰ ταῦτ' ἐστὶν ἀληθῆ, ἐπεὶ ἔμοιγε καὶ
αὐτῷ θαυμαστὴ ἂν εἴη ἡ διατριβὴ αὐτόθι, ὁπότε ἐντύχοιμι Παλαμήδει, καὶ Αἴαντι τῷ Τελαμῶνος[1], καὶ εἴ τις ἄλλος τῶν πα-
λαιῶν διὰ κρίσιν ἄδικον τέθνηκεν· ἀντιπαραβάλλοντι τὰ ἐμαυτοῦ
πάθη πρὸς τὰ ἐκείνων, ὡς ἐγῷμαι, οὐκ ἂν ἀηδὲς εἴη. Καὶ δὴ
καὶ τὸ μέγιστον, τοὺς ἐκεῖ ἐξετάζοντα καὶ ἐρευνῶντα, ὥσπερ τοὺς
ἐνταῦθα, διάγειν, τίς αὐτῶν σοφός ἐστι, καὶ τίς οἴεται μὲν, ἔστι
δ' οὔ. Ἐπὶ πόσῳ δ' ἄν τις, ὦ ἄνδρες δικασταὶ, δέξαιτο ἐξετάσαι
τὸν ἐπὶ Τροίαν ἀγαγόντα[2] τὴν πολλὴν στρατιάν, ἢ Ὀδυσσέα, ἢ
Σίσυφον, ἢ ἄλλους μυρίους ἄν τις εἴποι, καὶ ἄνδρας καὶ γυναῖ-

justes pendant leur vie, ce passage serait-il donc si déplorable ? Que
ne donnerait pas tel ou tel d'entre vous, pour pouvoir s'entretenir
avec Orphée, Musée, Hésiode et Homère ? Quant à moi, si cela est
vrai, je consentirais volontiers à mourir plusieurs fois. Et d'ailleurs,
quels entretiens délicieux pour moi, lorsque je viendrais à rencontrer
Palamède, ou Ajax, fils de Télamon, ou quelque autre de ces personnages des anciens temps, qui ont péri victimes d'un jugement
injuste ! Il me semble que je trouverais une sorte de plaisir à com-
parer mes infortunes avec les leurs. Mais la plus grande de toutes mes
jouissances serait de passer tout mon temps, comme ici, à interroger
et à examiner tous ces personnages, pour distinguer quels sont parmi
eux les véritables sages, ou ceux qui croient posséder la sagesse, sans
être sages en effet. A quel prix ne voudrait-on pas examiner un peu
celui qui conduisit contre Troie une si nombreuse armée, ou Ulysse,
ou Sisyphe, et tant d'autres hommes et femmes, avec lesquels ce

τῶν ἡμιθέων	des demi-dieux
ἐγένοντο δίκαιοι	furent justes
ἐν τῷ βίῳ ἑαυτῶν,	pendant la vie d'eux-mêmes,
ἆρα ἡ ἀποδημία	est-ce-que l'émigration
εἴη ἂν φαύλη ;	serait de-peu-de-prix ?
ἢ αὖ τις ὑμῶν	ou encore quelqu'un de vous
ἐπὶ πόσῳ δέξαιτο ἂν	à quel-prix accepterait-il
ξυγγενέσθαι Ὀρφεῖ,	de se-trouver-avec Orphée,
καὶ Μουσαίῳ, καὶ Ἡσιόδῳ,	et avec Musée, et avec Hésiode,
καὶ Ὁμήρῳ ;	et avec Homère ?
ἐγὼ μὲν γὰρ	car moi à-la-vérité
ἐθέλω τεθνάναι πολλάκις,	je veux mourir plusieurs-fois,
εἰ ταῦτά ἐστιν ἀληθῆ,	si ces choses sont vraies,
ἐπεὶ ἔμοιγε καὶ αὐτῷ	puisque pour moi même du-moins
ἡ διατριβὴ αὐτόθι	le passe-temps là
εἴη ἂν θαυμαστὴ,	serait admirable,
ὁπότε ἐντύχοιμι Παλαμήδει,	lorsque je rencontrerais Palamède,
καὶ Αἴαντι τῷ Τελαμῶνος,	et Ajax le fils de Télamon,
καὶ εἴ τις ἄλλος τῶν παλαιῶν	et si quelque autre des anciens
τέθνηκε διὰ κρίσιν ἄδικον·	est mort par un jugement injuste :
οὐκ εἴη ἂν ἀηδὲς,	il ne serait pas désagréable,
ὡς ἐγὼ οἶμαι,	comme je le pense,
ἀντιπαραβάλλοντι	à moi comparant (de comparer)
τὰ πάθη ἐμαυτοῦ	les infortunes de moi-même
πρὸς τὰ ἐκείνων.	avec celles d'eux.
Καὶ δὴ καὶ τὸ μέγιστον,	Et même le plus grand plaisir
διάγειν,	serait de passer le temps,
ἐξετάζοντα καὶ ἐρευνῶντα	examinant et interrogeant
τοὺς ἐκεῖ.	ceux de là,
ὥσπερ τοὺς ἐνταῦθα,	comme je faisais ceux d'ici,
τίς αὐτῶν ἐστι σοφὸς,	lequel d'eux est sage,
καὶ τίς οἴεται μὲν,	et lequel pense il-est-vrai l'être,
οὐ δέ ἐστι.	mais ne l'est pas.
Ἐπὶ πόσῳ δὲ, ὦ ἄνδρες δικασταὶ,	Or à quel-prix, ô hommes juges
δέξαιτο ἄν τις ἐξετάσαι	accepterait-on d'examiner
τὸν ἀγαγόντα ἐπὶ Τροίαν	celui qui-conduisit devant Troie
τὴν πολλὴν στρατιὰν,	la grande armée,
ἢ Ὀδυσσέα, ἢ Σίσυφον,	ou Ulysse, ou Sisyphe
ἢ ἄν τις εἴποι	ou on pourrait-dire
μυρίους ἄλλους,	dix-mille autres,

κας; οἷς ἐκεῖ διαλέγεσθαι, καὶ ξυνεῖναι, καὶ ἐξετάζειν, ἀμήχανον
ἂν εἴη εὐδαιμονίας πάντως. Οὐ δήπου τούτου γε ἕνεκα οἱ ἐκεῖ
ἀποκτείνουσι. Τά τε γὰρ ἄλλα εὐδαιμονέστεροί εἰσιν οἱ ἐκεῖ τῶν
ἐνθάδε, καὶ ἤδη τὸν λοιπὸν χρόνον ἀθάνατοί εἰσιν, εἴπερ γε τὰ
λεγόμενα ἀληθῆ ἐστιν.

XXXIII. Ἀλλὰ καὶ ὑμᾶς χρὴ, ὦ ἄνδρες δικασταὶ, εὐέλπιδας
εἶναι πρὸς τὸν θάνατον, καὶ ἕν τι τοῦτο διανοεῖσθαι ἀληθὲς, ὅτι
οὐκ ἔστιν ἀνδρὶ ἀγαθῷ κακὸν οὐδὲν, οὔτε ζῶντι, οὔτε τελευτή-
σαντι, οὐδὲ ἀμελεῖται ὑπὸ θεῶν τὰ τούτου πράγματα· οὐδὲ τὰ
ἐμὰ νῦν ἀπὸ τοῦ αὐτομάτου γέγονεν, ἀλλά μοι δῆλόν ἐστι τοῦτο,
ὅτι ἤδη τεθνάναι, καὶ ἀπηλλάχθαι πραγμάτων βέλτιον ἦν μοι.
Διὰ τοῦτο καὶ ἐμὲ οὐδαμοῦ ἀπέτρεψε τὸ σημεῖον, καὶ ἔγωγε τοῖς
καταψηφισαμένοις μου καὶ τοῖς κατηγόροις οὐ πάνυ χαλεπαίνω.

serait un charme inexprimable de s'entretenir, de converser, les
observant et les examinant? Là du moins ce ne sera pas un crime que
l'on punisse de mort; car les habitants de ce séjour, plus heureux
sous tous les autres rapports que ceux qui sont sur la terre, y jouis-
sent d'une vie désormais immortelle, si du moins ce qu'on en dit est
vrai.

XXXIII. Soyez donc pleins d'espérance dans la mort, ô mes juges,
et pénétrez-vous de cette unique et importante vérité, c'est qu'il n'y
a rien qui puisse être un mal pour l'homme de bien, soit pendant sa
vie, soit après sa mort, et que jamais les dieux ne perdent de vue ses
intérêts; car ce qui m'arrive en ce moment à moi-même n'est point
l'effet du hasard; mais je suis convaincu qu'il m'était plus avantageux
de mourir dès à présent et d'être délivré des soucis de la vie. Voilà
pourquoi aucun avertissement surnaturel ne s'est manifesté à moi
dans tout ce qui vient de se passer; et même je ne conserve aucun
ressentiment contre-ceux qui m'ont condamné, ni contre mes accu-
ateurs. Cependant ce n'était pas là leur intention en m'accusant et

καὶ ἄνδρας καὶ γυναῖκας ;	et hommes et femmes ?
οἷς διαλέγεσθαι ἐκεῖ,	avec lesquels s'-entretenir là,
καὶ ξυνεῖναι, καὶ ἐξετάζειν,	et vivre-avec eux, et les examiner,
εἴη ἂν πάντως ἀμήχανον	serait tout-à-fait prodigieux
εὐδαιμονίας.	de bonheur.
Οἱ ἐκεῖ	Ceux qui sont là
οὐκ ἀποκτείνουσι δήπου	ne mettent-pas-à-mort sans-doute
ἕνεκά γε τούτου.	du-moins à-cause de cela.
Οἱ γὰρ ἐκεῖ	Car ceux qui sont là
εἰσί τε εὐδαιμονέστεροι	et sont plus heureux
τῶν ἐνθάδε	que ceux qui sont ici
τὰ ἄλλα,	pour les autres choses,
καὶ ἤδη τὸν λοιπὸν χρόνον	et déjà pour le reste-du temps
εἰσὶν ἀθάνατοι,	sont immortels,
εἴπερ γε τὰ λεγόμενα	si du-moins les choses qui-se-disent
ἐστιν ἀληθῆ.	sont vraies.
XXXIII. Ἀλλὰ χρὴ καὶ ὑμᾶς,	XXXIII. Mais il faut aussi vous,
ὦ ἄνδρες δικασταὶ,	ô hommes juges,
εἶναι εὐέλπιδας	être ayant-bon-espoir
πρὸς τὸν θάνατον,	dans la mort,
καὶ διανοεῖσθαι ἕν τι τοῦτο,	et penser-à une-seule chose celle-ci,
ὅτι οὐδὲν κακὸν	que aucun mal
ἐστιν ἀνδρὶ ἀγαθῷ,	n'est pour l'homme de-bien,
οὔτε ζῶντι, οὔτε τελευτήσαντι,	ni vivant, ni étant mort,
οὐδὲ τὰ πράγματα τούτου	et que non-plus les affaires de lui
ἀμελεῖται ὑπὸ θεῶν·	ne sont-négligées par les dieux :
οὐδὲ τὰ ἐμὰ νῦν	et non-plus les miennes maintenant
γέγονεν ἀπὸ τοῦ αὐτομάτου,	ne sont arrivées par hasard,
ἀλλὰ τοῦτό ἐστι δῆλόν μοι,	mais cela est évident à moi,
ὅτι τεθνάναι ἤδη,	que mourir déjà,
καὶ ἀπηλλάχθαι πραγμάτων	et être délivré d'affaires
ἦν βέλτιόν μοι.	était meilleur pour moi.
Διὰ τοῦτο καὶ τὸ σημεῖον	A-cause-de cela et le signe
ἀπέτρεψεν ἐμὲ οὐδαμοῦ,	n'a détourné moi nulle-part,
καὶ ἔγωγε	et moi-certes
οὐ χαλεπαίνω πάνυ	je ne m'-indigne pas du-tout
τοῖς καταψηφισαμένοις μου	contre ceux qui-ont-condamné moi
καὶ τοῖς κατηγόροις.	et contre mes accusateurs.
Καί τοι κατεψηφίζοντό μου,	Et pourtant ils condamnaient moi,
καὶ κατηγόρουν,	et m'accusaient,

Καί τοι οὐ ταύτῃ τῇ διανοίᾳ κατεψηφίζοντό μου, καὶ κατηγόρουν, ἀλλ' οἰόμενοι βλάπτειν· τοῦτο αὐτοῖς ἄξιον μέμφεσθαι.

Τοσόνδε μέντοι αὐτῶν δέομαι· τοὺς υἱεῖς μου, ἐπειδὰν ἡβή-σωσι, τιμωρήσασθε, ὦ ἄνδρες, ταὐτὰ ταῦτα λυποῦντες, ἅπερ ἐγὼ ὑμᾶς ἐλύπουν, ἐὰν ὑμῖν δοκῶσιν ἢ χρημάτων ἢ ἄλλου του πρότερον ἐπιμελεῖσθαι ἢ ἀρετῆς, καὶ ἐὰν δοκῶσί τι εἶναι, μηδὲν ὄντες, ὀνειδίζετε αὐτοῖς, ὥσπερ ἐγὼ ὑμῖν, ὅτι οὐκ ἐπιμελοῦνται ὧν δεῖ, καὶ οἴονταί τι εἶναι, ὄντες οὐδενὸς ἄξιοι. Καὶ ἐὰν ταῦτα ποιῆτε, δίκαια πεπονθὼς ἐγὼ ἔσομαι ὑφ' ὑμῶν, αὐτός τε καὶ οἱ υἱεῖς.

Ἀλλὰ γὰρ ἤδη ὥρα ἀπιέναι, ἐμοὶ μὲν ἀποθανουμένῳ, ὑμῖν δὲ βιωσομένοις. Ὁπότεροι δὲ ἡμῶν ἔρχονται ἐπὶ ἄμεινον πρᾶγμα, ἄδηλον παντί, πλὴν ἢ τῷ θεῷ.

en me condamnant ; au contraire, ils espéraient bien me nuire ; et c'est en cela seulement que je pourrais me plaindre d'eux.

Quoi qu'il en soit, voici la grâce que je leur demande. Athéniens, si, lorsque mes enfants seront devenus hommes, vous les voyez épris de l'amour des richesses et s'attachant à toute autre chose qu'à la pratique de la vertu, punissez-les et faites-leur souffrir ces mêmes chagrins dont je vous ai si souvent affligés moi-même ; et s'ils se croient quelque chose, mais qu'ils ne soient rien, faites-leur honte, faites-les rougir d'une conduite si insensée, comme je le faisais pour vous. Si vous faites cela, vous n'aurez été que justes envers moi et envers eux.

Mais enfin il est temps que nous nous quittions, moi, pour aller mourir et vous, pour vivre. Qui de nous doit s'attendre à un meilleur sort ? C'est un mystère impénétrable pour tout autre que pour Dieu.

οὐ ταύτῃ τῇ διανοίᾳ,
non dans cette pensée-là,

ἀλλὰ οἰόμενοι βλάπτειν·
mais croyant me nuire :

ἄξιον μέμφεσθαι τοῦτο αὐτοῖς.
il est juste de reprocher cela à eux.

Δέομαι μέντοι αὐτῶν
Toutefois je prie eux

τοσόνδε·
autant-que voici :

ὦ ἄνδρες,
ô hommes,

τιμωρήσασθε τοὺς υἱεῖς μου,
punissez les fils de moi,

ἐπειδὰν ἡβήσωσι,
lorsqu'ils seront-en-âge-de-puberté,

λυποῦντες
tourmentant eux

ταῦτα τὰ αὐτὰ,
de ces mêmes tourments,

ἅπερ ἐγὼ ἐλύπουν ὑμᾶς,
dont moi je tourmentais vous,

ἐὰν δοκῶσιν ὑμῖν
s'ils paraissent à vous

ἐπιμελεῖσθαι ἢ χρημάτων
s'-occuper ou de richesses

ἢ του ἄλλου
ou de quelque autre chose

πρότερον ἢ ἀρετῆς,
plutôt que de vertu,

καὶ ἐὰν δοκῶσι εἶναί τι,
et s'ils croient être quelque chose,

ὄντες μηδὲν,
n'étant rien,

ὀνειδίζετε αὐτοῖς,
reprochez à eux,

ὥσπερ ἐγὼ ὑμῖν,
comme moi à vous,

ὅτι οὐκ ἐπιμελοῦνται
que ils ne s'-occupent pas

ὧν δεῖ,
des choses dont il faut s'occuper,

καὶ οἴονται εἶναί τι,
et pensent être quelque chose,

ὄντες ἄξιοι οὐδενός.
n'étant dignes d'aucun prix.

Καὶ ἐὰν ποιῆτε ταῦτα,
Et si vous faites cela,

ἐγὼ ἔσομαι πεπονθὼς
moi je serai ayant reçu

δίκαια ὑπὸ ὑμῶν,
un traitement juste de vous,

αὐτός τε καὶ οἱ υἱεῖς.
et moi-même et mes fils.

Ἀλλὰ γὰρ ἤδη
Mais certes déjà

ὥρα ἀπιέναι,
il est temps de s'en-aller,

ἐμοὶ μὲν ἀποθανουμένῳ,
à moi d'une-part devant mourir,

ὑμῖν δὲ βιωσομένοις.
à vous d'autre-part devant vivre.

Ὁπότεροι δὲ ἡμῶν
Mais lesquels de nous

ἔρχονται ἐπὶ ἄμεινον πρᾶγμα,
vont à une meilleure chose,

ἄδηλον παντὶ,
cela est incertain pour tout homme

πλὴν ἢ τῷ θεῷ.
excepté pour dieu.

NOTES.

Page 4. — 1. Πεπόνθατε. Le verbe πάσχειν, « souffrir, endurer, supporter, » exprime en général l'impression morale ou physique que font sur nous les idées ou les objets qu'on nous présente, ou qui s'offrent à nous. De là le grand nombre de significations de ce verbe, différentes en apparence, mais qui toutes cependant ont une liaison plus ou moins sensible entre elles et avec la signification primitive. Exemples : Τῶν ὁρώντων οὐδεὶς οὐκ ἔπασχέ τι τὴν ψυχὴν ὑπ' ἐκείνου. « Il n'y eut pas un des spectateurs sur l'âme duquel *il ne fît quelque impression.* » (Xénophon, *Banquet*, I, 9.) — Τί παθὼν σαυτὸν ἐς τοὺς κρατῆρας ἐνέβαλες; « *Par quel motif* t'es-tu précipité dans les gouffres de l'Etna ? » (Lucien, *Dialogues des Morts*, t. II, p. 204, éd. de Deux-Ponts.) — Τί γὰρ ἂν πάθῃ τις, ὁπότε φίλος τις ὢν βιάζοιτο ; « Car *comment faire*, ou, *que faire*, quand c'est un ami qui vous sollicite ? » (Lucien, *les Contemplateurs*, t. III, p. 30.)

— 2. Εἰ μὴ ἄρα. Le mot ἄρα signifie *donc*, et sert dans les conclusions des syllogismes ; ici, joint aux particules εἰ μή, il prend une signification conjecturale en quelque sorte, et l'on sentira facilement comment cela se fait, si l'on remplit l'ellipse que présentent les mots ainsi réunis : Εἰ μὴ (τοῦτό ἐστι) δεινὸν ΆΡΑ καλοῦσιν οὗτοι λέγειν.... « Si cela n'est pas.... ils appellent *donc* éloquent.... » Ce qui revient à dire : « A moins que *peut-être* ils n'appellent éloquent.... »

Page 6. — 1. Παρίεμαι. Même sens que παραιτοῦμαι, « je supplie. » Cette signification particulière tient à la nature des verbes moyens ; ἵημι et ἐφίημι signifient « j'envoie, je donne, j'accorde ; » παρίημι a le même sens à peu près ; d'où παρίεμαι, à la forme moyenne, « je désire qu'on m'accorde, » et, par conséquent, « je demande, je prie. »

— 2. Ἐπὶ τῶν τραπεζῶν. « Aux comptoirs des banquiers. » De même dans Théophraste, *Caractère* V. Καὶ τῆς μὲν ἀγορᾶς πρὸς τὰς τραπέζας προσφοιτᾶν. « On ne le voit dans la place publique qu'aux comptoirs des banquiers. »

Page 8.— 1. Καὶ ἄλλοθι, « et ailleurs, » c'est-à-dire dans les palestres, dans les boutiques des ouvriers et dans les portiques; car c'était dans ces différents endroits que les oisifs d'Athènes passaient la plus grande partie de leur temps. V. Théophraste. *Caract. du Nouvelliste*, éd. et trad. de Coray, p. 52 et 53.

— 2. Ἀτεχνῶς, « réellement. purement et simplement. » Ἀτέχνως, avec l'accent aigu sur la pénultième, signifie « gauchement, maladroitement. »

— 3. Δίκαιός εἰμι ἀπολογήσασθαι. Voyez Burnouf, *Grammaire grecque*, § 297, II.

Page 10. — 1. Πολλὰ ἤδη ἔτη. Sous-entendu, κατά.

— 2. Τοὺς ἀμφὶ Ἄνυτον. « Anytus et ses partisans, » Mélitus et Lycon. V. Burnouf, *Gram. gr.* § 376, II, *remarque*. — Cet Anytus était proprement l'auteur de toute l'intrigue ourdie contre Socrate. Il engagea Mélitus à se porter son accusateur, et composa, dit-on, lui-même le discours que celui-ci dut prononcer dans cette circonstance. Lycon s'unit à eux. V. Diog. Laërce, II, 38.

— 3. Τὰ μετέωρα φροντιστής. V. Burnouf, *Gram. gr.* § 344, II.

— 4. Τὸν ἥττω λόγον κρείττω ποιῶν. V. Aristophane, *les Nuées* v. 99 et suivants. « *Docere se profitebantur.... quemadmodum ccusa inferior dicendo fieri superior posset.* » (Cicéron. *Brutus*, c. VIII.)

Page 12. — 1. Ἐρήμην κατηγοροῦντες. Sous-entendu, δίκην. Mot à mot : « Poursuivant un procès abandonné, » c'est-à-dire, accusant quelqu'un qui ne se défendait pas.

— 2. Κωμῳδοποιός. Allusion à Aristophane, qui, dans sa comédie des *Nuées*, avait répandu les calomnies les plus outrageantes contre Socrate. Cette comédie fut représentée la deuxième année de la LXXXIXᵉ olympiade. c'est-à-dire, vingt-deux ans environ avant l'époque où ce discours est supposé avoir été prononcé.

— 3. Ἀπορώτατοι. « inaccessibles, qu'on ne sait comment attaquer. » Acception assez rare. Proprement ἄπορος, formé de ἀ privatif et de πόρος, « passage, » signifie : inextricable, d'où l'on ne peut sortir, qui n'offre aucune ressource.

Page 14. — 1. Εἶεν. Mot familier aux Attiques, et qui sert de transition dans le discours.

— 2. Μέλητος. Correction de Bekker au lieu de Μέλιτος, que donnent la plupart des éditions.

— 3. Τὴν ἀντωμοσίαν. Proprement le serment que prêtent les deux parties dans une affaire civile ou criminelle, et par lequel l'accusateur jure qu'il a dit la vérité sur le fait qu'il reproche à l'accusé, et celui-ci qu'il est innocent du crime dont on l'accuse. — Ici ἀντωμοσία signifie la *minute*, en quelque sorte, de l'accusation déposée entre les mains des juges par l'accusateur.

Page 16. — 1. Ἐπουράνια. C'est ce qu'il a appelé précédemment τὰ μετέωρα, et ce que Sénèque (*Questions naturelles*, 2, 1) nomme *cœlestia* et *sublimia*, c'est-à-dire, les nuages, la pluie, la grêle, etc., en un mot, les phénomènes que nous désignons par le mot météores.

— 2. Περιφερόμενον. Fischer applique ce mot au mouvement ou au balancement de la corbeille dans laquelle était représenté Socrate dans *les Nuées*. Il est peut-être mieux de l'entendre de Socrate lui-même, bafoué, exposé aux huées des spectateurs.

Page 18. — 1. Χρήματα πράττομαι. — Πράττειν χρήματα, recevoir ou exiger de l'argent pour un autre, et πράττεσθαι χρήματα, recevoir ou exiger de l'argent pour soi. V. Xénophon, *Mém.* 1, 2 : Ἀλλὰ Σωκράτης... πολλοὺς ἐπιθυμητὰς καὶ ἀστοὺς καὶ ξένους λαβών, οὐδένα πώποτε μισθὸν τῆς συνουσίας ἐπράξατο.

— 2. Γοργίας τε ὁ Λεοντῖνος. Gorgias, de Léontium, ville de Sicile, un des plus célèbres *sophistes* de ce temps-là. Venu comme ambassadeur à Athènes, il y séjourna plusieurs années, et y tint école : il eut entre autres disciples Isocrate.

— 3. Πρόδικος ὁ Κεῖος. Prodicus, de Céos, une des îles de la mer Égée, est célèbre par son allégorie morale d'Hercule sollicité par la Volupté et par la Vertu, que Xénophon nous a conservée dans le chapitre 1er du IIe livre des *Entretiens mémorables de Socrate*.

— 4. Ἱππίας δὲ ὁ Ἠλεῖος. Hippias, d'Élis, dans le Péloponnèse. C'est lui qui se vanta, dans l'assemblée des jeux olympiques, de posséder toutes les sciences et tous les arts connus de son temps.

— 5. Τούτους πείθουσι. Il y a ici une irrégularité de construction assez fréquente chez les Grecs, et connue sous le nom de ἀνακολουθία. Il faudrait, grammaticalement, πείθειν, à cause de οἷός τ' ἐστίν qui précède ; en mettant πείθουσι, on semble faire abstraction d'οἵός τ' ἐστίν.

Page 20. — 1. Καλλίᾳ τῷ Ἱππονίκου. Ce Callias était un homme si riche, qu'au témoignage de Plutarque, on l'appelait simplement ὁ πλούσιος, « le riche. »

— 2. ῍Ην δ' ἐγώ. V. Burnouf, *Gram. gr.* § 148, *remarque* 2.

— 3. Εὔηνος. Il y eut deux poëtes élégiaques de ce nom, et tous deux de l'île de Paros. Il paraît que c'est le plus jeune qui fut contemporain de Socrate, et dont il est question ici.

Page 22. — 1. Αὐτοσχεδιάζωμεν. Communément, αὐτοσχεδιάζειν s'emploie pour exprimer une chose qui se fait ou se dit sur-le-champ, à la hâte et sans aucune préparation ; c'est notre mot *improviser* dans l'acception la plus étendue. Il signifie ici plus particulièrement « agir ou juger avec trop de précipitation, sans un examen suffisant. »

Page 24. — 1. Κινδυνεύω ταύτην εἶναι σοφός. V. Burnouf, *Gram. gr.* § 388, 6.

— 2. Καιρεφῶντα, « Chéréphon. » Cet homme dont parle Socrate était pauvre, laid et d'un caractère peu respectable. (*Schol.*)

— 3. Καὶ ξυνέφυγε τὴν φυγὴν ταύτην. Il veut parler du bannissement auquel se condamnèrent d'eux-mêmes les principaux citoyens d'Athènes, lorsque les Lacédémoniens, sous la conduite de Lysandre, s'emparèrent de cette ville et y établirent les trente tyrans. Les bannis rentrèrent trois ans après, et le jugement de Socrate eut lieu l'année suivante.

Page 26. — 1. Ἀνεῖλεν. Synonyme de ἔχρησεν, ἐμαντεύσατο. Voici cette réponse de l'oracle à Chéréphon :

Σοφὸς Σοφοκλῆς, σοφώτερος Εὐριπίδης·
ἀνδρῶν δ' ἁπάντων Σωκράτης σοφώτατος.

(Scholies.)

— 2. Ξύνοιδα ἐμαυτῷ σοφὸς ὤν. V. Burnouf, *Gram. gr.* § 369, 3.

Page 28. — 1. Ὅτι οὗτος.... σὺ δ' ἐμὲ ἔρησθα. V. Burnouf, *Gram. gr.* § 386, 6.

— 2. Ἔοικα γοῦν.... C'est à cet endroit de Platon que se rapporte ce que dit Cicéron en parlant de Socrate : « [*Socrates*] *ita disputat, ut.... nihil se scire dicat, nisi id ipsum ; eoque præstare ceteris.*

quod illi quæ nesciant scire se putent, ipse se nihil scire id unum sciat; ob eamque causam se arbitrari ab Apolline omnium sapientissimum esse dictum, quod hæc esset una hominis sapientia, non arbitrari sese scire quod nesciat. » (*Academ.* I, 4.)

Page 30. — 1. Νὴ τὸν κύνα. Les savants ne sont pas d'accord sur la signification de ce serment bizarre, les anciens ne nous ayant rien transmis de précis sur ce sujet. — On sait du moins que c'est le serment prescrit par Rhadamanthe, pour éviter de jurer à tout propos par le nom de Jupiter.

Page 32. — 1. Διηρώτων ἄν. La particule ἄν donne ici au verbe le sens d'un fréquentatif.

Page 34. — 1. Ἃ οὐκ ἦσαν pour περὶ ἃ, ou καθ' ἃ οὐκ ἦσαν σοφοί. — 2. Περιγεγονέναι. Sous-ent. αὐτῶν.

Page 36. — 1. Οἷαι χαλεπώταται. La construction pleine est : καὶ (τοιαῦται) οἷαι (εἰσὶν) αἱ χαλεπώταται.

— 2. Ὄνομα δὲ τοῦτο λέγεσθαι, σοφὸς εἶναι. Irrégularité de construction ; σοφός pour σοφόν. — Fischer place la virgule après les mots ὄνομα δὲ τοῦτο, et un point en haut après γεγονέναι.

— 3. Τὸ δὲ κινδυνεύει. L'article est employé là pour τοῦτο ; car dans les premiers temps l'article tenait lieu du pronom de la troisième personne, ou plutôt c'est le pronom lui-même qui a formé l'article, comme on pourrait le faire voir par un grand nombre d'exemples pris dans Homère seulement.

— 4. Καὶ φαίνεται τοῦτ' οὐ λέγειν τὸν Σωκράτην. Λέγειν τινά τι pour λέγειν τι περί τινος, attique.

Page 40. — 1. Οὐκ αὐτοῖς. Quelques éditeurs donnent οὐχ αὐτοῖς, ce qui fait un sens moins naturel. Nous avons suivi M. Thurot.

— 2. Ὅτι τὰ μετέωρα.... κρείττω ποιεῖν. Sous-ent. διδάσκων, d'après l'interprétation de Geelius (*Biblioth. Crit. nov.* p. 417). La leçon ordinaire intercale ζητεῖ après γῆς, et donne plus loin νομίζει et ποιεῖ au lieu de νομίζειν et ποιεῖν.

Page 42. — 1. Μέλητος μὲν ὑπὲρ τῶν ποιητῶν. Mélitus s'était essayé sans succès dans la tragédie et dans la poésie lyrique. V. *les Grenouilles* d'Aristophane, v. 1337.

— 2. Ἄνυτος δὲ ὑπὲρ τῶν δημιουργῶν καὶ τῶν πολιτικῶν. Anytus était corroyeur de profession; mais sa fortune lui donnait un grand crédit parmi les hommes publics.

— 3. Λύκων δὲ ὑπὲρ τῶν ῥητόρων. Lycon était ce que les Athéniens appelaient démagogue et orateur; ce dernier nom ne convenait pas à tous ceux qui se mêlaient de parler sur les affaires publiques. Suivant les lois de Solon il devait y avoir dans la république dix orateurs chargés de proposer au peuple les lois ou les résolutions les plus convenables. Lycon était de ce nombre.

Page 44. — 1. Σώκρατη... δαιμόνια καινά. L'original de cette dénonciation, dont les termes sont ici un peu altérés, existait encore au iiᵉ siècle de l'ère chrétienne dans le Μητρῷον, ou temple de Cybèle, qui servait de greffe aux Athéniens. En voici les termes : « Τάδε ἐγρά- ψατο, καὶ ἀνθωμολογήσατο Μέλητος Μελήτου Πιτθεύς, Σωκράτει Σω- φρονίσκου Ἀλωπεκῆθεν· Ἀδικεῖ Σωκράτης οὓς μὲν ἡ πόλις νομίζει θεοὺς οὐ νομίζων, ἕτερα δὲ καινὰ δαιμόνια εἰσηγούμενος· ἀδικεῖ δὲ καὶ τοὺς νέους διαφθείρων. Τίμημα θάνατος. » Diog. Laërce, l. II, c. XL.

— 2. Ἄλλο τι ἤ. V. Burnouf, Gram. gr. § 387, 1.

— 3. Ὅπως.... ἔσονται. V. Burnouf, Gram. gr. § 364, 2.

Page 46. — 1. Μέλον γέ σοι. V. Burnouf, Gram. gr. § 370, IV.

Page 50. — 1. Ὦ τᾶν. V. Burnouf, Gram. gr. § 174, II.

Page 52. — 1. Τηλικούτου ὄντος. Mélitus était encore jeune.

Page 54. — 1. Παύσομαι. Sous-entendu, ποιῶν; car on ne dit pas παύεσθαί τι.

— 2. Ἢ δῆλον δή. Correction d'Heindorf au lieu de ἦ δῆλον δή que donnent la plupart des éditions.

Page 56. — 1. Ἵνα τί. Ellipse. La phrase complète serait ἵνα τί γένηται.

— 2. Ἀναξαγόρου. Anaxagore de Clazomène prétendait, au dire de Diogène Laërce (I, 2, 8), que le soleil n'était qu'une masse de fer ou de pierre embrasée (μύδρον διάπυρον), et que la lune avait ses plaines, ses abîmes, ses montagnes, en un mot, qu'elle était une terre comme celle que nous habitons. Mélitus attribuait à Socrate ces opinions d'Anaxagore, parce que Socrate avait été disciple d'Archélaüs, lequel était lui-même disciple d'Anaxagore.

Page 58. — 1. Ἐκ τῆς ὀρχήστρας πριαμένοις. Soit que cela doive s'entendre du prix des places au théâtre, qui était ordinairement de deux oboles (6 sous tournois) ou d'une drachme (18 sous), soit que peut-être il y eût dans l'orchestre même de petites loges de libraires, où l'on vendit les écrits des philosophes, soit enfin que l'on doive entendre par ὀρχήστρα un certain endroit de la place publique où pouvaient être les boutiques des libraires. Mais il est plus probable qu'il ne s'agit pas ici des livres mêmes d'Anaxagore achetés par les jeunes gens au théâtre, où l'on ne vendait pas de livres, mais du droit d'aller entendre y débiter ses maximes, que les poëtes, et Euripide entre autres, aimaient à insérer dans leurs pièces.

Page 62. — 1. Ἐν τῇ ἀντιγραφῇ. Ἀντιγραφή a ici le même sens que ἀντωμοσία du chap. III. (V. page 14, note 3.)

Page 64. — 1. Οὐκ ἔστιν ὅπως. V. Burnouf, *Gram. gr.* § 388, 2, 2°.
— 2. Οὐ τοῦ αὐτοῦ ἀνδρός. Οὐ a été ajouté par Bekker d'après quatorze manuscrits. — Plusieurs éditeurs, tout en respectant leur autorité, croient ce passage altéré, et n'y voient d'autre remède que de le traduire sans tenir compte de la négation, qui semble en effet lui donner un sens tout contraire à celui qu'il doit avoir. Pour nous, nous avons cru trouver dans un simple changement de ponctuation un moyen d'expliquer ce passage, où la négation trouve sa place toute naturelle, et, loin de nuire au sens, le présente au contraire d'une manière aussi claire et plus simple qu'avec l'ancienne leçon. Depuis ὅπως δὲ σύ, nous faisons une phrase se terminant à ἔχοντα ἀνθρώ-πων·, phrase elliptique, qui s'explique, comme l'on sait, en sous-entendant avant ὅπως soit ὅρα, σκόπει, ou tout autre impératif ana-logue. Une seconde phrase commence à ὡς οὐ τοῦ αὐτοῦ et finit à μήτε ἔρωας· Ὡς, qui la commence, signifie alors, non plus *que*, mais *car.* Enfin nous avons la petite phrase Οὐδεμία μηχανή ἐστιν. « *Il y a toute impossibilité* à ce que cela soit. » Cette explication ne nécessite, comme on voit, qu'un simple changement de ponctuation assurément fort permis, dans les cas difficiles surtout. La pensée reste la même au fond ; la négation donnée par les manuscrits, au lieu de nuire, se trouve utilisée ; et un autre avantage de cet arrangement, c'est que nous laissons à sa place la petite proposition finale, qu'auparavant il fallait aller chercher au bout du passage, pour la mettre en tête et commencer précisément par elle l'explication totale.

Page 68. — 1. Πότμος ἑτοῖμος. C'est le vers 96 du chant XVIII de 'Iliade :

Αὐτίκα γάρ τοι ἔπειτα μεθ' Ἕκτορα πότμος ἑτοῖμος.

— 2. Αὐτίκα.... τεθναίην. Vers 98 et suiv. du chant XVIII de l'*Iliade* :

Αὐτίκα τεθναίην, ἐπεὶ οὐκ ἄρ' ἔμελλον ἑταίρῳ
Κτεινομένῳ ἐπαμῦναι. . . . .
Ἀλλ' ἧμαι παρὰ νηυσὶν ἐτώσιον ἄχθος ἀρούρης.

On reconnaît ici la source de ces beaux vers de l'*Iphigénie* de Racine :

Mais, puisqu'il faut enfin que j'arrive au tombeau,
Voudrais-je, *de la terre inutile fardeau*,
Trop avare d'un sang reçu d'une déesse,
Attendre chez mon père une lente vieillesse ?

Page 70. — 1. Ἡγησάμενος βέλτιον εἶναι. Plusieurs éditions portent ἢ ἡγησάμενος βέλτιον εἶναι. Cet ἢ rend la phrase irrégulière, et beaucoup de manuscrits ne le donnent pas. C'est évidemment une erreur de copiste. Nous l'avons retranché, comme l'ont fait les meilleurs éditeurs, M. Thurot, etc.

— 2. Οἱ ἄρχοντες. Il veut parler ici des généraux Callias, Cléon et Hippocrate, dont l'un commandait l'armée à la bataille de Délium ; l'autre à celle d'Amphipolis ; et le dernier au siége de Potidée. La valeur de Socrate dans tous ces combats est attestée par les historiens.

Page 72. — 1. Οὕτω καὶ οἴομαι οὐκ εἰδέναι. Οὕτω, corrélatif ordinaire de ὥσπερ, qui se trouve omis ici, mais qui est implicitement renfermé dans εἰδώς. La phrase régulière serait : ὥσπερ οὐκ οἶδα.... οὕτω καὶ οἴομαι οὐκ εἰδέναι.

Page 74. — 1. Ἐφ' ᾧ τε. V. Burnouf, *Gram. gr.* § 376, III, 5°.

Page 78. — 1. Μηδὲ οὕτω σφόδρα. La leçon ordinaire est μήτε χρημάτων πρότερον μήτε ἄλλου τινὸς οὕτω σφόδρα.

Page 82. — 1. Μύωπός τινος. Quelques-uns entendent par là le taon, espèce de mouche qui tourmente le bétail, et surtout les chevaux, dans les temps chauds et orageux.

Page 84. — 1. Τοιοῦτος, οἷος.... δεδόσθαι. V. Burnouf, *Gram. gr.* § 387, 9.

Page 86. — 1. Προτρέπει δὲ οὔποτε. « *Hoc nimirum est illud, quod de Socrate accepimus, quodque ab ipso in libris Socraticorum sæpe dicitur, esse divinum quiddam, quod Dæmonion appellat, cui semper ipse paruerit, nunquam impellenti, sæpe revocanti.* • (Cic. *de Divin.* I, 54.)

Page 88. — 1. Ἀπολώλη. V. Burnouf, *Gram. gr.* § 235.

Page 90. — 1. Ἐβούλευσα. Il y avait à Athènes un sénat composé de cinq cents personnes (ἡ βουλὴ τῶν πεντακοσίων), et le mot βουλεύειν signifiait « être membre du sénat. » Cinquante de ces sénateurs, sous le nom de *prytanes* (πρυτάνεις) présidaient les assemblées du peuple et du sénat. Ils étaient divisés en cinq décuries, dont chacune exerçait l'autorité pendant une semaine. Les sénateurs de la décurie en fonction se nommaient πρόεδροι, et celui qui les présidait ἐπιστάτης. La tribu à laquelle appartenaient les *prytanes* se nommait φυλὴ πρυτανεύουσα, et l'espace de trente-cinq jours pendant lequel ils présidaient le sénat était désigné par le mot πρυτανεία.

— 2. Τοὺς δέκα στρατηγούς. Il s'agit ici des dix généraux qui gagnèrent sur les Lacédémoniens la bataille navale des Arginuses. Comme ils n'avaient pas pris eux-mêmes le soin de faire ensevelir les morts, mais en avaient chargé leurs lieutenants (ταξιάρχους), ils se virent à leur retour accusés et condamnés à la peine capitale.

Page 92. — 1. Εἰς τὴν θόλον. Le *tholos* était un édifice circulaire et voûté, où les *prytanes* se réunissaient pour prendre leurs repas.

— 2. Λέοντα. Ce Léon de Salamine était devenu citoyen d'Athènes, et avait amassé des richesses considérables, qui, sous la tyrannie des trente, devaient l'exposer aux plus grands dangers. Aussi s'était-il, par précaution, réfugié à Salamine.

Page 94. — 1. Ἐμοὺς μαθητάς. Il paraît désigner ici plus particulièrement Alcibiade et Critias, dont on affectait d'attribuer les vices et les crimes à leur liaison avec Socrate, et aux principes qu'ils avaient puisés dans ses leçons.

— 2. Οὐδὲ χρήματα.... μὴ λαμβάνων δ' οὔ. V. Burnouf, *Gram. gr.* § 383.

Page 98. — 1. Χρῆν. V. Burnouf, *Gram. gr.* § 366, ..

— 2. Σφήττιος. De Sphettos, bourg de la tribu Acamantide.

— 3. Κηφισιεύς. De Céphise, bourg de la tribu Érechthéïde.

Page 100. — 1. Ἀλλ' ἦ. V. Burnouf, *Gram. gr.* § 386, 1.

Page 102. — 1. Καὶ ταῦτα. V. Burnouf, *Gram. gr.* § 387, 6.

Page 104. — 1. Τοῦτο αὐτὸ τὸ τοῦ Ὁμήρου. Formule usitée en grec lorsqu'on cite un proverbe, une pensée, ou un mot généralement connu. Voici le vers auquel Platon fait allusion ici :

Οὐ γὰρ ἀπὸ δρυός ἐσσι παλαιφάτου, οὐδ' ἀπὸ πέτρης.

(Odyss. chant xix, v. 163.)

— 2. Καὶ υἱεῖς γε.... τρεῖς. Ces trois fils de Socrate s'appelaient Lamproclès, Sophronisque et Ménexène.

Page 108. — 1. Καταχαρίζεσθαι τὰ δίκαια se dit d'un juge qui sacrifie le droit ou la justice à la faveur.

— 2. Ἄλλως τε.... καί. V. Burnouf, *Gram. gr.* § 385, 2.

Page 110. — 1. Μετέπεσον. Μεταπίπτειν signifie proprement « tomber d'un autre côté, » c'est-à-dire ici, dans l'urne où l'on recueillait les voix favorables à l'accusé, au lieu de tomber dans celle où l'on recevait les suffrages contraires.

— 2. Τὸ πέμπτον μέρος τῶν ψήφων. L'accusateur qui n'obtenait pas la cinquième partie des suffrages était obligé de payer une amende de mille drachmes.

Page 112. — 1. Τιμᾶται.... ἀντιτιμήσομαι. Pour tous les délits sur lesquels la loi n'avait pas déjà prononcé, l'accusateur proposait la peine (τιμᾶσθαι), et l'accusé, jugé coupable, pouvait à son tour indiquer lui-même celle dont il se croyait digne (ἀντιτιμᾶσθαι).

— 2. Ὅ τι μαθών. V. Burnouf, *Gram. gr.* § 389, iii.

— 3. Ἀμελήσας, ὧνπερ οἱ πολλοί. Sous-entendu, ἐπιμελοῦνται.

Page 114. — 1. Οὐκ ἐσθ' ὅτι μᾶλλον.... πρέπει οὕτως, ὡς. Il y a ici deux constructions confondues : μᾶλλον.... ἤ, et οὕτως.... ὡς.

— 2. Ἐν πρυτανείῳ σιτεῖσθαι. Le prytanée était un édifice, dans la citadelle d'Athènes, où l'on conservait les lois de Solon, et où l'on nourrissait aux frais du public ceux qui avaient rendu des services importants à l'État.

— 3. Ἵππῳ, ἢ ξυνωρίδι, ἢ ζεύγει. Ἵππος signifie ici « un cheval de main. » — Ξυνωρίς, « un char attelé de deux chevaux. » — Ζεῦγος, « un char attelé de trois ou de quatre chevaux. »

Page 116. — 1. Ἑκὼν εἶναι. V. Burnouf, *Gram. gr.* § 388, 2, 1°.

— 2. Ὧν εὖ οἶδ᾽ ὅτι κακῶν ὄντων. Deux constructions en une. Avec la première, la phrase régulière serait : ἕλωμαί τι τούτων ἃ εὖ οἶδα ὅτι κακά ἐστιν, et avec la seconde : ἕλωμαί τι τῶν, εὖ οἶδα, κακῶν ὄντων.

Page 118. — 1. Τοῖς Ἕνδεκα. « Les onze, » magistrats à la garde desquels on confiait les criminels condamnés à mort. On prenait un de ces magistrats dans chacune des tribus d'Athènes, et le greffier faisait le onzième.

Page 120. — 1. Ἐξελῶσι. V. Burnouf, *Gram. gr.* § 215, 1°.

Page 122. — 1. Νῦν δέ.... Sous-entendu, οὐ δύναμαί μοι τιμήσασθαι χρημάτων.

— 2. Αὐτοὶ δ᾽ ἐγγυᾶσθαι. Sous-entendu, βούλονται ou ὑπισχνοῦνται, ou quelque autre verbe ayant à peu près le même sens.

Page 124. — 1. Ὑμῖν τοῦτο ἐγένετο. C'est à tort qu'on ajoute ordinairement à ces mots : ἐμὲ τεθνάναι ἄν.

— 2. Ἅπαντα ποιεῖν, « faire tout au monde, recourir à tous les moyens; » en latin, *omnem lapidem movere, nihil intentatum relinquere*.

Page 128. — 1. Θανάτου δίκην ὄφλων.... ὠφληκότες μοχθηρίαν καὶ ἀδικίαν. V. Burnouf, *Gram. gr.* § 388, 10.

— 2. Ἐν ᾧ μάλιστ᾽ ἄνθρωποι χρησμῳδοῦσιν. « *Appropinquante morte, multo est divinior (animus).... Facilius evenit, appropinquante morte, ut animi futura augurentur.* » (Cic. *de Divin.* I, 30.)

Page 130. — 1. Ἐν ᾧ οἱ ἄρχοντες ἀσχολίαν ἄγουσι. Il s'agit ici des onze.

— 2. Οἱ ἐλθόντα με δεῖ τεθνάναι. C'est-à-dire εἰς δεσμωτήριον, en prison.

Page 134. — 1. Πολλὴ ἐλπίς ἐστιν. V. dans Cicéron, *Tuscul.* I, 41, la traduction ou plutôt l'imitation éloquente de toute cette péroraison: *Magna me spes tenet, judices*, etc.

— 2. Οἷον μηδὲν εἶναι. V. Burnouf, *Gram. gr.* § 387, 9.

Page 136. — 1. Μὴ ὅτι. V. Burnouf, *Gram. gr.* § 386, 8.

— 2. Εὐαριθμήτους, mot à mot, « faciles à compter, » c'est-à-dire « très peu nombreux. »

Page 138. — 1. Παλαμήδει, καὶ Αἴαντι τῷ Τελαμῶνος. Palamède fut,
dit-on, lapidé par l'armée des Grecs, qui le soupçonnèrent de trahison,
parce qu'on trouva dans sa tente des indices d'une correspondance
secrète avec Priam ; mais c'était Ulysse, ennemi de Palamède, qui avait
tramé cette intrigue pour le perdre. — Ajax se tua lui-même, indigné
de ce que les Grecs, séduits par les artifices d'Ulysse, lui refusaient
les armes d'Achille.

— 2. Τὸν ἐπὶ Τροίαν ἀγαγόντα. Il veut parler d'Agamemnon.

27 787. — TYPOGRAPHIE LAHURE, RUE DE FLEURUS, 9, A PARIS.